KILT VERSUS
CRAVATE
À MOTIFS

KC BURN

DREAMSPINNER
PRESS

KILT VERSUS
CRAVATE
À MOTIFS

KC BURN

Publié par
DREAMSPINNER PRESS

5032 Capital Circle SW, Suite 2, PMB# 279, Tallahassee, FL 32305-7886 USA
www.dreamspinnerpress.com

Édition e-book en français : 978-1-64405-607-3
Édition imprimée en français : 978-1-64405-608-0
Première édition française : août 2019
v 1.0

REMERCIEMENTS

Un grand merci à Alex, mon petit mari, qui a fait une première lecture pour me faire gagner du temps, et aussi à Dottie, Chudney, Tara Lain, ZA Maxfield, Lex Valentine, Dolorianne, à mon club de lecture génial et à mon équipe de rue fantastique pour leur soutien. Je remercie tout particulièrement Chad, un collègue de mon travail de jour, pour son aide sur les aspects techniques. Puisqu'il est un petit génie, s'il y a la moindre erreur, c'est moi qui aurais fauté !

I

DALLAS GREENE coupa le moteur et s'affala sur le volant. La vie n'était pas censée ressembler à ça. Il était sur les routes depuis vingt-quatre heures et n'avait fait que deux petites siestes sur des aires de repos. *Pitié, faites que ce ne soit pas une monumentale erreur.* Tel était son quotidien, depuis quelque temps : faire des erreurs comme si c'était son plus grand talent et aggravant chacune d'elles en y ajoutant une autre décision fâcheuse. Cependant, rester assis dans la voiture ne ferait que retarder l'inévitable.

Les doigts tremblants, il enleva la clé du contact et sortit de la voiture. Quelques articulations craquèrent et ses muscles protestèrent. Les autres jeunes de vingt-quatre ans n'avaient sans doute pas l'impression qu'un trente-huit tonnes leur avait roulé dessus, mais bon, cela faisait deux ans n'était plus en grande forme.

Il observa la maison. Elle ne ressemblait pas à ce qu'il avait imaginé. Plus grande. Plus jolie. Cela dit, il savait que ses parents mentaient quand ils lui avaient affirmé que Stefan, son demi-frère, était dans le besoin, dérangé, dépravé et déclinant. Il s'agissait d'une diatribe étonnamment poétique, avec cette allitération en « d », cependant, cette maison n'avait rien à envier à celles qu'il avait croisées sur le trajet. Sans manifestants devant ni piquets de grève. Sans graffiti calomnieux. Sans drogués ni malfrats. Juste une maison semblable à toutes les autres, dans une banlieue aisée, quoique pas autant que là où vivaient ses parents.

Il verrouilla la voiture – elle-même et son contenu constituant l'intégralité de ses possessions – et remonta l'allée en traînant les pieds. À chaque pas, son ventre se retournait. S'il avait mangé quelque chose au cours des heures… euh jours… précédents, il aurait craint de vomir.

Le soleil était chaud et lumineux, en ce milieu d'après-midi, et l'humidité fut tout à coup oppressante, après la fraîcheur offerte par la climatisation dans la voiture. Cela dit, comme cela faisait des mois qu'il ne s'était pas senti environné de chaleur de la tête aux pieds, il n'allait pas se plaindre. Peut-être aurait-il dû y réfléchir à deux fois avant de porter un costume pour ce voyage impromptu jusqu'en Floride, en plein mois de

1

septembre. Qui aurait cru qu'il ferait aussi chaud, alors qu'il avait été sous la frondaison une bonne partie de son trajet ?

Le plus gros de sa garde-robe était constitué de tenues de travail et il voulait faire bonne impression. Et puis, il avait quitté le Connecticut la veille avec un costume sur le dos, sans réaliser, au réveil, qu'il aurait à effectuer un voyage de dix-huit heures de route plus les pauses, parce que sa vie aurait pris un nouveau virage merdique.

Il appuya sur la sonnette. À gauche de la porte se trouvait une grande fenêtre, ornée de barreaux à la fois décoratifs et fonctionnels, qui formaient des enluminures contre le verre. Un rideau blanc opaque masquait la pièce à l'intérieur. Il soupçonnait qu'il n'était en aucune façon possible d'apercevoir la moindre silhouette se déplaçant dans la maison.

Fébrile et nerveux, il lissa les manches de son costume gris puis se regarda. Son costume était aussi froissé que la figure d'un bouledogue.

S'il en avait eu l'énergie, il aurait couru jusqu'à sa voiture afin d'enfiler des vêtements moins froissés, mais il avait peu de chances d'y parvenir avant que quelqu'un ne réponde à la porte. Il allait peut-être même s'évanouir avant.

Après une ou deux minutes d'attente, il appuya de nouveau sur la sonnette. Puis il fronça les sourcils.

Merde. On était jeudi. Stefan avait un travail, contrairement à lui. Il ne connaissait peut-être pas grand-chose concernant les affaires de son demi-frère, mais il n'y avait aucune raison pour qu'il soit chez lui à cette heure-là.

Putain. Il s'appuya contre la fenêtre aux enjolivures protectrices en fer forgé et se laissa glisser jusqu'au sol. Que devait-il faire à présent ? Aller dans un café et le hanter comme une goule jusqu'au soir ? Que ferait-il si Stefan était en vacances ou autre ? Il était franchement stupide.

Il regarda le paysage éclairé en cet après-midi lumineux. La Floride était bien trop joyeuse pour son état d'esprit actuel. Ses yeux commençant à le brûler, il les frotta du dos de la main. Il avait l'air assez débraillé comme cela, pas besoin d'ajouter des yeux rouges au reste. S'il devait hanter un café, il doutait qu'un look de drogué aux meth encourage qui que ce soit à le laisser flâner sur place pour le prix d'un seul café.

La porte s'ouvrit derrière lui et un homme aux cheveux sombres passa la tête à l'extérieur.

Dallas se figea. *Double merde*. Comment avait-il pu merder au point de finir devant la mauvaise maison ? Peut-être que s'il ne bougeait pas, le type refermerait la porte et lui-même pourrait échapper à cette nouvelle humiliation sans que personne n'en soit jamais informé.

À l'intérieur de la maison, quelqu'un cria :

— Qui est-ce ?

— Je ne sais pas, chéri, mais il ou elle a laissé une épave moche et bourrée à craquer dans l'allée.

Malgré ses joues rouges d'embarras, Dallas ne put dire un mot. Mais il dut faire un bruit malgré tout, parce que le type baissa la tête et haussa les sourcils.

— Bonjour, bonjour.

— Hum, salut.

Ce n'était pas la plus brillante des réponses que Dallas aurait pu donner, mais franchement, comment un homme pouvait-il se sortir avec élégance d'une situation comme celle-ci ? Si sa mère avait déjà indiqué l'étiquette appropriée dans un tel cas, il n'avait pas écouté à ce moment-là.

— Si vous êtes venu passer un entretien, ce n'est pas le bon endroit. Vous devriez plutôt vous rendre au bureau.

L'homme s'interrompit, l'observant avec intensité.

— Et je ne suis pas sûr que vous ayez assez d'endurance pour ce boulot, trésor.

Les joues de Dallas le brûlèrent davantage. Il savait qu'il ne ressemblait à rien. Quant à l'autre partie de la phrase du type, eh bien, elle n'avait pas vraiment d'importance. Le jugement dans le ton de l'homme lui donna assez d'énergie pour se relever.

— Qui est-ce ? demanda la voix à l'intérieur, plus proche, mais étouffée. Et quel entretien ?

Un autre homme sortit de la maison en trébuchant, tentant d'enfiler un tee-shirt en même temps.

Dallas se racla la gorge.

— Désolé, je vais y aller.

La tête de l'autre homme apparut dans le col du tee-shirt et malgré ses cheveux blonds en bataille et sa barbe impressionnante, il était parfaitement reconnaissable.

— Stefan ? demanda Dallas.

L'intéressé cligna des yeux plusieurs fois.

— Dallas ? Qu'est-ce que tu fais là ?

Celui-ci ouvrit la bouche, mais aucun son n'en sortit. Un hoquet lui échappa. Entre le soulagement d'avoir trouvé la bonne maison et le

3

désespoir absolu que lui inspirait sa vie, il perdit la bataille contre les larmes qu'il tentait de retenir depuis des heures.

— Oh doux Jésus.

Stefan l'attira à lui et le serra fort contre lui, le laissant pleurer en silence. L'autre homme retourna dans la maison, leur laissant une intimité toute relative, ainsi exposés sous le porche de Stefan, en plein milieu de la journée.

LORSQUE DALLAS eut enfin fini de pleurer tout son saoul, Stefan recula.

— Viens, entre.

Dallas jeta un coup d'œil à sa voiture, une verrue dans ce quartier chic.

— Tes affaires ne craignent rien. Ne t'inquiète pas.

Stefan le fit entrer comme s'il était infirme. Une supposition qui n'était pas loin de la vérité et il était plutôt satisfait de laisser quelqu'un l'aider. Cela faisait bien trop longtemps qu'il se balançait sur une corde raide tendue au-dessus d'un fossé rempli d'alligators.

Dans la cuisine, moderne et spacieuse, Stefan le fit asseoir à table.

— Installe-toi. Ça va aller.

Le brun n'était nulle part en vue, ce dont Dallas fut infiniment reconnaissant. Il devait avoir encore plus mauvaise allure à présent et il n'était pas d'humeur à faire la conversation à un inconnu. C'était déjà assez dur comme ça qu'il connaisse à peine Stefan.

Hébété et épuisé, il obéit, trop fatigué pour répliquer qu'il était impossible que ça aille. Une fois qu'il aurait rassemblé assez de force pour s'expliquer, Stefan serait d'accord avec lui.

Celui-ci s'assit à ses côtés et posa une bouteille d'eau sur la table, avant de lui tendre un gant de toilette froid et humide.

Dallas cligna des yeux lentement, les paupières lourdes, incapable de déterminer lequel des deux il voulait utiliser en premier. Il n'avait pas, en cet instant, la coordination nécessaire pour les deux. Stefan prit pitié de lui et écarta le gant.

— Bois la moitié de la bouteille.

Dès que ce fut fait, Stefan lui reposa le gant dans la main. Pas besoin de consigne pour que Dallas comprenne qu'il devait le poser sur ses yeux douloureux. Il se serait remis à pleurer, s'il était resté la moindre goutte d'eau dans son corps. À la place, il laissa le froid apaiser ses yeux gonflés et, comme un enfant, prétendit que s'il ne voyait personne, alors personne ne pouvait le voir.

Malheureusement, son répit ne dura que le temps que le gant atteigne la température de la pièce. Il soupira et le lâcha sur la table, avant de risquer un coup d'œil vers son frère. Il but un peu plus d'eau, car même s'il se trouvait dans la capitale mondiale de l'humidité, la douleur dans sa tête indiquait qu'il était à deux doigts de la déshydratation.

— Tu as une tête de déterré.

Dallas rit à moitié à cette déclaration abrupte, puis fit la grimace.

— Je sais.

Même sa voix ne ressemblait plus à ce qu'elle avait été, éraillée à force d'avoir été peu utilisée. Il se racla la gorge et poursuivit :

— Je ne savais pas où aller.

Cela faisait près de trois ans qu'il n'avait pas revu son frère et au moins six mois qu'il ne lui avait pas parlé au téléphone. Il avait vraiment été stupide, craignant que quelqu'un découvre combien sa vie était devenue un enfer. À présent, il n'avait d'autre choix que de s'expliquer, sous peine de passer la nuit dans sa voiture.

— Je… Je…

Il ne savait même pas par où commencer, mais Stefan secoua la tête.

— Non, Dallas. J'en devine une partie, mais quand je disais que tu avais une tête de déterré, je le pensais. Tu as l'air malade et même si j'aurais préféré que tu m'en parles avant que les choses tournent aussi mal, je suis heureux que tu sois venu me voir.

Dallas fronça les sourcils. Heureux ? Il avait dû mal entendre.

— Mais je… Je n'ai pas de travail.

Stefan lui sourit gentiment.

— J'ai cru comprendre. Pas d'appartement non plus, d'après ce que j'ai vu à l'arrière de ta voiture.

— Euh… non.

— Un copain ?

— Non.

Plus maintenant, et il avait envie d'expliquer l'échec de sa relation avec Hugh encore moins que le reste.

— Désolé. Comment va maman ?

Dallas secoua la tête.

— Je devais retourner m'installer à la maison. Puis papa a découvert que j'étais gay, moi aussi.

Le visage de Stefan s'assombrit. Il devait sans doute retenir ses paroles amères à l'égard de ce beau-père qui l'avait mis à la porte pour la même raison lorsqu'il avait eu seize ans et Dallas neuf. À cette époque-là, personne n'avait expliqué au jeune garçon pourquoi son frère n'était plus là. Dallas avait été trop jeune et trop effrayé par toute cette histoire pour poser des questions. Lorsqu'il avait découvert la vérité plus tard, à peu près à l'époque où il avait commencé à s'interroger sur sa propre sexualité, il avait décidé de se montrer prudent et de rester dans le placard. Cependant, au fond de lui, il était persuadé que son père lui donnerait un laissez-passer que Stefan n'avait jamais mérité, puisqu'il était le fils du précédent mariage de leur mère. Pourtant, les liens de sang n'avaient pas suffi et Dallas n'avait pas vu la catastrophe se profiler.

Il aurait dû, pourtant. Tout le reste avait tourné au pire, dans sa vie. Se faire mettre à la porte n'était que la fameuse goutte d'eau faisant déborder le vase.

Au lieu de s'énerver, cependant, Stefan lui serra le bras.

— Nous viderons ta voiture demain, mais pour l'instant, va chercher tes affaires de toilette et des vêtements de rechange, pendant que je prépare la chambre d'amis.

Pleurer avait dû lui boucher les oreilles, parce qu'il était impossible que ce soit aussi simple. Stefan lui posait quelques questions à peine avant de lui donner le plein accès à sa maison ?

— Vider ma voiture ? Tu es sûr ?

Stefan adopta un visage de marbre et le fixa dans les yeux.

— Tu sais que je dirige toujours *Idyll Fling*, n'est-ce pas ?

— Oui, j'imagine.

Monter un studio porno avait été la goutte d'eau pour les Greene. Stefan avait été officiellement renié. Cinq ans plus tard, alors qu'il commençait à se demander pourquoi il trouvait les garçons plus attirants que les filles, Dallas s'était encore plus tapi dans son placard. Son père avait été d'humeur massacrante pendant des mois, alors qu'il essayait d'empêcher Stefan d'utiliser l'héritage de sa grand-mère pour monter *Idyll Fling*. Dallas n'avait même pas eu le courage de regarder une seule vidéo sur le site, en partie parce qu'il ignorait si son frère jouait dans certaines et que cela aurait laissé une sacrée cicatrice dans son esprit s'il était tombé sur lui.

— J'aimerais pouvoir dire que le porno est un métier comme un autre, commenta son frère. Mais je ne peux pas nier le fait que j'ai vu plus d'un type se tourner vers le porno tout simplement parce qu'il n'avait pas d'autre

6

choix pour se nourrir et garder un toit sur la tête. Chez certains, c'est facile de deviner qu'ils ont juste besoin d'un coup de main pour retomber sur leurs pieds et je les laisse dormir dans la chambre d'amis. Si je peux faire ça pour mes employés, pourquoi pas pour mon petit frère ?

— Demi-frère.

Stefan leva les yeux au ciel.

— Tu sais que je n'en ai jamais rien eu à faire de cette nuance.

— Moi non plus, murmura Dallas. Tu es sûr ?

Le soulagement commençait à peser sur ses paupières, au point qu'il se demanda s'il n'allait pas s'endormir là, sur la table.

— Bien sûr que je suis sûr ! J'aimerais que tu me racontes toute l'histoire un jour, mais là, tu as surtout besoin de dormir. Viens.

Stefan l'aida à se relever et lui fit signe de monter l'escalier.

— Et mes affaires ? Mes vêtements de rechange ?

— Nous nous en occuperons quand tu auras repris connaissance. Je vais te prêter des vêtements à moi et quand tu te réveilleras, tu pourras prendre une douche ou descendre manger un morceau.

Chaque marche lui parut plus haute que la précédente et lorsqu'il arriva à l'étage, son frère sur les talons, Dallas respirait avec peine, comme s'il venait de courir un marathon.

Le brun qui avait ouvert la porte d'entrée sortit de l'une des chambres, un sourire compatissant aux lèvres.

— J'ai mis des serviettes propres sur la commode.

Stefan le remercia d'un petit baiser.

— Merci, Paul. Je venais justement préparer la chambre.

Paul. Évidemment. Stefan en avait parlé, brièvement, mais comme les deux dernières années étaient plutôt floues dans l'esprit de Dallas, il espérait être tout excusé d'avoir oublié que Stefan avait un copain. Un mari, même, peut-être ? Il ne pensait pas que son frère se serait marié sans lui en parler, mais comme il s'était plutôt isolé ces derniers temps, rien n'était moins sûr.

— C'était plutôt évident qu'il s'agissait d'un autre enfant perdu que tu voulais aider, mais je n'avais pas compris tout à l'heure que c'était ton frère.

Dallas se fichait d'être qualifié d'enfant abandonné, un terme assez juste. Au moins, Paul n'avait pas l'air contrarié ou désobligeant. Néanmoins, Dallas lui tendit la main.

— Ravi de faire ta connaissance, Paul.

7

Celui-ci ignora sa main et l'attira contre lui pour l'enlacer.

— Je suis heureux de rencontrer le frère de Stefan. Tu es le bienvenu chez nous aussi longtemps que tu en auras besoin.

Il paraissait aussi sérieux que Stefan l'avait été et bien qu'il ait pleuré comme une Madeleine peu de temps auparavant, Dallas sentit ses yeux le brûler à nouveau.

— Allez, mon cœur, laisse-le. Il dort sur place. Vous pourrez faire connaissance quand il aura dormi un peu.

Stefan l'écarta de l'étreinte de son compagnon et lui indiqua la chambre d'amis.

Dallas espéra que le sommeil ne le fuirait pas, comme depuis plusieurs semaines. Il entendit Paul murmurer quelque chose à son frère avant de descendre l'escalier, mais il s'intéressait davantage au lit. Il n'aurait su dire si c'était un queen ou un king size, mais les oreillers l'attirèrent comme un aimant surpuissant. Des draps d'une blancheur éclatante, et fraîchement lavés, d'après l'odeur d'adoucissant qu'ils dégageaient, étincelaient sous les rayons du soleil qui filtraient par la fenêtre. Stefan s'affaira dans la pièce, masquant les deux grandes fenêtres grâce à des rideaux occultant. Ils ne furent pas tout à fait plongés dans le noir, mais quand la porte serait refermée, ils n'en seraient pas loin.

— Tu as une salle de bain pas loin, prochaine porte à droite. Je vais te chercher des vêtements de rechange.

Dès que son frère sortit de la chambre, Dallas retira ses chaussures, puis il se débarrassa de son costume et le laissa par terre près du lit. Il se faufila sous les couvertures et laissa la douceur confortable faire effet. Ses paupières se fermèrent immédiatement, comme si le sommeil n'avait attendu que son arrivée en Floride pour lui revenir.

DALLAS SE réveilla dans une pièce silencieuse, une douleur sourde aux tempes. Il ignorait s'il avait dormi une heure ou huit heures, la lumière filtrant par les rideaux ne suffisait pas à le dire avec précision. S'il devait rester plus longtemps dans cette chambre, il devrait investir dans un réveil ou se souvenir d'en programmer un sur son téléphone. Au moins, il se sentait un peu mieux, même si, étant donné son état de santé général ces derniers temps, cela ne signifiait pas grand-chose.

Il s'étira un peu en s'agitant sur le matelas confortable. Se rendormir pour quelques jours lui parut à la fois merveilleux et facile à faire, cependant, il n'allait pas abuser ainsi de l'hospitalité de son frère. L'accueil chaleureux de celui-ci avait été génial, mais Dallas devait… s'expliquer. Ou plus. De préférence, sans s'effondrer en larmes comme il l'avait fait plus tôt. Stefan ne pouvait pas être sérieux en lui annonçant qu'il pouvait rester aussi longtemps qu'il le désirait. C'était ridicule. Il avait bien l'intention de trouver un travail et son propre appartement. Informer Stefan et Paul qu'il ne serait bientôt plus dans leurs pattes devrait les apaiser.

Il n'était pas du tout impatient de raconter à son frère, ou à n'importe qui d'autre, combien il s'était montré idiot et combien la situation désastreuse dans laquelle il se trouvait était principalement de sa faute.

Il se trémoussa à nouveau, avec plus d'énergie cette fois-ci, et une bouffée d'air remonta des couvertures, lui faisant plisser le nez. Bordel, il puait. Puisqu'il était recouvert de crasse et qu'il avait le même goût dans la bouche que s'il avait léché le cul de Lucifer, il allait prendre son frère au mot et utiliser sa douche avant de se montrer. Quelques minutes de plus pour rassembler les derniers vestiges de son courage ne seraient pas du luxe non plus.

Il grogna en s'asseyant. À en croire son médecin, un jour prochain, il se sentirait très vite comme l'ancien lui. Il renifla avec dérision. Il se sentait déjà *ancien* ; il aurait voulu se sentir à nouveau comme un jeune homme de vingt-quatre ans. Ou du moins, il aurait aimé se sentir aussi jeune qu'un jeune homme de vingt-quatre ans devait l'être. Il n'aurait jamais cru qu'atteindre presque le quart de siècle le ferait se sentir plus proche de la mort chaque jour.

La bouteille d'eau neuve sur la table de chevet ainsi que la pile de vêtements et de serviettes sur une chaise près du placard indiquaient que Stefan était retourné dans la chambre après l'effondrement de Dallas. Le soulagement d'avoir un endroit où rester, même brièvement, qui n'était pas sa voiture, lui avait permis de dormir plus profondément que depuis bien longtemps.

Comme la douleur battait à ses tempes, il prit l'eau et la vida en quelques gorgées. Il avait des antidouleurs dans sa voiture, mais il espérait qu'il ne s'agissait que d'un effet de la déshydratation et non d'une nouvelle migraine nerveuse. Si l'eau et la douche ne le soulageaient pas, il irait chercher ses nouveaux médicaments. Il ne pouvait pas se permettre de les prendre inconsidérément. Alors qu'il se dirigeait vers la chaise d'un pas lourd, il se demanda ce qui était arrivé au costume qu'il portait avant de se mettre au lit.

Il serra les vêtements et les serviettes contre son torse, cherchant la salle de bain, sans se soucier de se balader chez son frère en simple boxer.

Une heure plus tard, il était propre, rasé, et plutôt requinqué. Si l'eau avait fait disparaître quelques larmes supplémentaires en plus de la crasse, personne ne pourrait en témoigner. Les membres faibles et tremblants, il descendit l'escalier. La faim le rongeait pour la première fois depuis sa sortie de l'hôpital. Il devait manger quelque chose avant de dormir à nouveau, ce qui signifiait affronter la personne qu'il entendait s'activer en cuisine.

Paul se tenait devant un placard ouvert dont il fixait le contenu, mais il se tourna vers lui dès que Dallas entra dans la cuisine.

— Oh, bien, tu es réveillé.

Dallas lui fit un petit sourire. L'horloge du four indiquait 6 h 12, mais vu ce qu'il avait dormi, ce devait être jeudi soir ou vendredi matin. Il n'avait pas pensé à regarder son téléphone, mais comme il avait oublié de le brancher avant de s'écrouler, son portable devait être à peu près aussi utile qu'un caillou rectangulaire brillant.

— Combien de temps ai-je dormi ?

— Un sacré bout de temps. Tu devais être crevé, mon garçon.

Cela ne répondait pas vraiment à sa question, mais bon, ce n'était pas comme s'il devait se rendre à un travail quelconque.

Dallas haussa les épaules. Cela faisait deux ans qu'il était épuisé. Il ne se souvenait plus de ce que c'était que d'être parfaitement reposé, mais il espérait retrouver bientôt cette sensation.

Paul traversa la pièce et le prit par le menton, pour le fixer intensément du regard. Dallas voulut reculer, ne sachant pas ce qui se passait, mais Paul se contenta de sourire avant de le lâcher.

— On dirait bien qu'une bonne nuit de sommeil a fait des miracles, même s'il te reste encore du chemin à parcourir.

OK. Donc on était bien vendredi. Restait à savoir si c'était le matin ou le soir.

Paul n'avait pas terminé.

— Ce qui m'épate, c'est que tu aies dormi hier soir pendant le dîner. Nous avions commandé des pizzas et moi, l'odeur de pizza me réveillerait d'entre les morts.

La simple mention des pizzas tirailla l'estomac de Dallas, qui gronda bruyamment dans la pièce.

— Désolé, dit le jeune homme, les joues en feu.

10

Il ne pensait pas que son estomac supporterait d'en manger à cet instant, mais il avait l'impression que cela faisait des lustres qu'il n'en avait pas consommé.

— Aucune raison de l'être, répliqua Paul d'un ton détaché, sans trop de compassion non plus. Assieds-toi, je vais te faire des œufs.

Des œufs, ça voulait dire qu'on était le matin, non ?

— Oh, tu n'es pas obligé. Je peux me préparer mon petit-déjeuner moi-même.

Cela lui prendrait peut-être une éternité, avec son rythme d'escargot actuel, mais il pouvait y arriver.

— Trésor, on dirait qu'un coup de vent pourrait te balayer, or tu es venu en Floride pendant la saison des ouragans. Assieds-toi et laisse-moi te nourrir. Tu auras tout le temps que tu veux ce week-end pour te débrouiller tout seul.

— Me débrouiller tout seul ?

Il décida de suivre les ordres de Paul, puisqu'il avait le sentiment qu'il n'avait pas le choix, et ne s'appesantit pas sur sa déclaration concernant la saison des ouragans. Il avait suffisamment de sujets d'inquiétude sans ajouter Mère Nature à la liste.

— Hé, regardez qui nous est revenu d'entre les morts.

Stefan entra dans la cuisine, alla embrasser Paul puis s'approcha de la table. Il passa un bras autour des épaules de Dallas pour l'enlacer brièvement, avant de s'asseoir.

— Paul me parlait de me débrouiller tout seul ? Je ne veux pas être une gêne pour vous. Je peux m'en aller.

Il ne le voulait pas, cela dit, et la seule idée de retourner dans sa voiture suffirait à le tuer.

Par chance, Stefan le dévisagea comme s'il avait perdu l'esprit.

— Ne sois pas bête. C'est juste qu'on a un tournage dans une maison en bord de mer, ce week-end. Je suis content que tu te sois réveillé avant qu'on prenne la route.

Dallas cligna des yeux à plusieurs reprises, pris de court par le fait que son frère allait filmer des hommes séduisants couchant ensemble tout le week-end, alors qu'il n'avait lui-même toujours aucune idée de ce qu'il était censé faire de sa vie ni d'où il devrait aller.

— Et ça ne te gêne pas que je reste là ?

Le sourire joyeux de Stefan disparut, lui donnant un air sévère et étonnamment semblable à leur mère.

11

— Dallas, je ne vais pas te mentir, je veux savoir ce qui t'arrive exactement. Ne serait-ce que parce que je m'inquiète pour ta santé. Mais tu es aussi mon frère et, à mes yeux, le seul membre de ma famille au sens génétique du terme. Reste aussi longtemps que nécessaire. Laisse-moi t'aider.

Les yeux de Dallas le brûlèrent face à cette offre sans réserve. Stefan lui avait fait une déclaration similaire quand il était arrivé, mais cela lui avait semblé trop beau pour être vrai et il s'était convaincu qu'il avait rêvé ces paroles.

— Merci.

Sa voix se brisa quand il essaya de parler malgré la boule qui lui obstruait la gorge. Alors qu'il cherchait autre chose à dire, Paul posa une assiette devant lui. Des œufs brouillés aériens, accompagnés d'un toast bruni à la perfection, le tout ressemblant à un plat préparé par un chef professionnel.

— Je peux te faire du bacon ou des saucisses, si tu veux, mais je me suis dit qu'un plat rapide serait bien mieux que d'essayer de te préparer un petit-déjeuner complet, parce que tu dois sans doute mourir de faim.

Il n'en revenait pas que le compagnon de Stefan lui ait préparé à manger et qu'il attende de savoir s'il devrait cuisiner autre chose.

— Non, merci. Ce sera parfait.

Le bacon et la saucisse n'étaient pas dans ses projets immédiats, en revanche, les œufs et le toast étaient parfaits.

— Du jus d'orange ? Du café ?

Penser au café lui retourna l'estomac un instant.

— De l'eau, ça ira bien.

Paul prit une bouteille dans le frigo tandis que Dallas commençait à manger avec précaution.

— C'est délicieux. Merci.

Le compliment lui valut un sourire chaleureux. Stefan avait sans doute le même écart avec Dallas qu'avec Paul, ce dernier ayant donc environ le même âge que Hugh. Hormis ce détail, il n'y avait aucune ressemblance flagrante entre le seul et unique copain de Dallas et celui de Stefan.

— Nous avons dévalisé le frigo, mais il y a plein de boîtes de conserve dans les placards et un tas de trucs au congélateur et dans le cellier. Nous ferons des courses en revenant et découvrirons quels plats nous aimons tous les trois.

Pendant qu'il parlait, Paul indiqua les parties concernées dans la cuisine, qui était presque aussi grande que celle des parents de Dallas.

Celui-ci soupira. Faire des courses, avec ses restrictions alimentaires, n'allait pas être compliqué. Il fallait que ce soit simple, sain et facile à digérer. Même les aliments que son médecin l'avait autorisé à recommencer à manger lui retournaient encore l'estomac.

— Est-ce que tu as un ordi, un téléphone, un truc du style ? demanda Stefan.

C'était triste à dire, mais malgré sa situation désespérée, il ne voulait pas s'en séparer. Pourtant, s'il ne trouvait pas très vite du travail, il allait devoir réduire encore davantage son forfait de téléphone. Son ordinateur était essentiel pour son travail. S'il en arrivait au point de devoir le vendre, toutes ces années d'université et de disputes avec son père quant au choix de sa matière principale auraient été totalement vaines.

— Les deux. Mon ordinateur est dans la voiture.

Stefan hocha la tête et lui tendit un morceau de papier.

— Voilà le mot de passe du Wi-Fi et le nom du réseau. Et ne t'embête pas à décharger ta voiture.

À ces mots, les épaules de Dallas s'affaissèrent. Quelle raison aurait-il eu de décharger ses affaires ? Il ne resterait pas assez longtemps ici pour que cela vaille le coup de s'embêter.

— Dallas, bon sang.

Le ton agacé de son frère l'encouragea à relever la tête et fit froncer les sourcils à Paul.

— Quoi ?

— Écoute-moi. Tu peux rester ici. Autant que tu en auras besoin. Ne cherche pas de message caché dans mes paroles. Je sais qu'avoir fréquenté Walter et maman t'a sans doute entraîné à te dire que personne n'était jamais sincère, mais j'ai traversé un tas de merdes pour être sûr de ne pas être sous leur influence. Je ne suis pas comme eux et je ne le serai jamais. Je ne veux pas que tu décharges ta voiture parce que je ne veux pas que tu t'épuises à le faire ce week-end alors que nous ne serons pas là pour t'aider.

Merde. Il devait vraiment avoir plus mauvaise mine encore qu'il ne le pensait, si Stefan s'inquiétait que ses propres affaires puissent le tuer.

— D'accord. OK.

Stefan haussa un sourcil.

— Tu n'as pas intérêt à me mentir. Paul et moi, nous t'aiderons à vider ta voiture à notre retour. Si tu crains pour la sécurité de tes affaires, tu peux mettre ta voiture dans le garage. Nous devrions être de retour mardi.

— Merci.

Il avait dans l'idée qu'il s'entraînerait beaucoup à dire ces mots, dans un avenir proche.

— Je vais me mettre tout de suite à la recherche d'un travail. Comme ça, je pourrais au moins vous payer un loyer ou participer aux dépenses.

Son frère arbora un visage furieux comme Dallas n'en avait pas vu depuis des lustres.

— Non. Tu ne vas pas faire ça. Tu vas dormir, manger et te détendre. T'asseoir près de la piscine, aussi. Pas besoin de te précipiter, je te le promets. En plus, j'ai quelques idées à ce sujet. Je t'en parlerai à mon retour.

— C'est vrai ?

Dallas se mordilla la lèvre.

— J'imagine que c'est aussi bien. Je ne suis pas censé travailler à plein temps encore et ce n'est pas facile de trouver des boulots à mi-temps dans mon domaine.

Stefan écarquilla les yeux.

— Tu veux dire « pas censé travailler à plein temps *pour des raisons médicales* » ?

Il confirma d'un hochement de tête.

— Alors je ne veux pas voir le moindre signe indiquant que tu t'es fatigué pendant mon absence.

Ils avaient eu une relation étrange, quand ils vivaient tous les deux chez leurs parents. Dallas avait idolâtré son grand frère, mais avec près de huit années d'écart, ils avaient eu peu de choses en commun. Étant enfant, Dallas avait fini par agacer son frère plus souvent que de raison. En outre, il avait fréquemment été confié à Stefan plutôt qu'à une baby-sitter quand ses parents sortaient. Cette situation lui rappelait cette époque-là et il eut une brève envie de se comporter en sale morveux.

Il tira la langue à son frère.

— Ou sinon quoi ? Tu vas me priver de sortir ?

Il veilla cependant à garder un ton taquin, tant il était reconnaissant envers Stefan d'être plus bienveillant et prêt à l'aider que Dallas l'aurait imaginé.

Son frère se contenta d'un sourire moqueur.

14

— Oh, je trouverai une punition suffisamment horrible, Dall-*ass* [1].

Cette insistance sur la dernière syllabe de son prénom était l'une des rares possibilités de revanche pour Stefan quand ils étaient plus jeunes, puisque c'était toujours ce dernier qui avait des ennuis pour des choses que Dallas avait pourtant faites. Ainsi s'exprimait la différence dans les sentiments que le père de Dallas affichait, une différence dont il n'avait pris conscience qu'en grandissant, quand il avait pu repenser à son enfance avec un regard plus objectif.

— D'accord, d'accord. Ne recommence pas à m'appeler comme ça !

Dallas jeta un coup d'œil à Paul, qui pressait les lèvres et regardait le plafond pour retenir son rire. Lui-même sourit légèrement. Les choses étaient définitivement en train de s'améliorer un peu et il lui faudrait un petit temps d'adaptation. Se réveiller chaque matin inquiet et empli de crainte était devenu une habitude qu'il allait devoir perdre. Rester chez son frère devrait lui offrir la chance de le faire.

---

1 « ass » en anglais veut dire « crétin » dans ce contexte.

II

WILL DAWSON se passa une main sur le visage. Il était vanné et on n'était que mercredi. Il renifla de dérision. Maintenant qu'il travaillait tous les jours, week-end compris, et souvent tard le soir, les jours de la semaine n'avaient plus vraiment d'importance.

Kyle leva le nez de son écran.

— Qu'est-ce qui se passe, patron ?

Will serra les dents. Il avait oublié qu'il n'était plus seul. Avoir un stagiaire aurait dû le soulager, mais il n'arrêtait pas de se demander si Kyle prévoyait de lui voler son boulot.

— Oh, rien. Juste une pensée que j'ai eue. Comment se passe la réinitialisation des mots de passe ?

— C'est fini. Est-ce que tu veux que je travaille sur ce patch de sécurité ?

— Non, non. Il faut le faire dans la nuit et rebooter le serveur. Je le programmerai et le surveillerai depuis chez moi.

Peut-être. Il passait plus d'heures que jamais dans la salle des serveurs d'*Idyll Fling*. Pour autant, il n'allait pas donner à Kyle les accès lui permettant de s'occuper d'un patch de sécurité.

— Que veux-tu que je fasse, alors ?

— Et si tu allais déjeuner ? Il est tôt, mais j'aurai quelque chose pour toi quand tu reviendras.

La véritable réponse était « rien ». Will ne voulait pas qu'il fasse quoi que ce soit, cependant, il avait déjà des problèmes dans sa gestion du temps. Dans l'idéal, il devrait avoir au moins un autre administrateur système à plein temps et un administrateur de la base de données, mais en tout cas, pour être réaliste, au moins trois, quatre voire cinq autres collègues. Stefan, le propriétaire du studio, lui demandait régulièrement s'il avait besoin de plus de *mains*-d'œuvre, un terme qui, étant donné qu'il travaillait dans un studio porno, le faisait toujours légèrement glousser. Mais à part Kyle, le stagiaire à plein temps, Will avait toujours refusé.

Idyll Fling grandissait d'année en année et la pression sur les serveurs empirait, sans même parler des différentes tentatives de brèches dans la

16

sécurité à repérer. Demander à avoir des collègues consisterait à faire entrer plus de personnes dans son fief et il n'était pas certain de pouvoir le supporter. Pas après le fiasco de son précédent travail. *Idyll Fling* était son refuge et sacrifier du temps de sommeil pour veiller à ce que personne n'aille poser ses sales pattes sur ses serveurs était un prix qu'il acceptait volontiers de payer.

Évidemment, si une catastrophe survenait, il serait entubé de six manières différentes, mais sa mère lui avait toujours dit de ne pas chercher les ennuis. Un conseil plutôt avisé, sachant que les ennuis semblaient le trouver tout seuls.

Kyle sortit précipitamment de la salle des serveurs en claquant la porte. Deux ans plus tôt, quand Stefan l'avait contacté via un réseau professionnel et lui avait proposé ce qui ressemblait à un job de rêve, et pas seulement parce qu'il n'aurait plus à rester chez ses parents, Will avait décidé d'installer son bureau dans la salle des serveurs, en partie par commodité, en partie parce qu'il aimait avoir son intimité, mais surtout parce qu'il y faisait frais, lui offrant un refuge apprécié face à la chaleur oppressante qui régnait en Floride. En engageant un stagiaire, il n'avait eu qu'à improviser un nouveau bureau, mais s'il engageait d'autres personnes ? Il faudrait faire des rénovations et installer un vrai espace de travail. Cela lui paraissait constituer bien trop de soucis sans raison valable.

Seul à nouveau, Will soupira. Il avait beau essayer de calibrer différemment sa façon de penser, Kyle restait un intrus et il ne pouvait se détendre qu'en l'absence de celui-ci.

Il allait néanmoins devoir trouver quelque chose à faire à Kyle. Ce serait encore plus bête que Stefan paie Kyle pour être un simple cale-porte, et un pas vraiment intéressant, en prime. Ils recevaient beaucoup d'e-mails pour des problèmes techniques, demandant, en général, une réinitialisation des mots de passe ou une mise à jour des navigateurs. Cependant, Kyle préparait un diplôme en génie logiciel et ce travail n'occupait même pas trois jours entiers et ne devait pas constituer un véritable défi pour lui. Mais mieux valait que ce soit lui qui s'ennuie que Will, non ? C'était bien à cela que servaient les stagiaires, n'est-ce pas ?

Will s'adossa à son siège et le fit tourner. Il avait une tonne de travail à faire, sans même parler de son deuxième boulot. Ou loisir ? Parce qu'une chose était sûre, c'était plus sympa que le travail, mais les responsabilités supplémentaires étaient néanmoins écrasantes. Cependant, le calme et la tranquillité qu'il ressentait à être seul méritaient bien quelques moments de détente pour en profiter.

Comme si ses pensées avaient fait apparaître un démon, quelqu'un donna un coup sur la porte et Will se renfrogna. Il avait pigé. Dès qu'il avait une minute seul, il fallait que quelqu'un vienne l'embêter. Les visites personnelles signifiaient en général que quelqu'un avait merdé quelque part, ce qui n'était jamais une bonne chose.

Il se leva de sa chaise et ouvrit la porte à la volée.

— Quoi ?

Raven, son meilleur ami, se tenait devant lui. Il haussa un sourcil.

— Sérieux ? C'est comme ça que tu accueilles les gens, maintenant ?

Will renifla de dérision.

— C'est comme ça que j'accueille toujours les gens et tu le sais très bien.

Raven pencha la tête.

— Ouais, je sais. Est-ce que je peux entrer ? Ou bien vas-tu pouvoir te libérer de tes chaînes et sortir manger ?

Il y réfléchit une minute. Il préférerait rester, mais il ne voulait pas écourter sa conversation avec Raven parce que Kyle reviendrait. Il était peut-être aussi possessif dans son amitié avec Raven qu'il l'était avec ses serveurs.

— Laisse-moi envoyer un message à Stefan puis prendre mon portable. Tu as un resto en vue ? ne put-il s'empêcher de demander.

Idyll Fling avait transformé un immense bâtiment industriel en chambres, vestiaires, salles de bain et quelques bureaux, mais le studio était cerné par une grande zone remplie de que dalle. Dans le terrain attenant, il y avait régulièrement des vaches qui broutaient, bon sang. Raven venait d'Orlando et lui avait assuré plus d'une fois que c'était normal. Une histoire de zonage ou de taxes ou d'un truc du style, mais pour quelqu'un comme lui venant du Connecticut, cela restait bizarre. Et outre ce côté étrange, « sortir manger » signifiait conduire au moins plusieurs kilomètres pour trouver quelque chose.

— Chinois, ça te dit ?

Will frémit.

— Hou là non. Je n'aurais jamais cru que la nourriture chinoise n'aurait pas le même goût ici, et pourtant si. Alors non. Thaï, peut-être ? Ou indien ?

Raven rit.

18

— Il faudrait vraiment que j'aille dans ta ville natale pour goûter la nourriture chinoise. Pourquoi présumes-tu qu'il n'y a que la nourriture chinoise qui sera aussi différente ?

Ce n'était pas le cas. Pas du tout. Will avait été surpris de toutes les choses différentes ici, à Orlando, en dehors du fait de ne plus jamais avoir à conduire sous la neige. Il avait cependant réussi à s'acclimater aux autres changements.

— Je ne sais pas. Mais ce n'est pas juste.

— Bon, mangeons indien, conclut Raven.

Il se tourna et sortit de la salle des serveurs, pénétrant dans le labyrinthe du studio.

Pendant longtemps, Will avait été persuadé que l'accident de Raven avait aussi mis un terme à leur amitié, mais celui-ci lui avait par chance prouvé le contraire, et quelques semaines plus tôt, Will l'avait aidé à monter une entreprise appelée *Tartan Candy*. Pour Raven, c'était un travail, mais pour Will, c'était un hobby agréable grâce auquel il pouvait rester avec son meilleur ami, porter un kilt et se faire payer.

Il devait bien faire quelque chose de ses kilts, puisqu'il n'avait pas eu le temps de passer la moindre audition pour des foires de la Renaissance locales, depuis son arrivée en Floride.

Au restaurant, ils passèrent rapidement commande, et tout aussi vite, des naan aériens et chauds apparurent sur leur table pour les mettre en appétit.

Will en prit un. Il ne serait jamais aussi racé et beau que son meilleur ami, et sachant que renoncer au pain n'avait jamais fait de différence au niveau de sa taille, il ne voyait pas de raison de se priver.

Raven n'en prit qu'un petit bout et s'adossa à sa chaise. À l'époque où Raven travaillait pour *Idyll Fling*, Will ne l'avait jamais vu manger des bonbons ou des glucides, mais depuis l'accident et sa retraite, son ami s'autorisait un peu plus de flottement dans son régime et en semblait plus heureux. Un nouveau reniflement amusé lui échappa avant qu'il puisse le retenir. C'était sans doute le petit ami incroyablement gentil de Raven qui le rendait plus heureux. Le sucre n'était qu'un bonus appréciable.

Raven mit la bouche en cul-de-poule, une expression qui ferait penser à des fellations à tout un chacun, mais Will était fait d'un autre bois. Il n'avait jamais pensé à Raven ainsi. Objectivement, il savait que Raven était magnifique, mais ils faisaient de bien meilleurs amis que quoi que ce soit d'autre.

Comme le silence s'éternisait, Will ressentit l'envie de se trémousser. Raven avait visiblement envie de dire quelque chose et Will avait le sentiment qu'il était dans le pétrin. Entre son travail à *Idyll Fling* et son partenariat dans *Tartan Candy*, petite, mais florissante entreprise, il n'avait pas eu *l'opportunité* de merder quelque part, pourtant.

Son pouls s'accéléra tout à coup. Avait-il oublié quelque chose que Raven lui avait demandé de faire ? Ou pire... Avait-il oublié l'un de leurs évènements ?

— Honnêtement, comment vas-tu ? demanda Raven en picorant dans son naan.

Sa panique n'était sans doute pas justifiée. Will se força à se détendre et à inspirer profondément plusieurs fois.

— Bien. Pourquoi ça n'irait pas ?

OK, il n'avait pas du tout l'air sur la défensive.

— Et toi, comment ça va ? Caleb te traite bien ?

Raven rougit. Will ignorait qu'il en était capable. Quelle expression sublime ! Il était tellement heureux pour son ami et incroyablement envieux aussi, même s'il avait fallu une pénible dispute lors d'un récent évènement familial pour consolider leur histoire. Avant que Will n'emménage ici... avant *l'incident*, il avait un bon travail et un petit ami parfait. Il avait eu l'impression qu'il voguerait vers ses trente ans comme la plupart des gens le faisaient d'après lui, en pleine ascension sociale et engagé dans une relation qui mènerait au mariage et peut-être aux enfants, ou au moins à un chien ou deux. C'était à cause d'un seul connard magnifique que Will avait tout perdu et avait passé son trentième anniversaire seul dans un appartement vide au cœur d'une ville où il ne connaissait personne.

Accepter ce travail à *Idyll Fling* était pile ce dont il avait eu besoin. Il avait pu quitter la chambre d'amis de ses parents, s'éloigner de leur inquiétude étouffante et prendre un nouveau départ dans un nouvel état. Renoncer aux quatre saisons avait été un maigre prix à payer face à cette opportunité d'échapper à une humiliation totale. Bien que son ex lui-même ne lui manque pas le moins du monde, ce qui lui manquait, c'était d'avoir un compagnon. Cependant, s'il voulait en trouver un, il devrait sortir de temps en temps ses fesses du studio. Non pas qu'il ait quelque chose contre les acteurs pornos, mais Raven avait été le plus vieux de tous quand il travaillait encore pour *Idyll Fling*. Or à trente-deux ans, Will avait déjà quatre ans de plus que son ami. Aucun des mannequins et acteurs n'était assez vieux pour désirer ce que lui-même voulait de la vie, à supposer même qu'ils puissent jeter un deuxième coup d'œil à un vieil homme.

Quand Will sortit enfin de ses pensées, il réalisa qu'il avait complètement raté les louanges que Raven chantait sur son copain. C'était aussi bien comme ça. Caleb était un bon parti, mais le bonheur qu'il ressentait pour son ami ne pourrait pas cacher sa propre envie longtemps.

— Sommes-nous prêts pour la convention de ce week-end ?

Raven avait le front plissé.

— Je me demandais si nous ne devrions pas engager une autre personne.

Will fut saisi d'une nouvelle vague de panique.

— Pourquoi ? On devrait y arriver à nous deux.

Raven fronça encore davantage les sourcils.

— Je ne veux pas te causer du stress supplémentaire. Je sais que tu te démènes au travail ces derniers temps. As-tu demandé à Stefan d'embaucher plus de monde et pas juste un stagiaire ?

Cette question lui fila la chair de poule. Un peu qu'il allait demander ça à Stefan, tiens. C'était déjà assez dur qu'il se soit fait licencier à son précédent travail. Il n'allait certainement pas demander à l'être dans celui-ci.

— Ça va au travail. À moins que tu ne cherches une excuse pour me remplacer par quelqu'un de plus séduisant ?

Merde. Will ferma la bouche. Rien ne l'obligeait à se comporter comme un enfoiré, même s'il se demandait parfois pourquoi Raven considérait qu'il était un bon choix pour *Tartan Candy*. Will ne jouait pas dans la même cour que lui.

Le silence devint lourd et oppressant, et c'était entièrement la faute de Will.

— Je suis désolé, Raven. Je crois que je suis un peu plus stressé que je ne le pensais, mais une bonne nuit de sommeil me fera du bien.

Si la bonne nuit en question pouvait durer une semaine ou plus.

— Tu sais que je ne veux pas te remplacer, lui assura Raven sur un ton tout à fait sérieux en se penchant vers lui. Tu es mon meilleur ami.

— Et Caleb ?

Voilà que Will jouait à présent les garces jalouses et pleurnichardes.

— Désolé, pardon. C'était déplacé.

— Ce n'est pas parce que j'ai un copain que je ne peux pas avoir d'ami.

Raven fronça les sourcils.

— Enfin, je crois ?

Will ravala son rire, parce que trouver l'embarras de Raven amusant n'aurait pas dû être le meilleur moment de cette conversation étrange. Raven n'avait jamais eu de compagnon avant Caleb et Will ne lui jalousait vraiment pas son bonheur.

— Oui, tu peux avoir les deux. Les bons amis n'oublient pas leurs amis quand ils commencent à sortir avec quelqu'un.

Même s'ils avaient moins de temps pour voir leurs amis qu'avant. Ce n'était pas la première fois que Will donnait des conseils à Raven en matière de relation et de rencards. Non pas que Will fût un expert d'aucune façon ou qu'il eût un copain à l'heure actuelle. Son expérience précédente lui avait enseigné qu'il ne savait pas forcément comment bien faire les choses, mais il savait certainement ce qui avait fait capoter toutes ses relations.

— Ah ! Je le savais ! Plus sérieusement, je ne veux pas te remplacer.

Raven lui lança un regard oblique.

— Si tu es inquiet, cela dit, je peux te prendre rendez-vous avec mon styliste. Tu es un peu débraillé.

Will leva les yeux au ciel. Même si les évènements de *Tartan Candy* ne remontaient qu'à quelques semaines, cela faisait bien plus longtemps que cela que Raven tentait de « styler » Will.

— Non, merci. Je croyais que tu avais dit que mon look naturellement brut constituait un bon faire-valoir pour toi.

Une chose était sûre, ses cheveux blonds indomptables et épais, qu'il portait souvent trop longs, ne se conformeraient jamais au style strictement « manga » de Raven, et il aurait clairement l'air d'un idiot avec des mèches rouge vif, bleues ou pourpres, contrairement à Raven, qui avait arboré toutes ces nuances depuis que Will le connaissait.

— Brut et naturel, oui. Mais tu n'es qu'à un pas d'être plutôt sauvage et enragé.

Will éclata de rire. Pour une raison étrange, sa confiance en lui était peut-être emberlificotée dans sa propre tête, mais les taquineries bon enfant de Raven le faisaient toujours se sentir mieux.

— Je n'ai juste pas eu le temps d'aller chez le coiffeur. Je m'assurerai d'y aller avant que les gens commencent à m'appeler Raiponce.

— Oh Seigneur. J'aurais pris une paire de ciseaux bien avant que ça n'en arrive là.

Will rit plus fort et se signa, comme pour repousser les intentions démoniaques de son ami.

Leur échange taquin s'interrompit à l'arrivée de leur repas, les effluves épicés dérivant de leurs assiettes, et ils firent une pause dans leur conversation pour pouvoir y plonger la fourchette. Cela avait demandé à Will beaucoup d'effort – plus que cela n'aurait dû – pour diriger la conversation vers un sujet pas trop tendu qui ne le pousserait pas à aboyer comme un chien de compagnie irascible. La pause était donc la bienvenue.

Bien trop tôt, cependant, Raven releva la tête et le fixa comme s'il sondait son âme.

— Tu sais, tu pourrais sortir avec nous vendredi. Caleb et moi allons retrouver des amis. Boire quelques verres, danser un peu. Ce sera amusant.

Amusant. Ouais, c'est ça.

— Je ne sais pas. On va voir comment avance la semaine. Stefan vient juste de revenir d'un tournage sur la plage hier et il faut éditer une tonne de séquences.

Raven avança les lèvres.

— Et c'est bien pour ça qu'il a des monteurs vidéo. Tu as assez à faire sans te charger en plus du boulot des autres. Rien que la compression finale des vidéos et le fait de les poster sur le site doivent pas mal t'occuper.

Sa tension revint à ces mots. Will haussa négligemment une épaule, mais pour être honnête, il n'avait plus vraiment le temps d'aider à éditer les vidéos. Pas à moins qu'ils ne soient dans un moment critique. Il cherchait surtout une raison pour ne pas sortir en boîte. Quand le week-end arrivait, il était à deux doigts de s'effondrer et même Raven ignorait quelle quantité de travail il faisait le week-end, en plus de leurs évènements *Tartan Candy*.

Sans compter que les « amis » comprenaient sans nul doute Jaime, le cousin de Caleb. Depuis que Raven et Caleb avaient décidé d'être un couple, Raven n'arrêtait pas de l'inviter en même temps que Jaime.

— Allez ? S'il te plaît ? Tu as besoin de te détendre. De t'amuser. De tirer ton coup.

Hum. Peut-être que Raven n'essayait pas de le caser avec Jaime. Du moins, pas pour une relation.

— Comment sais-tu que je ne tire pas déjà mon coup ?

Le regard assassin que lui lança Raven aurait dû le tuer sur place.

— Tu te souviens de mon ancien métier, non ? Ça fait si longtemps que tu n'as pas tiré ton coup que je suis surpris que tes couilles n'ont pas fini en poussière.

C'était vrai, mais de là à l'admettre ? Aucune chance.

— Ah ouais ? Le porno t'a donné une sorte de superpouvoir pour détecter les dates limites de péremption sexuelle ?

Raven souffla un rire involontaire.

— Tu sais, il te suffirait d'ouvrir la porte de la salle des serveurs. Ce bâtiment est rempli de types prêts à se mettre à genoux pour toi. Tu n'aurais qu'un mot à leur dire.

Seigneur, mais sur quelle planète vivait Raven ? Il devait ressembler à un fossile, pour ces mannequins, et n'était en rien aussi séduisant que son ami. Il faudrait plus qu'un mot, pour peu qu'il veuille même poser la question.

— Ne sois pas ridicule. Ce sont des bébés.

Ce fut au tour de Raven de lever les yeux au ciel.

— Ils sont tous majeurs. Tous.

— Tu vois ce que je veux dire. En plus, ce n'est jamais une bonne idée d'entamer une relation avec des collègues.

— Une relation ? Je ne te suggérais pas de sortir avec eux.

Il fit la moue.

— Même si je ne te jugerais pas de le faire.

— Je le répète : des bébés. Qu'est-ce que je ferais d'un type ayant dix ou quinze ans de moins que moi ?

À part mourir de fatigue sexuelle. Bon sang, rien que penser à des sujets de conversation avec un type n'ayant rien en commun avec lui suffisait à lui filer de l'urticaire. Ou à lui donner envie de se terrer dans son appartement, tapi dans le noir.

— D'accord, très bien. Tes couilles desséchées te regardent, pas moi.

Will rit à nouveau.

— Si mes couilles desséchées et moi changeons d'avis, je te tiens au courant, d'accord ? Sinon, on se voit à la convention de ce week-end.

— Oui, oui. Mais essaie de venir aussi vendredi. S'il te plaît. Pour moi ?

Will se renfrogna.

— Très bien.

Il pouvait se montrer gentil avec Jaime un soir de plus. C'était un type plutôt convenable, mais Will voulait un compagnon, pas un dragueur.

III

— C'EST LÀ.

La fierté dans la voix de Stefan était immanquable, alors même qu'ils étaient garés devant un bâtiment industriel bas. Pourtant, Dallas sourit. Il ne savait pas trop pourquoi Stefan avait investi tant de temps et d'effort pour monter un studio de films pornos, mais personne ne pouvait nier qu'il avait des projets à long terme et de l'ambition. Tout son travail avait porté ses fruits. Même si Dallas n'avait jamais vu aucun film d'*Idyll Fling*, il savait que Stefan profitait d'un succès durement gagné, malgré tous les efforts de la famille pour contrecarrer ses plans.

— Tu me fais visiter ? demanda Dallas en faisant de son mieux pour avoir l'air enthousiaste.

Bien sûr, il était reconnaissant à son frère de lui avoir offert un travail, vraiment, mais il s'inquiétait pour… tout. C'était comme son premier jour de stage après la fac, mais en mille fois pire. À cette époque-là, il avait été plutôt naïf, mais à présent, il savait combien la vie professionnelle pouvait être horrible, surtout quand votre patron était une enflure de première. Il ne savait pas non plus ce qui le terrifiait le plus entre finir à l'hôpital ou à la rue s'il n'arrivait pas à reprendre le travail.

Dallas sortit de voiture et suivit Stefan jusqu'à une porte grise, sur laquelle était peint le nom « I.F. Studios ».

L'appréhension faisait tomber son estomac en chute libre. Moins de deux semaines plus tôt, sa vie avait changé en une fraction de seconde dans l'allée de ses parents. Confronté à l'idée qu'il n'avait nulle part où aller à part chez Stefan, il avait pris l'autoroute. La panique, le doute et le dégoût de soi comblaient les trous entre le chagrin et l'épuisement et avaient en grande partie enfoui la question qu'il voulait désespérément poser. Mais s'il le faisait, Stefan saurait combien la réponse comptait pour lui. Chaque seconde d'incertitude permettait à Dallas d'espérer un peu plus longtemps.

Stefan devait sans doute le prendre pour un idiot, à ne poser aucune question sur son nouveau travail, cependant Dallas ne voulait pas poser par mégarde la question qui tiraillait sa conscience depuis l'instant où il avait choisi de se rendre au sud du pays.

25

Le moment de rendre des comptes arrivait à grands pas, dans quelques minutes à peine.

Stefan ouvrit la porte et entra. Dallas le suivit lentement, s'arrêtant pour étudier la zone d'accueil.

Aux premières heures du matin, il s'était réveillé en sueur à la suite d'un cauchemar dépeignant des hommes nus tenant d'énormes godemichés à la main en lui demandant d'un ton empli de sarcasme de les prendre. Dans d'autres circonstances, cela aurait pu être sexy, mais tout le rêve avait eu des allures de carnaval de film d'horreur qui faisait que Dallas se sentait impuissant et incompétent. Nul besoin d'être psy pour comprendre le message, cependant, l'inquiétude avait persisté, assombrissant son premier jour.

Pourtant, le hall d'accueil ressemblait à la salle d'attente d'un cabinet de médecin haut de gamme et cette absolue normalité fit disparaître un peu de sa tension.

Une porte s'ouvrit sur le côté du bureau et une femme d'un certain âge, dans la soixantaine, dotée d'une coiffure de lutin et de cheveux couleur lavande, en sortit, une tasse à café à la main.

— Bonjour, monsieur Silverman.

Son élégance contrastait avec son sourire chaleureux et maternel, avec ses rides creusées et harmonieuses. Elle était certes habillée comme la grand-mère de Dallas, mais il était tout à fait clair que les deux femmes étaient de tempéraments opposés.

— Bonjour, Joanie. Je vous présente Dallas Greene. Il commence le travail aujourd'hui.

Joanie posa sa tasse et contourna son bureau pour le voir de plus près.

— Oh, il est mignon. Aucun des garçons n'a parlé de sang neuf. Ils vont être enchantés de cette surprise.

En une demi-seconde, le visage de Dallas s'enflamma. Il jeta un coup d'œil à Stefan, qui rougissait lui aussi. Être acteur porno dans un film réalisé par son propre frère constituerait une surcharge de mauvais karma d'une ampleur que Dallas ne voulait pas imaginer. Il avait enduré sa part de trucs merdiques depuis qu'il avait commencé l'université, mais se mettre nu et s'adonner à une partie de jambes en l'air pendant que son frère filmait ? Il aurait fallu qu'il tue des chatons dans une ancienne vie pour mériter ça.

Savoir que Joanie était parfaitement au courant de ce qui se passait à l'arrière du bâtiment le perturba aussi, juste un peu.

— Euh non, ce n'est pas un mannequin. Il travaille sur les ordinateurs. À mi-temps, pour commencer. Nous préparerons les papiers dans la journée.

— Oh, les garçons vont être déçus.

Joanie le gratifia d'une étreinte chaleureuse.

— Bienvenue dans la famille.

Dallas cligna des yeux et hocha la tête, trop éberlué pour parler.

— Est-ce que tu veux un café ? Un soda ?

S'il avait pu parler, il aurait refusé poliment. Ni l'un ni l'autre ne conviendrait à son estomac. Il se contenta de secouer la tête.

— Oh, un petit réservé. Ça ne durera pas.

Joanie lui tapota la joue avant de récupérer son propre café.

— J'ai quelques factures à vous soumettre, monsieur Silverman. Dites-moi quand vous souhaitez prendre votre café et je vous les apporterai.

— Merci, Joanie. Je vais d'abord faire visiter à Dallas, alors je vous tiens au courant.

Le téléphone sonna, permettant à Dallas d'échapper un instant au regard inquisiteur de la secrétaire. Il n'avait rien de salace, contrairement à ce qu'il avait pu craindre, c'était plutôt comme si elle essayait de le comprendre. Au moins, Stefan et lui ne se ressemblaient pas vraiment. Entre leur teint et leur nom différents, ils devraient sans peine réussir à cacher le fait qu'ils étaient frères. Stefan n'avait pas été favorable à cette supercherie, mais Dallas avait plaidé sa cause et lorsque Paul l'avait soutenu, étant d'accord avec lui sur le fait que les gens seraient plus à l'aise en sa présence jusqu'à ce qu'ils apprennent à le connaître, Stefan avait cédé. Mais il n'en était pas heureux et cet empressement de Stefan à vouloir proclamer que Dallas était son frère aidait à réparer les entailles dans son âme que les mots blessants de ses parents avaient faites.

Ils quittèrent l'accueil par une porte qu'ils refermèrent derrière eux. Le couloir ressemblait à celui de n'importe quel immeuble de bureaux. Une pièce ouverte sur la gauche présentait quelques boxes, tout comme dans n'importe quel immeuble de bureaux là aussi.

— Qui travaille ici ?

Son frère haussa les épaules.

— Parfois, j'ai besoin d'un peu d'aide pour la paperasse, c'est là que les gens s'installent. Les monteurs vidéo ont leur propre bureau. Ou d'autres fois, les gars qui sont à l'université viennent travailler ici. Tout dépend du jour, du planning d'enregistrement et du nombre de personnes présentes.

27

Dallas haussa les sourcils. C'était plutôt cool de la part de Stefan, d'autant qu'installer des boxes comme ceux-là était plus cher qu'on ne pourrait le penser. Mais cela donnait aussi à *Idyll Fling* l'apparence inoffensive d'un bureau traditionnel.

Quelques mètres plus loin, Stefan lui indiqua une pièce avec une cuisine presque entièrement équipée, ainsi que quelques tables et chaises de cafétéria.

— Ça, c'est la grande salle de pause. Il y en a quelques-unes plus petites ici et là, mais surtout pour se détendre et boire de l'eau fraîche en bouteille.

Dallas fit un rapide tour de la salle de pause. Avant qu'il n'en sorte, un blond mince, un peu plus petit et plus jeune que lui entra dans la pièce, les yeux rivés sur son téléphone. Pas de différence avec son précédent travail, sauf que la peau bronzée de ce type était entièrement exposée, sans la moindre marque de bronzage. Ses joues le chauffèrent et il ne put s'empêcher de jeter des coups d'œil, très fréquents, à l'équipement impressionnant – même au repos.

— Salut, Tyler. Je te présente Dallas, lui dit Stefan. C'est un nouvel employé.

Tyler releva le nez, les yeux un peu flous pendant une seconde.

— Salut, patron.

Ses salutations ainsi dispensées, le blond s'intéressa alors de plus près à Dallas. Alors même que Tyler était aussi nu que le jour de sa naissance, ce fut Dallas qui se sentit jaugé. Ce qui était logique, dans un sens. Le sexe flasque de Tyler s'approchait déjà de la taille d'une limousine allongée. Dallas n'était pas vraiment petit, mais il ne pourrait jamais rivaliser, à moins que le membre de Tyler défie les lois de la biologie et rapetisse quand il était en érection. Il n'aurait jamais imaginé que travailler avec Stefan lui donnerait d'autres raisons de se sentir défaillant.

Le regard concupiscent de Tyler disait cependant qu'il aimait ce qu'il voyait.

— Ravi de te rencontrer, Dallas. Est-ce que je peux le débourrer, Stefan ? Je parie qu'il est superbe sous tous ces vêtements.

L'embarras fit battre son cœur dans ses oreilles. Dallas n'avait pas vu beaucoup de pénis d'aussi près et en vrai, non par manque de désir d'ailleurs. Cependant, il ne se souvenait plus de la dernière fois qu'il avait fait l'objet d'une appréciation aussi franche, et cela n'avait jamais eu lieu en présence d'un membre de sa famille. Voilà ce que cela faisait d'être dans le placard. Entre son récent séjour à l'hôpital, la présence de son frère et le fait qu'un coup d'un soir ne l'intéressait pas, il n'aurait pas dû être excité du tout. Cependant, sa queue avait d'autres idées en tête et s'éveilla légèrement comme si elle voulait se montrer, voire s'exhiber.

Stefan rit, mal à l'aise.

— Tyler, je sais que je t'ai promis que ce serait toi qui empalerais le premier le prochain nouveau, mais Dallas n'est pas un mannequin.

— Non ?

Avec ses lèvres pleines, Tyler esquissa une moue exagérée.

— Tu es sûr ? Je crois qu'il m'aime bien.

Le sexe de Dallas s'étira et gonfla, comme s'il tentait d'atteindre ces lèvres incroyables qui donnaient l'impression d'être capables de délivrer des fellations extraordinaires. Bien que son sang se ruât au sud, cela n'empêcha pas ses joues et ses oreilles de rougir davantage. C'était une situation humiliante, équivalente à ces cauchemars où on rêvait de passer ses examens en sous-vêtements.

— Certain. C'est un geek.

— Tssss, rétorqua Tyler. Un nerd ? Quel gâchis pour ces pommettes.

Tyler esquissa un sourire narquois et caressa du doigt les pommettes en question. Dallas se racla la gorge et recula d'un pas. Les ondes sexuelles écrasantes qui émanaient du mannequin l'empêchaient de respirer ou de penser.

— Viens, Dallas, allons dans la salle des serveurs avant que ta tête n'explose à cause de Tyler.

L'amusement évident dans la voix de son frère n'effaça en rien son humiliation, mais fit des miracles pour dompter son membre.

Il se racla de nouveau la gorge.

— Après toi, Stefan. Ravi de t'avoir rencontré, Tyler.

Il devait repenser son désir de garder son lien avec Stefan secret, parce qu'il doutait que Tyler aurait insisté aussi lourdement s'il avait su qu'il était en train de faire du gringue au frère du boss, en présence de ce dernier. Quand il avait voulu être traité comme n'importe quel employé, il n'avait pas pris en considération le fait que les relations entre employés d'un studio de films pornos différeraient totalement de celles d'une des 500 plus grandes entreprises du pays.

— Viens nous voir au dortoir tout à l'heure. Nous y restons quelques heures, ce matin.

Le sourire de Tyler fut tout aussi lascif que le précédent.

Dallas ne répondit pas, mais dès qu'ils furent hors de portée de voix, il ne put s'empêcher de demander :

— Quel dortoir ? Je croyais que l'université n'était pas juste à côté.

Cette fois-ci, Stefan rit sans gêne.

— Il parlait du plateau monté comme un dortoir. Nous tournons aujourd'hui une vidéo consistant à « aguicher un camarade de chambre ».

— Il ne suggérait pas…

Il ignorait comment finir cette phrase sans avoir l'air d'une vieille fille coincée, mais Tyler avait dû se méprendre. Dallas ne savait pas comment avoir un coup d'un soir, encore moins comment coucher avec un inconnu devant une caméra. Avec, en plus, son frère comme partenaire derrière la caméra. Le facteur dégoût était incomparable.

— Il espère que tu viendras regarder l'une des prises. Pour t'aguicher.

— Oh.

Bien qu'appréciant l'attention, Dallas était toujours obsédé par quelqu'un – et pas par ce connard de Hugh. Pour l'instant, c'était son coup de cœur inaccessible qui le tiendrait loin des ennuis le temps de remettre le reste de sa vie en ordre.

Stefan haussa les épaules.

— De bien des manières, nous sommes comme toutes les autres entreprises, sauf qu'il y a beaucoup de nudité. Et beaucoup de sexe, devant et hors caméra. Tant que les relations personnelles ne créent pas de tensions excessives ou un environnement de travail hostile, j'essaie de rester en dehors de ça, mais si tu veux aller regarder certaines prises ou t'intéresser à n'importe lequel des gars, ça ne me regarde pas.

Une espèce de mot affirmatif sortit de sa gorge. Il avait plus ou moins été dans le placard avant son départ du Connecticut. « Refoulé » serait une bonne manière de le décrire. « Inexpérimenté » et « naïf » aussi, d'ailleurs. Alors, aller voir du sexe en direct lors de son premier jour de travail ? Hors de question.

Cependant, Stefan lui fit faire une visite rapide des studios, où Dallas vit plusieurs plateaux représentant divers lieux destinés à accueillir des relations sexuelles, y compris un parc, qui regorgeait de bancs et de faux arbres. Le plateau du dortoir était néanmoins le seul en activité, à l'heure actuelle.

— Bon… hum… Ça fait bien plus de fesses dénudées que je n'aurais pensé pour un lundi matin de bonne heure.

Même en parler était embarrassant, mais Dallas allait devoir apprendre à surmonter son malaise. Stefan lui sauvait la mise et Dallas n'avait vraiment rien contre le porno. C'était juste la juxtaposition entre sa vie professionnelle, sa vie familiale *et* le porno qui l'épuisait à l'avance.

Stefan rit.

— Oui, ton dernier patron collet monté n'imaginerait sans doute jamais ça.

— Attends. Comment sais-tu que mon dernier patron était collet monté ?

Collet monté, homophobe et plus que conservateur. Mais il ne se souvenait pas en avoir parlé à son frère.

— Euh. Je possède un studio de films pornos. N'importe quel patron d'entreprise sera plus collet monté que moi.

Dallas pouffa de dérision. Il était tombé dans le panneau tête la première. Cela dit, les taquineries et les rires n'avaient, pendant longtemps, pas fait partie de sa vie. Son sens de l'humour avait besoin de se faire dépoussiérer.

— De toute façon, seule la moitié des tournages se passent pendant les heures de bureau traditionnelles, pour s'adapter aux mannequins qui suivent des études ou ont des boulots la journée. Quand tu seras à plein temps, je suppose que tu seras surtout là du lundi au vendredi, de neuf heures à dix-sept heures, mais c'est flexible, si tu as des rendez-vous par exemple, ce genre de choses. Et je peux comprendre que certains…

Stefan agita les doigts comme s'il jetait un sort.

— … que certains trucs informatiques nécessitent de travailler tard le soir, alors tu pourras organiser tes horaires en fonction de ça, si besoin.

— Je pourrais travailler à plein temps tout de suite. Je ne veux pas que tu regrettes de m'avoir embauché. Et plus vite, je commence à travailler à plein temps, plus vite je te lâche les baskets.

Ce travail ne devait pas être très stressant, si ? Tout vaudrait mieux que son précédent boulot, de toute façon.

Cependant, sa déclaration fit s'arrêter net son frère, qui se tourna vers lui en fronçant les sourcils.

— Ton docteur t'a dit de ne travailler qu'à mi-temps, exact ? Alors, tu vas suivre ses ordres, tu m'entends ? Juste quatre heures aujourd'hui, et seulement si ça ne te fatigue pas trop. Compris ? N'oublie pas, je suis ton grand frère. Je connais une foule de moyens pour te faire regretter de désobéir, Dall-*ass*. Et de toute façon, tu peux rester chez nous aussi longtemps que tu en as besoin ou que tu le veux. Tu es mon frère. Je ne vais pas te mettre à la porte.

Dallas rougit et souffla un petit rire, mal à l'aise. Peu importait qu'il n'ait eu que neuf ans quand Stefan avait quitté la maison. Celui-ci avait toujours été un petit malin qui savait comment embarrasser son petit frère.

— Compris. Je te promets de ne pas trop en faire.

— Et je veux que tu transmettes ton dossier médical à mon médecin. Tu pourras commencer à plein temps quand il te le dira et il devra me fournir une confirmation écrite.

Quoi ?

— Je ne mentirais jamais à ce sujet.

Un peu, qu'il mentirait. Si Dallas n'avait pas été aussi fatigué à son arrivée, son frère n'aurait même pas su qu'il n'était pas censé travailler à temps plein tout de suite.

Stefan se moqua.

— Mon cul que tu ne mentirais pas. Sinon, tu ne te serais pas épuisé à la tâche pour rendre un riche connard encore plus riche.

Comme il lui était impossible de nier, Dallas suivit son frère pour la fin de la visite, qui se termina dans la salle des serveurs. Il s'était attendu à un autre bureau rempli de boxes, comme celui qu'il avait vu au début de la visite. Il ne s'était pas attendu à travailler directement dans la salle des serveurs, mais il était évident que pour Stefan, il s'agissait de la fin de la route. Le temps qu'il obtienne un compte utilisateur pour leur système, un ordinateur à lui et rencontre ses collègues, il serait temps de retourner chez Stefan. Celui-ci avait gentiment accepté de lui servir de chauffeur, mais Dallas ne pouvait pas compter dessus chaque jour. Il espérait qu'il lui restait assez d'argent pour pouvoir payer l'essence jusqu'à sa première paie.

Stefan ouvrit la porte et fit signe à son frère d'entrer avant lui. Ce dernier se plaqua un immense sourire sur le visage et avança, prêt à lancer un joyeux et amical « Bonjour ! »

Les mots moururent sur ses lèvres quand une tête blonde en bataille s'écarta d'un énorme écran d'ordinateur.

Oh Seigneur. Il avait toujours su qu'il existait une infime possibilité, mais Stefan n'avait rien dit et lui avait eu trop peur pour poser la question. L'angoisse explosa dans son ventre, lui provoquant des crampes.

Will Dawson.

LE BRUIT de la porte de la salle des serveurs déconcentra Will. Personne, à part Stefan et Kyle, n'entrait ici. Personne d'autre n'avait les codes et Kyle était déjà assis à son bureau, à lire les e-mails des clients pour déterminer lesquels avaient de véritables problèmes techniques.

Cependant, un inconnu se tenait à la porte.

Tout son corps fut envahi par une vague de chaleur puis par un grand froid. Non, pas un inconnu. Si Will avait une Némésis ou un ennemi mortel, c'était bien l'homme se tenant dans l'embrasure à l'heure actuelle. Souriant. Tout comme deux ans et demi plus tôt, quand il était entré gracieusement dans le service d'administration du système chez *Savron Dynamics*, juste avant de faire virer Will et de lui piquer son fichu travail.

Dallas Connard Greene. Un enfoiré fraîchement sorti de l'université et tout droit d'un stage sans le moindre lien avec le PDG des entreprises Greene Family. Ce superbe visage de star de cinéma respirant l'innocence cachait une duperie comme Will n'en avait jamais vu. Trop occupé à contrôler son attirance tout à fait inappropriée pour Dallas, il n'avait pas réalisé que celui-ci le sabotait auprès de son patron au point que six mois plus tard, il perdait son travail.

Dallas ne l'avait certainement pas suivi du Connecticut jusqu'en Floride par passion. Pouvait-on parler de harcèlement, alors ? Lui avait-il fallu aussi longtemps pour découvrir où Will se trouvait ? S'était-il tellement ennuyé à être en pays conquis à la tête du service d'administration du système d'une des meilleures entreprises du pays qu'il avait besoin de se divertir ?

Chose étrange, Dallas avait l'air presque choqué. Comme si tout ceci n'était qu'une énorme coïncidence. Ouais. C'est ça. Si c'était une coïncidence, alors l'apocalypse était pour bientôt.

Stefan sourit, mais Will ne parvint pas à lui sourire en retour. Pas quand l'angoisse le paralysait en attente de ce que son patron allait lui dire.

— Bonjour, Will. J'ai un peu brûlé les étapes et je t'ai embauché un nouveau membre pour ton équipe.

Will grinça des dents, les mâchoires serrées, pour ne pas hurler.

Stefan ne parut pas remarquer sa réponse rien moins qu'enthousiaste.

— Je sais que tu as besoin d'un peu d'aide, mais qu'avec notre récente charge de travail, tu n'as pas eu le temps de me faire passer une fiche de poste. Dallas va pouvoir t'aider avec ça et tu vas pouvoir monter ta propre équipe.

— Je n'ai pas besoin d'une équipe. J'ai déjà Kyle.

Voilà. Cela n'eut pas l'air *trop* dédaigneux.

— Kyle est un stagiaire. Un bon, mais tu vas avoir besoin de plus de personnel.

Stefan l'observa, les sourcils froncés.

— Je sais que je ne comprends pas vraiment tous les trucs techniques nécessaires pour faire tourner notre site et je ne suis sans doute pas un PDG classique, mais j'ai fait mes devoirs, et la vision que nous avons abordée lorsque je t'ai engagé nécessite une équipe plus grande.

Cette fois-ci, les joues de Will le brûlèrent sous l'effet de la honte. Pile ce dont il avait besoin. Que son patron sape son autorité devant un stagiaire et un nouveau, pour lequel il n'avait pas son mot à dire. C'était même de la chance pure que Stefan ait trouvé quelqu'un ayant pile les bonnes compétences, car, quelle que soit la haine que Will ressentait envers Dallas, il savait que celui-ci avait les compétences nécessaires pour aider à consolider et étendre l'influence d'*Idyll Fling*.

Un peu trop tard, Stefan sembla prendre conscience que ce n'était ni le lieu ni le moment de dire à Will que son travail ne correspondait pas tout à fait à ses attentes. Il se racla la gorge, l'air un peu penaud.

— Ne te méprends pas sur mes paroles, Will. Tu as fait un travail fantastique. Mais je pense que tu découvriras que Dallas t'aidera à faire un pas dans la direction dans laquelle nous voulons aller tous les deux.

Tous les deux. Ah ah putain, quelle blague ! Si cela ne tenait qu'à Will, il garderait seul la main sur tout, avec de temps en temps un nouveau stagiaire. Et même s'il devait engager quelqu'un à plein temps ? Dallas Greene serait son tout dernier choix, bon sang. Même un historien de quatre-vingts ans vaudrait mieux que ce type.

Il ne dit rien de tout cela, heureusement. Stefan était peut-être le patron le plus cool qu'il ait jamais eu, mais c'était quand même toujours lui qui payait son salaire.

— Merci.

Stefan se racla à nouveau la gorge.

— Dans un premier temps, le temps d'atteindre sa vitesse de croisière, Dallas ne travaillera qu'à mi-temps. Je te dirai quand il passera à temps plein.

Compris. Un job pépère pour Dallas ? Noté. Faire moins de la moitié du travail et être sans doute payé bien plus qu'un demi-salaire ? Noté. D'accord, il ignorait ce que serait le salaire de Dallas, mais cela ne le surprendrait pas le moins du monde. À moins que Dallas ait vraiment suivi Will jusqu'en Floride, il fallait que son salaire soit conséquent pour le pousser à déménager. Sinon, pourquoi s'embêter ? Will n'avait eu aucune autre option et même s'il était heureux d'avoir accepté l'offre de Stefan, sans ce besoin désespéré d'avoir un travail, il serait resté dans le Connecticut et aurait peut-être tenté de recoller les morceaux avec son ex.

— Je n'ai même pas de bureau installé pour un autre employé.

Il était à deux doigts de gémir. Le manque de place n'était qu'une munition dans son arsenal destiné à garder sa place convoitée à *Idyll Fling* loin des intrus. Surtout des intrus s'étant donné pour but dans la vie de lui voler son travail, car à en juger la situation actuelle, Dallas prévoyait d'en faire l'œuvre de toute une vie.

Will n'était pas un homme violent et rarement en proie à la colère, mais revoir Dallas dans ces circonstances lui donnait envie de balancer son poing dans la bouche de mannequin parfaite du jeune homme.

Son patron parut prodigieusement indifférent à ses arguments et haussa les épaules négligemment.

— Il y a une remise en bout du couloir que tu pourrais sans peine transformer en département informatique en bonne et due forme. Fais en sorte qu'il ait l'air plus permanent qu'à l'heure actuelle.

Will fit de gros efforts pour ne pas lever les yeux au ciel. La banque de serveurs à côté de laquelle il travaillait était sacrément permanente, à son avis, mais il devait au moins donner à Stefan, même à contrecœur, le mérite d'avoir compris que traîner avec les serveurs n'était pas la procédure normale, surtout pour une entreprise florissante comme *Idyll Fling*.

— Je ne sais pas si je peux former quelqu'un maintenant, Stefan. Nous sommes super occupés.

Et il était hors de question que Kyle forme quelqu'un. Bon sang, Will veillait à maintenir ses accès au strict minimum et il connaissait tout juste son architecture système, juste assez pour pouvoir mettre les mots de passe à jour, répondre aux e-mails et générer des rapports d'erreur. En d'autres termes, c'était Will qui assumait la plus grande partie du travail. C'était un peu l'effet Pygmalion, puisqu'il n'aurait jamais le temps de former quelqu'un s'il n'avait personne à ses côtés pour assumer une partie du travail.

À chaque obstacle que Will mentionnait, Dallas paraissait de plus en plus mal à l'aise, mais il ne s'en inquiéta pas. Pas pour l'instant. Il avait un fief à défendre.

— Eh bien, plus vite tu commenceras, plus vite tu allègeras cette charge qui pèse sur tes épaules. Tu n'as pas pris un seul jour de congé depuis que tu as commencé et tu n'as pas franchement travaillé de neuf heures à dix-sept heures du lundi au vendredi. Peut-être que ça te laisserait plus de temps pour traîner avec Raven et faire les évènements *Tartan Candy* ou autre chose te permettant de rencontrer du monde.

Le visage de Will ne pouvait pas le brûler davantage, à moins que de véritables flammes viennent lui lécher les joues. Stefan était souvent direct, mais jamais avec un tel manque de tact, en temps normal, or il l'avait déjà été deux fois en une seule conversation. Belle manière de faire passer Will pour un asocial désespéré.

D'un autre côté, la plupart des gens pensaient la même chose quand ils découvraient qu'il aimait faire les foires de la Renaissance. Voilà pourquoi il n'en parlait à personne. Raven s'était montré étonnamment compréhensif et l'avait même soutenu, mais bon, Raven n'avait pas vraiment le choix, puisqu'ils étaient meilleurs amis et tout ça.

Depuis qu'ils avaient monté *Tartan Candy* – la principale source de revenus pour Raven et une activité secondaire amusante pour Will –, leur amitié, qui avait commencé dès le premier jour de travail de Will à *Idyll Fling*, s'était approfondie et renforcée. Lorsque Will avait quitté le Connecticut, il l'avait fait sans un regard en arrière, mais il n'avait jamais eu d'ami comme Raven auparavant. S'il devait de nouveau se déraciner à l'avenir, ce serait une décision bien plus difficile à prendre, à cause de son ami.

Le rouge monta aux joues de Stefan, indiquant qu'il venait de prendre conscience qu'il avait dépassé les bornes, mais il poursuivit, espérant peut-être que Will ne réagisse pas. Ce qu'il ne fit pas. Pas devant Dallas, car cela ne l'aurait rendu qu'agressif et pathétique.

— Enfin, je peux te trouver plusieurs membres de l'équipe ce matin pour t'aider à déplacer les meubles. Je sais qu'on a assez de matériel sur place pour pouvoir installer un bureau pour tous les trois, même s'il faut pour cela démonter en partie quelques meubles dans la salle de pause. Envoie-moi la liste de ce qui manque ou de ce que tu as besoin de te réapproprier et je demanderai à Joanie de commander, avec livraison rapide.

Il se racla la gorge.

— Hum… Même si j'imagine que tu n'as pas d'ordinateur sous la main pour Dallas. Mets-le en haut de ta liste. Mais je suis sûr que tu trouveras quelque chose à lui faire faire en attendant.

Will avait été tellement secoué par l'apparition de Dallas qu'il n'avait même pas pensé à cette évidente tactique dilatoire. Cependant, la dernière phrase de Stefan était peut-être une pique subtile lui montrant que son patron était parfaitement conscient de ses tactiques dilatoires et qu'il ne le laisserait pas mentionner de nouveaux obstacles. Visiblement, il en avait assez eu.

Stefan se tourna vers Dallas.

— Envoie-moi un message s'il te faut quoi que ce soit. Paul sera là dans quelques heures pour te ramener à la maison.

Avec un service de chauffeur personnel, en prime ? Will ne savait pas grand-chose de la relation de Stefan et Paul, notamment s'ils aimaient jouer à plusieurs ou non. Baiser le patron expliquerait ce boulot plus que pépère pour Dallas, bien qu'il ignorât si le jeune homme était de ce bord. Peut-être que Stefan et Paul étaient surtout pleins d'espoir.

Dallas hocha la tête et Stefan partit, tandis que Will tentait désespérément de retenir un reniflement de dérision ou une remarque cinglante. La sensation de déjà-vu était oppressante, cependant. Lorsqu'il s'était fait virer, Will s'était demandé si Dallas avait couché avec quelqu'un pour faire avancer sa carrière. D'abord, un stage avec un fichu PDG, puis un début de carrière directement dans le département informatique, dont il avait pris les rênes en moins de six mois. Il avait cependant abandonné rapidement cette théorie. Si Dallas avait couché avec quelqu'un chez *Savron Dynamics*, la rumeur serait parvenue à ses oreilles.

Ce qu'il ne comprenait pas, c'était pourquoi Dallas avait ressenti le besoin de quitter son autoroute directe vers le poste de directeur du service informatique de *Savron Dynamics* pour le suivre à Orlando. Quoi de mieux, pour rendre la vie de Will misérable, que d'obtenir un bureau en angle si convoité, des stock-options, une voiture de fonction et tout le toutim ? Qu'est-ce qu'il avait bien pu lui faire, bon sang ?

Pour l'instant, cependant, il allait devoir capituler en attendant de se faire mettre à la porte.

— Je peux utiliser mon propre ordinateur, si ça peut aider, déclara Dallas en serrant son cartable contre son torse.

Cette fois-ci, Will ne réprima pas son reniflement dédaigneux.

— Et laisser entrer un tas de ferraille peut-être infecté de virus sur mon réseau ? Aucun risque.

Dallas eut l'air blessé plutôt que d'un connard arrogant, comme Will s'y attendait, et il en ressentit un vague sentiment de honte. C'était lui qui s'était comporté de manière déplacée, cette fois-ci.

— Désolé. Vous en savez sans doute assez pour garder un système propre, mais vous devez comprendre que c'est plus prudent de vous trouver un ordinateur directement branché au réseau d'I.F., avec toutes les restrictions de sécurité que ça implique.

Dallas plissa les yeux. Will ignorait si c'était parce qu'il avait sous-entendu sans subtilité que Dallas ne savait pas faire son travail ou s'il déduisait que Will ne le reconnaissait vraiment pas. Prétendre ne pas se souvenir de lui était la seule revanche mesquine à sa portée pour l'instant. Une fois que sa tête aurait cessé de tourner, il trouverait un moyen de se sortir de ce merdier. Un qui, espérons-le, inclurait Dallas partant d'ici à fond de train, de préférence pour se rendre à l'autre bout du pays.

Il pinça les lèvres pour retenir le flot de paroles qui prouverait qu'il se souvenait très bien de lui et qu'il avait bien plus pensé au jeune homme au cours des années écoulées qu'il ne voulait l'admettre à qui que ce soit, y compris à lui-même. Il prit deux profondes inspirations, qui lui permirent de reprendre plus ou moins le contrôle de ses émotions.

— Dallas, je vous présente Kyle. Kyle, voilà Dallas, notre nouveau collègue.

Kyle leva les yeux au ciel, mais bon sang, si Will était toujours le patron de cette petite équipe merdique, alors il allait agir comme tel. Il avait été un bon manager, chez *Savron Dynamics*, donc il allait au moins faire semblant de diriger son équipe, même s'il aurait voulu virer Dallas sur-le-champ.

— Kyle, va chercher une chaise dans la salle de pause. Dallas, vous pouvez vous asseoir à côté de lui, le regarder travailler un peu, pendant que je vais faire ce qu'il faut pour la réserve.

— Salut.

Dallas adressa un petit geste de la main à Kyle, qui en eut presque la langue pendante. Bordel de merde. Maintenant, il voulait les virer tous les deux.

— Je pourrais peut-être m'asseoir sur votre siège, puisque vous n'allez pas vous en servir. Ça éviterait de déranger Kyle.

Will serra les poings. Malgré sa haine pour le jeune homme, il ne pouvait nier que celui-ci était superbe et il ne voulait surtout pas penser à ses fesses rebondies installées dans son siège.

— Personne ne s'assoit sur ma putain de chaise, pigé ? Elle est parfaite telle qu'elle est et je ne veux pas que qui que ce soit la règle à sa manière ou la casse ou renverse du café dessus.

Génial. Aussi possessif qu'un chien avec sa chaise. D'accord, c'était une sacrée chaise, mais cela ne lui donna pas moins l'air d'un fou. Peu importait. Son ton suffit à faire décamper Kyle et à donner à Dallas l'air d'un enfant abandonné.

Le silence qui s'installa devenait de plus en plus inconfortable, surtout parce que Will savait que dans d'autres circonstances, il devrait des excuses à Dallas et Kyle. Cependant, il ne parvenait pas à les faire, à entamer la conversation ou à demander à Dallas ce qu'il était devenu ces deux dernières années – surtout parce qu'il l'imaginait bousiller la carrière de plein de gens dans tout le nord-est du pays en riant comme un méchant de vaudeville en le faisant. Comme cette idée ne correspondait en rien à l'attitude de l'homme en face de lui, Will ne dit rien. Il en fut incapable.

Il n'était peut-être que dix heures du matin, mais jamais Will n'avait eu autant besoin de boire. Il opta pour une retraite stratégique.

— Je serai dans la réserve. Kyle sait où me trouver, si vous avez besoin de quoi que ce soit.

Voilà. Cela avait presque l'air conciliant. Presque. Dallas devrait accepter ça, parce que Will ne pouvait pas faire mieux. Pas tant qu'il n'aurait pas eu le temps d'assimiler les profonds bouleversements de son cocon très bondé, mais confortable. Will tourna les talons et fuit le plus vaillamment possible. Quelques minutes ou même quelques heures, s'il arrivait à repousser les « aides » envoyées par Stefan, afin de pouvoir lécher ses plaies et se reprendre. Cela lui ferait le plus grand bien.

DÈS QUE Will quitta la pièce, Dallas poussa un soupir tremblant et s'appuya au dossier de la « putain de » chaise de Will pour garder l'équilibre, puisque ses genoux s'étaient transformés en pudding dès l'instant où il s'était retrouvé face à la seule personne qu'il craignait et espérait désespérément revoir en même temps.

Will avait été tellement en colère. Plus en colère que Dallas ne l'avait jamais vu. Honnêtement, ils n'avaient pas travaillé ensemble très longtemps et Dallas ne lui avait jamais rendu de comptes directement, ce qui signifiait qu'ils n'avaient pas eu beaucoup de contacts. Mais le box de Dallas au sixième étage de l'immeuble de Savron avait été assez près du bureau de Will. Il avait vu, en maintes occasions, ce dernier gérer ses subalternes directs, le stress et les contretemps. Le voir frustré était courant, mais il avait toujours été bienveillant. Modéré. Veillant à complimenter tout en ajoutant des remarques constructives. Et par-dessus tout, il avait toujours été d'humeur égale. En plus d'être un homme que Dallas avait autant admiré que désiré.

Son cœur avait battu la chamade quand il avait revu Will. Ses cheveux longs étaient un peu plus longs, un peu plus en bataille. Il était un peu plus mince et ses cernes étaient plus profonds sous ses yeux, mais dans l'ensemble, Will était exactement comme dans ses souvenirs. Encore plus attirant, peut-être, puisque Dallas avait passé un temps fou à rêver de lui depuis que Will s'était fait virer, et le souvenir avait fini par s'estomper au cours des années. Il avait même failli dire quelque chose, pour faire allusion à leur passé, aussi bref fût-il.

Dallas n'était pas toujours très doué pour interpréter le langage corporel et les expressions faciales. Les jeunes nantis avec lesquels il traînait au lycée ne disaient jamais ce qu'ils pensaient et ne pensaient jamais ce qu'ils disaient. Ses parents laissaient rarement transparaître leurs émotions sur leur visage de crainte de faire apparaître plus de rides et étaient à peine démonstratifs quand ils étaient dans un bon jour. À l'université, il avait été trop occupé pour pouvoir se faire de nouveaux amis, et ceux qu'il avait eus au lycée étaient pour la plupart passés à autre chose sans lui, peu intéressés par sa détermination à s'extraire du joug parental et de leur milieu social.

La colère de Will avait été évidente, dirigée en parts égales vers Dallas et son frère. Une fureur d'une telle férocité que Dallas en avait eu le souffle coupé, d'une manière différente et bien plus terrifiante. Sauf erreur de sa part, Will l'avait reconnu ; il y avait eu une lueur caractéristique dans son regard. Face à une telle hostilité, comment Dallas aurait-il pu mentionner leur brève période commune à *Savron Dynamics* ? Stefan devait le savoir, même s'il n'y avait fait que légèrement fait allusion quand il avait présenté son frère.

Même s'il voulait faire une bonne impression le premier jour et qu'il souhaitait que Will se souvienne de lui, au lieu de le haïr, Dallas ressentit l'envie furieuse de faire n'importe quoi avec son siège. Changer tous les réglages, peut-être régler deux roues pour qu'elles aillent dans des directions opposées. Un autre jour, peut-être. Un jour où il ne se sentirait pas aussi fragile ni à deux doigts de fondre *encore* en larmes s'il devait affronter ensuite un flot de mots durs. Will était la dernière personne au monde à laquelle il voulait montrer sa vulnérabilité.

Il posa plutôt sa sacoche, contenant son ordinateur parfaitement sûr et dépourvu de tout malware et virus, sur le bureau de Kyle et se promena dans la pièce, inspectant l'équipement de son mieux sans le toucher. Inutile de contrarier encore plus son nouveau patron le premier jour. Il aurait plein de temps pour le faire une fois qu'il aurait pris ses marques, si Will ne changeait pas d'attitude.

Il lui fallut quelques minutes pour réaliser l'étendue impressionnante de ce que Will et Stefan essayaient de mettre en place. Stefan avait dit qu'il voulait faire un maximum d'opérations courantes en interne, en partie pour les contrôler plus efficacement, et en partie pour faire leur possible afin d'atténuer les effets de conditions de service arbitraires. Le porno était une industrie originale. On pouvait s'y faire beaucoup d'argent, mais elle était très souvent vilipendée. Des changements en matière de conditions ou de gestion dans n'importe quelle compagnie fournissant les pièces du puzzle technique nécessaire pour monter un site Internet florissant pouvaient faire plonger *Idyll Fling*. Plus ils effectuaient d'opérations en interne, moins Stefan aurait à s'en inquiéter. Cependant, une opération en solo nécessitait de prendre davantage de précautions puisqu'il était impossible de s'appuyer sur « l'union fait la force ».

Stefan avait investi dans une quantité impressionnante d'équipement, mais seule une petite partie était utilisée, ce qui n'était pas vraiment surprenant, puisque tout faire en interne nécessiterait une équipe plus vaste que juste Will et Kyle. Plus vaste qu'eux trois, même.

Alors, pourquoi Will s'opposait-il si catégoriquement à Dallas ? Était-il juste territorial, comme avec son siège ? Peut-être était-il juste énervé que Stefan ait fait entrer un nouveau sans le consulter avant.

Il frissonna, la fraîcheur de la salle des serveurs, nécessaire pour l'équipement, plus intense qu'il ne s'y était attendu.

La porte claqua, le faisant sursauter. Il se tourna brusquement et découvrit Kyle, de retour avec la chaise promise.

— Désolé, mec, je ne voulais pas te faire peur.

Il haussa les épaules. Entre la vie qui réduisait ses espoirs et ses rêves à néant et sa récente maladie, il était conditionné à s'attendre au

41

pire, ce qui le rendait un peu nerveux. Avec un peu de chance, il en aurait bientôt terminé avec ce problème, parce qu'il détestait cette version faible de lui-même.

— Ça va.

Ou du moins, ça ira bientôt. Pas le choix.

Kyle plaça la nouvelle chaise près de son bureau et Dallas s'y assit avec bonheur.

— Bon… est-il… euh… toujours comme ça ?

Les doigts de Kyle coururent sur le clavier quand il tapa un long mot de passe pour déverrouiller sa machine.

— En quelque sorte. C'est un connard grincheux, mais aujourd'hui, on aurait dit que plusieurs personnes avaient pissé dans ses céréales.

Comme Kyle ne laissait rien entendre de plus terrifiant qu'une simple exaspération, Dallas songea qu'il n'avait peut-être pas de raison de s'inquiéter, même si le Will de ses souvenirs était rarement grincheux. D'un autre côté, il était peu probable que Stefan paie autant que *Savron Dynamics*. Peut-être que les fins de mois étaient difficiles pour Will, bien qu'il ait les compétences pour trouver du travail ailleurs, s'il n'était pas heureux ici.

— D'accord, peu importe. Montre-moi les ficelles.

Pendant les deux heures suivantes, ils passèrent en revue vraiment très peu de choses, ce qui surprit Dallas encore plus que l'équipement impressionnant qui prenait la poussière dans un coin. Will avait réduit les accès de Kyle au strict minimum. Maintenance du blog, gestion des e-mails de demande d'aide et réinitialisation des mots de passe via un outil d'administration. Au début, il crut que c'était parce que Kyle n'était pas encore aussi formé que lui l'avait été quand il s'était fait embaucher chez *Savron Dynamics*. Mais après avoir posé quelques questions ciblées sur ses études et son expérience, il fut très vite évident que Kyle avait beaucoup de compétences, qu'il avait bientôt terminé ses études en génie logiciel et qu'il était tellement sous-employé que c'en était criminel.

La plupart des gens, dans la position de Will, ne prendraient pas au sérieux un homme comme Dallas, qui n'avait travaillé que trois ans, même si les deux dernières années avaient été l'épreuve du feu qui lui avait permis d'en apprendre beaucoup sur la gestion des ressources. Or Will n'utilisait pas du tout ses propres ressources.

Il y avait peut-être une raison à cela. Dallas avait encore beaucoup de chemin à parcourir pour recouvrer la santé. Beaucoup de temps pour observer, peut-être faire des suggestions si le moment se présentait. Cela lui donnerait le temps de passer sous les herses de Will.

— Est-ce que ça te dérange ? Que Will ne te laisse pas faire du vrai travail ?

Kyle haussa les épaules.

— Ce n'est pas mon problème. Je ne voudrais pas travailler ici pour de vrai, mais comme stage final pour mes études ? C'est de la balle. Will me fait des rapports élogieux et quand je n'ai pas de travail, Stefan me laisse assister aux tournages. C'est comme un buffet sexuel.

— Tu couches pendant tes horaires de travail ?

Dallas n'aurait pas été plus horrifié si Kyle avait avoué s'adonner à des rituels sanguinaires ou frapper les chatons. Qu'était-il arrivé à Will, bon sang, et surtout, Stefan savait-il ce qui se passait ?

— Non, mec, pas de sexe pendant que je travaille. Mais je n'ai pas grand-chose pour m'occuper, alors j'ai vu beaucoup de films. Et je suis déjà allé faire la fête avec les mannequins. Il y a du sexe à foison, pendant ces fêtes. Combien de gens peuvent se vanter d'avoir couché avec des stars du porno ? C'est super cool.

Un nouveau frisson lui parcourut l'échine. Il y avait quelque chose de légèrement dégoûtant dans l'attitude de Kyle, mais peut-être n'était-ce rien de plus que la bienséance pernicieuse de Dallas.

Le stagiaire se pencha, une expression étrange sur le visage.

— Ne te fais pas surprendre par Will matant du porno. Il se comporte bizarrement quand ça arrive. Je crois qu'il est hétéro.

Ses poumons n'eurent tout à coup plus d'air. Il parvint à énoncer une sorte de réponse étranglée que Kyle prit pour un acquiescement avant de retourner à son travail.

Comme il était impossible que Will soit hétéro, cela devait vouloir dire qu'il avait un copain qu'il ne voulait pas tromper. Dallas y avait pensé quand il s'était pour la première fois, quelque part en plein cœur de la Virginie, surpris à espérer que Will travaille toujours à *Idyll Fling*. Lorsque Will avait perdu son travail, Dallas avait envoyé ses coordonnées à son frère, le recommandant comme candidat idéal pour sa nouvelle entreprise. Stefan avait offert un emploi à l'informaticien et, après ça, Dallas s'était vaillamment retenu de poser des questions sur Will ou ce qu'il faisait, à

43

part pour s'assurer que son frère ne lui dise jamais comment il avait eu connaissance de son profil.

Parfois, il aimait à penser qu'il lui suffisait de prendre son téléphone pour interroger Stefan à propos de Will, mais dans ses moments les plus sombres, il n'arrivait pas à croire que celui-ci puisse rester à un endroit où il pourrait le retrouver. Will avait peut-être trouvé un autre travail plus prestigieux, dans un autre état, par exemple. Peut-être que Will n'aimait juste pas le porno, ce qui rendrait étonnant qu'il soit encore à *Idyll Fling*. Mais après tout, on n'était peut-être pas obligé d'apprécier le produit pour faire en sorte que le site Internet fonctionne bien.

Seigneur. Quel premier jour merdique.

Pendant les heures suivantes, la conversation fut réduite au strict minimum, Dallas trop submergé par toute cette situation pour avoir envie d'être sociable. À chaque minute qui passait, il réalisait combien son opération l'avait affaibli. Son médecin l'avait prévenu que sa guérison pouvait être lente, parce qu'il avait travaillé jusqu'à l'épuisement et au point de s'en rendre malade, avant que son corps lutte et l'oblige à se rendre à l'hôpital. Sa fuite précipitée vers la Floride n'avait fait que l'enfoncer davantage.

À l'instant où ses paupières commençaient à se fermer, Paul entra dans la salle des serveurs.

— Prêt à partir ?

Dallas se redressa. Il était mort de faim, ce qui n'arrivait pas souvent. Il devrait décider ce qui était le plus important entre faire la sieste et manger, quand il retournerait chez Stefan.

— Oui.

Il se leva et prit sa mallette.

— Merci de m'avoir montré tout ça, Kyle. On se voit demain ?

Kyle cilla, sans comprendre.

— Tu pars déjà ?

— Je ne travaille qu'à mi-temps, tu te souviens ?

Pour l'instant. Will avait besoin de plus d'aide avec ce projet que Dallas ne pouvait lui en apporter, même au mieux de ses capacités et en travaillant à plein temps, mais à ce moment, il n'avait pas le choix.

— Oh, c'est vrai. À demain.

Will n'était même pas retourné dans la pièce pour voir comment ils s'en sortaient ou pour lui donner la moindre consigne. Dès que Dallas arrêterait d'être aussi épuisé, il s'en énerverait.

Il suivit Paul. Mis à part l'attitude de Will, la journée lui avait donné de l'espoir pour l'avenir. Il n'était pas seul au monde, il était en train de guérir, avait un toit au-dessus de la tête et une meilleure sécurité de l'emploi qu'il n'en aurait partout ailleurs. Les choses ne pouvaient pas être meilleures.

IV

APRÈS QUELQUES faux pas, Dallas trouva le chemin de la salle des serveurs. Toujours nerveux après la journée de la veille et l'accueil plus que glacial de son nouveau chef, il était soulagé que son frère l'ait considéré comme assez mature pour ne pas l'accompagner de nouveau jusqu'à son bureau. Will n'était déjà pas emballé par son nouvel employé, malgré la nécessité évidente d'en avoir un, et il l'était encore moins que Stefan ait agi sans lui demander son avis. Dallas avait aussi remarqué la légère mimique méprisante de Will quand Stefan avait indiqué que Dallas ne travaillerait qu'à mi-temps.

Cela ne l'aiderait pas à se faire aimer de Will, s'il se faisait escorter un deuxième jour. Or Dallas avait assez de défis à affronter pour l'instant sans commencer à énerver son patron. Non pas qu'il ait vu ne serait-ce qu'un cheveu blond de Will depuis ces « présentations » désastreuses.

Il soupira, redressa sa cravate et lissa sa veste de costume, bien plus habillé que ce que Kyle et Will avaient porté la veille. Il n'avait cependant *littéralement* rien d'autre à se mettre, après avoir travaillé deux ans non-stop pour une entreprise exigeant que les employés portent des costumes. Il avait bien quelques vêtements décontractés, mais même un vagabond n'en voudrait pas. En plus, il préférait ses beaux habits.

Dallas ouvrit la porte de la salle des serveurs grâce au code que Stefan lui avait donné. Ce qui était une bonne chose, puisque la pièce était déserte et qu'il soupçonnait à moitié Will de ne s'être volontairement pas « souvenu » de lui donner les codes, juste pour lui compliquer la vie.

Cela le démangeait de mettre ses doigts dans le monticule d'équipements encore emballés, de commencer à mettre de l'ordre dans ce chaos, mais Will n'apprécierait pas son initiative. En aucune façon. Ce serait un défi de le faire l'accepter, c'était sûr. Mais Dallas était déterminé, même si sa persévérance ne provenait pas que d'un intérêt pour son travail.

Kyle n'étant pas encore arrivé et sans ordinateur à lui, il ne pouvait pas faire grand-chose. Il posa sa mallette près de sa chaise, toujours placée à côté du bureau de Kyle, et se balada dans le sanctuaire de Will. Lorsqu'ils avaient travaillé ensemble autrefois, le box de Dallas donnait directement sur le bureau de Will. Enfin, pas directement. Si Dallas écartait sa chaise de son bureau et penchait la tête pour ne plus voir le meuble de rangement de Will, et si Will avait laissé la porte ouverte, alors Dallas pouvait voir une partie de son visage. Entre ça et toutes les fois où Will sortait de son bureau pour aller voir ses subalternes directs, il avait eu un tas d'opportunités d'alimenter son coup de cœur. Non pas qu'il ait tenté de faire des avances à l'autre homme. En ce temps-là, celui-ci sortait avec quelqu'un. C'était leur cas à tous les deux.

Mais s'imaginer avoir Will comme compagnon et ne pas avoir à s'en cacher avait été agréable. Pour l'instant, cela dit, il préférait opter pour une relation de travail dépourvue de drames.

Prenant soin de ne rien déranger, Dallas examina le chaos sur le bureau de Will. Il souleva une pile de feuilles comme s'il s'apprêtait à désamorcer une bombe, cherchant une photo. Comme Will n'avait pas été son supérieur direct chez *Savron Dynamics*, Dallas n'était jamais allé dans son bureau et il ignorait si celui-ci gardait une photo de Jesse sur son espace de travail. Peut-être n'en avait-il même pas, chez *Savron Dynamics*. Will n'était pas dans le placard, cependant, il s'était montré extrêmement discret et Dallas aurait pu parier toutes ses économies – qui représentaient moins de cinquante dollars à cette époque-là – que certaines personnes du service pensaient que Jesse était une femme.

Dallas leva la tête et la pencha vers la porte. Avait-il entendu quelqu'un dans le couloir ? Pouvait-il même entendre le moindre bruit, depuis cette salle ? Son pouls s'accéléra un peu, mais la curiosité fut plus forte que l'inquiétude d'être pris en flagrant délit de furetage sur le bureau que Will gardait comme un chien enragé.

Étant donné l'accueil désagréable de celui-ci, il jouait avec le feu, mais il voulait savoir si Will et Jesse étaient toujours ensemble. Avaient-ils déménagé ensemble en Floride ? Ou bien Will sortait-il avec quelqu'un d'autre ? Il n'avait jamais laissé entendre qu'il avait remarqué Dallas dans cette optique, ni deux ans plus tôt ni la veille, mais rêver de l'autre homme avait été l'une des seules choses lui permettant parfois de tenir le coup dans les moments vraiment durs et il n'était pas sûr de pouvoir renoncer totalement à ces rêves.

Il continua à passer au crible les vestiges de la bombe qui avait explosé au milieu des papiers sur le bureau de Will, mais il ne trouva rien de personnel. Ce qui ne prouvait rien, malheureusement.

La porte s'ouvrit à la volée, heurtant le mur. Dallas ouvrit les mains par réflexe, faisant voler un tas de papier jusqu'au sol. Son cœur battit la chamade en constatant que ses tentatives pour cacher ses activités ne faisaient qu'empirer les choses.

— Oh, merde.

Il soupira quand il prit conscience que ce n'était que Kyle, même si la poussée d'adrénaline rendait ses doigts tremblants.

— Bon sang. J'ai cru que c'était Will.

Kyle haussa un sourcil.

— Heureusement que non, mais il va quand même piquer une crise quand il s'en rendra compte.

— Comment pourrait-il s'en rendre compte ?

Il ramassa les papiers au sol et les arrangea sur le bureau le plus fidèlement possible à leur configuration initiale. Dans son examen hâtif, il n'avait pas remarqué le moindre système d'organisation.

— Est-ce que c'est classé, au moins ?

Kyle haussa les épaules et glissa son sac à dos sous son bureau.

— Je ne sais pas, mais généralement, il trouve tout ce qu'il cherche. Au bout d'un moment. Je n'aimerais pas être à ta place quand il arrivera.

Dallas fit la grimace. Cela n'avait pas l'air très engageant et il n'avait même pas trouvé la réponse à sa question. Après tant de temps passé à cacher son orientation sexuelle à ses parents et à avoir une relation secrète avec un homme tout au fond de son placard, ce n'était pas dans sa nature d'interroger quelqu'un sur la vie amoureuse de Will, même si c'était plus simple. En outre, Will ne serait sans doute pas ravi de découvrir que Dallas se mêlait de ce qui ne le regardait pas. Il devrait juste garder les yeux et les oreilles grand ouverts.

Il s'assit à côté de Kyle. Même s'il n'arrivait pas à se convaincre de poser des questions sur la vie amoureuse de Will, il y avait d'autres choses, plus légitimes, qu'il pouvait demander. Toute information sur son nouvel environnement de travail serait bonne à prendre.

— C'est toujours comme ça, par ici ?

Les doigts du stagiaire coururent sur le clavier quand il tapa son mot de passe pour se connecter, puis il ouvrit la fenêtre d'aide pour le site *Idyll Fling*.

— Oui, je crois. Je fais mon boulot, puis je peux faire tout ce que j'aime jusqu'à ce que ce soit l'heure de partir.

Dallas fronça les sourcils. D'après ce que Stefan lui avait raconté, Will devait crouler sous le travail. D'accord, son frère n'avait pas d'idée précise de l'énorme travail que nécessitait le fonctionnement de son site, mais il lui avait décrit le processus proposé pour faire en sorte que tout soit fait en interne. Le seul fait que Stefan n'ait pas pu lui donner de chiffres précis sur les analyses de données lui faisait dire que Will laissait de côté ce qui n'était pas primordial. En principe, Kyle et lui devraient être débordés tous les deux, pourtant, le stagiaire laissait entendre qu'il n'avait même pas assez de boulot pour occuper son temps de travail.

Dallas avait appris, par la manière forte, qu'un homme seul ne pouvait pas accomplir tout le travail, mais il s'inquiétait que Will essaie quand même. Il espérait vraiment se tromper, mais il suffirait, d'après lui, d'une attaque de déni de service de grande envergure, d'un seul virus se glissant dans une brèche ou d'une défaillance catastrophique du serveur pour que tout ce château de cartes s'effondre. Or son frère l'ignorait.

Cependant, passer au-dessus de Will pour informer Stefan de la précarité de la situation ne ferait que rendre Will plus en colère et moins enclin à accepter son aide.

S'il avait dû affronter un tel défi chez *Savron Dynamics*, il sentirait déjà une raideur caractéristique dans ses épaules et dans sa mâchoire, qui prédirait une migraine imminente accompagnée de la crainte de devoir travailler malgré la douleur, malgré l'épuisement.

Peut-être était-ce dû au changement de lieu ou à la chance qui lui était offerte de se faire remarquer par Will, de le faire le voir vraiment pour la première fois, mais Dallas se sentit revigoré. Désireux de prouver son talent. Bien sûr, il devait encore travailler quelques semaines à mi-temps, mais même ainsi, il devrait pouvoir réussir à alléger la charge de travail de Will et le convaincre qu'il était un collègue sur qui compter. Quant à faire en sorte que Will le remarque en tant qu'être humain, voire qu'amant potentiel, eh bien… Ce défi-là devrait attendre. Attendre qu'il ait découvert si Jesse avait suivi Will.

Dallas reporta son attention sur Kyle et regarda ce qu'il faisait. Il lui posa quelques questions et découvrit que, bien qu'il y ait des tâches urgentes, Will n'avait manifestement donné à Kyle que du travail pour s'occuper. Ce qui était bien plus que ce que Dallas avait en cet instant, mais Will ferait mieux de ne pas jouer à ce jeu-là avec lui.

— Oh, au fait. Si Will te surprend à regarder des vidéos pendant que tu bosses, ça va vraiment l'énerver. Alors, fais gaffe, lui dit Kyle.

— Des vidéos ?

Avec tout le temps libre que Kyle disait avoir, Will devait se ficher qu'il regarde des vidéos de chat coursés par des aspirateurs.

Le stagiaire rit.

— Oui ! Stefan ne t'a pas dit ? Nous recevons tous un accès gratuit au site. C'est ce qu'il y a de mieux, à travailler ici. Je n'ai jamais regardé autant de porno de toute ma vie.

Le sang lui monta aux joues et elles devinrent brûlantes. Bon sang, il pouvait être sacrément naïf, parfois. Mais dans ce cas-là, il ne pouvait pas reprocher à Will de s'énerver. Regarder des vidéos pornos pendant son temps de travail, même si le travail en question consistait à gérer un site Internet de vidéos pour adultes, semblait dépasser un peu les bornes. Mais pas seulement...

— Tu regardes du porno ici ? Pendant que Will travaille juste à côté de toi ?

D'après ce que Dallas avait pu observer, Will ne passait pas beaucoup de temps dans la salle des serveurs. Restait à savoir si c'était dû à la présence de Dallas ou si c'était habituel.

— Un peu prude, hein ?

Kyle était à peine plus jeune que lui – un an ou deux de moins, peut-être –, mais son ton faisait passer Dallas pour une vieille tante célibataire.

— Alors, ce n'est peut-être pas le bon boulot pour toi. As-tu déjà vu un tournage ?

— Euh... non.

Kyle avait certes dit la veille qu'il observait souvent, mais ils ne pouvaient sans doute pas juste se rendre sur place et regarder... les choses.

— Très bien. Je suppose que tu n'as pas eu droit à la bonne visite. Nous le ferons dans la semaine.

— D'accord, merci.

Il ne voulait pas rejeter l'offre de Kyle, qui pourrait bien être son allié dans ce travail – il ne pouvait pas s'appuyer sur Stefan, pour se battre à sa place –, mais l'idée de ce que le jeune homme considérait comme la « bonne » visite le terrifiait un peu. Surtout qu'il ne semblait pas avoir le moindre scrupule à regarder du porno dans le bureau qu'il partageait avec son patron. Vu sous cet angle, Dallas était effectivement une vieille tante célibataire.

LE JEUDI matin, Will prit une profonde inspiration et entra dans les studios d'*Idyll Fling* trempé jusqu'aux os. Après deux ans à Orlando à endurer les pluies tropicales torrentielles pendant la saison des ouragans, se souvenir de prendre un parapluie ne devrait pas être aussi difficile, bon sang. Mais son travail était stressant, même dans ses bons jours, or cette semaine n'avait pas été de bons jours à cause de la présence indésirable de son nouvel employé. Sa distraction récente était une nouvelle faute qu'il pouvait rejeter sur Dallas.

Depuis deux jours, il avait réussi à merveille à éviter le jeune homme et prévoyait de continuer ce jour-là, si le destin ne s'en mêlait pas. Mieux, Dallas ne serait peut-être pas là. Kyle travaillait à mi-temps lui aussi et ne venait que les lundi, mardi et mercredi. Will n'avait pas discuté assez longtemps avec Dallas pour savoir quel planning Stefan lui avait donné et ignorait donc s'il allait opter pour le même emploi du temps ou s'il allait venir quelques heures chaque jour.

— Bonjour, Will.

Il grogna un salut approximatif. En temps normal, il appréciait la gaieté de Joanie, mais durant la semaine écoulée, elle lui avait tapé sur les nerfs, aggravant la blessure que Stefan lui avait infligée en embauchant sa Némésis.

— L'ordinateur de Dallas est arrivé ce matin.

Elle indiqua le carton d'un ordinateur portable et tout à coup, la journée de Will lui sembla aussi maussade que le temps dehors.

— Il était tout excité. Je crois qu'il lui tarde de faire partie de l'équipe.

Faire partie de l'équipe ? Ouais, tu parles. Il ne savait pas pourquoi Joanie insistait pour employer ces expressions typiques d'entreprise. *Idyll Fling* était loin d'être une entreprise classique, ce que Will n'aurait jamais cru apprécier avant d'être embauché ici.

Merde. Kyle n'était pas là et ne reviendrait que le lundi. Mais d'après Joanie, Dallas, lui, *était* présent. Il n'y avait pratiquement aucune chance que Will puisse l'éviter. Il ne s'était certes pas montré le meilleur des managers jusque-là, mais il n'avait rien fait d'ouvertement négligent. Cependant, ne pas installer l'ordinateur de Dallas alors que celui-ci savait qu'il était arrivé le pousserait à aller voir directement Stefan. C'était le plus cool des patrons du monde, mais il avait quand même des principes à l'encontre desquels Will ne voulait pas aller. Même si son poste était devenu plus précaire avec l'arrivée de Dallas l'Usurpateur, Will ne voulait pas non plus faciliter les choses à Stefan quand il s'agirait de le virer. Cette fois-ci, il savait comment Dallas procédait. Cette fois-ci, ce serait différent. Il le fallait. Parce qu'il aimait ce travail. Il aimait son patron. Il aimait les amis qu'il s'était fait.

D'accord, il était plus occupé qu'il ne l'avait jamais été, mais cela signifiait la sécurité de l'emploi, non ?

— Merci, Joanie.

Il ne parvint pas du tout à avoir l'air joyeux, ce que lui confirma le regard perplexe que lui lança Joanie, mais il n'arrivait à se concentrer que sur ses cheveux dégoulinants et la manière de traiter avec Dallas. Il récupéra le carton, se passa une main dans les cheveux et soupira. Jeudi. Il pouvait sans doute survivre à la fin de la semaine sans s'effondrer.

Quelques minutes plus tard, il se trouvait devant la salle des serveurs. Pendant deux ans, elle avait été son sanctuaire, Kyle n'étant qu'un point insignifiant sur son radar. Mais depuis ce lundi, elle s'était transformée. Elle était contaminée. Pesante. Cependant, il avait suffisamment évité cette pièce ces derniers jours, il ne pouvait légitimement plus le faire.

Quand il ouvrit la porte, Dallas se tourna vers lui.

Observer Dallas, *vraiment* l'observer pour la première fois depuis l'arrivée de ce dernier le secoua. Le jeune homme était plus mince que dans les souvenirs de Will, ses pommettes étaient plus saillantes et sa peau plus pâle. Il était néanmoins toujours aussi séduisant. Pas besoin de beaucoup d'imagination pour se le représenter dans un défilé de mode. Des cheveux sombres, des yeux bleus lumineux et un petit air de Superman, en plus mince.

Dallas n'avait visiblement pas été surpris par la pluie, puisqu'il pouvait exhiber le costume qu'il portait. Sale petit con agaçant. Dallas avait porté des costumes chez Savron Dynamic aussi, mais ce n'était pas déplacé, là-bas. Les services informatiques n'étaient certes pas aussi exigeants sur l'apparence, mais même Will devait porter une cravate. Quelques personnes de son service portaient des costumes. Lorsqu'il avait emménagé à Orlando, il avait métaphoriquement brûlé ses cravates avant d'investir dans une tonne de shorts cargo, de pantalons, de tee-shirts de superhéros et de Vans. Jamais il n'avait été aussi à l'aise pour travailler. Sauf aujourd'hui, avec ses cheveux qui lui dégoulinaient dans le cou et la climatisation de la salle des serveurs qui le faisait frissonner encore plus. Ce n'était pas une sensation qu'il avait souvent expérimentée depuis son emménagement.

— Bonjour, le salua Dallas en souriant, avant de plisser le nez. Vous vous êtes fait surprendre par la pluie ?

Will fit des efforts pour ne pas grogner. Les gouttes de pluie changeaient sans doute de trajectoire pour ne pas gâcher la digne perfection de Dallas. Connard. Même les rares fois où Will faisait des efforts pour se mettre en valeur, Dallas jouait dans une autre cour. Ce jour-là, face à l'apparence immaculée du jeune homme, il se sentait comme un chaton trempé.

— Très bon sens de l'observation, Greene.

Le jeune homme rougit et détourna les yeux. Will se sentit con. Il ne voulait pas de Dallas, c'était clair, mais il n'était pas obligé de se montrer méchant pour autant.

Il posa le carton de l'ordinateur sur le bureau.

— Je vais me trouver une serviette, voir si l'un des gars n'aurait pas un tee-shirt de rechange, puis je reviendrai t'installer ton ordinateur.

— Où est-ce que vous allez pouvoir trouver une serviette ?

Cette fois-ci, Will leva les yeux au ciel sans chercher à s'en empêcher.

— Toutes les entreprises n'ont pas un budget dévolu au linge, mais nous si. Il y a beaucoup de sexe, par ici. Près des plateaux, c'est aussi bien équipé qu'un vestiaire de gymnase, douches comprises. Trouver des serviettes ne sera pas compliqué.

Le rouge s'accentua sur les joues de Dallas. Will ignorait si c'était son ton caustique qui le faisait rougir si férocement ou la mention du sexe gay. L'orientation sexuelle ne devrait jamais compter dans l'embauche de quelqu'un, mais il n'aurait jamais cru qu'un hétéro envisagerait, voire accepterait, de venir travailler dans un studio de films pour adultes gays, à moins qu'il ne joue les « gays pour le fric » devant les caméras. Il avait eu tout un tas de fantasmes dans lesquels Dallas n'était pas hétéro, cependant, jamais Will n'avait vu la moindre étincelle homo en lui et il avait pourtant cherché bien plus intensément qu'il ne l'aurait dû, sachant qu'il sortait avec quelqu'un à cette époque-là.

— D'accord. Bien.

Dallas se racla la gorge.

— Eh bien, je vous attends.

Accommodant et enthousiaste. Une chose était sûre, Dallas savait jouer le jeu, mais Will n'était pas dupe. Il ignorait pourquoi Dallas avait ressenti le besoin de le suivre jusqu'à Orlando – car après trois jours à y réfléchir, il trouvait la coïncidence trop dure à encaisser –, mais il n'allait pas accepter cette attitude de travailleur empressé.

Will partit chercher des vêtements sans un mot.

ENTRE LE fait de se sentir comme une épave détrempée et devoir combattre une érection malvenue depuis qu'il avait perçu l'odeur d'après-rasage de

53

Dallas, l'installation de l'ordinateur de celui-ci fut un véritable enfer. Au bout d'une éternité, Will s'affala avec bonheur devant son propre bureau, laissant Dallas patauger dans le travail qu'il lui avait confié.

À quoi pensait-il ? Éviter Dallas une bonne partie de la semaine avait été stupide. Bien sûr, il avait pris des arrangements pour que les artisans viennent estimer le travail nécessaire à l'agencement des lieux, pour l'accueil de sa nouvelle *équipe*. Mais à présent, il n'avait plus l'excuse des artisans et sa réaction irréfléchie du début de la semaine le poussant à éviter Dallas le laissait à présent seul avec celui-ci dans la salle des serveurs sans Kyle pour faire tampon. S'il y avait réfléchi plus posément, il aurait repoussé les appels et les mesures à aujourd'hui.

Il était coincé, à présent. Dans la même pièce, avec juste sa volonté chancelante pour l'empêcher de fixer du regard la beauté saisissante de sa Némésis honnie.

Il s'y était déjà suffisamment adonné chez *Savron Dynamics*. Ses subalternes avaient cru qu'il testait de nouvelles techniques de management, alors que tout ce qu'il faisait, c'était trouver de piètres excuses pour quitter son bureau afin d'apercevoir Dallas.

La culpabilité qu'il avait ressentie à fantasmer sur un employé bien plus jeune avait été aggravée par l'effet délétère que ces fantasmes avaient eu sur sa relation avec Jesse. À cause de sa toquade pour Dallas, il avait été moins enclin à s'investir pour arranger les choses avec son compagnon et se faire licencier avait été la goutte d'eau de trop. Cela avait été facile de mettre sur le dos de Dallas l'échec de sa relation, en l'accusant de l'avoir fait virer, mais se tenir à quelques mètres d'un fantasme pornographique en costume – et il avait vu un tas de vrais canons en costume faisant du porno sur un plateau ici – l'obligeait à admettre qu'il s'était trompé lui-même.

Curieusement, il se retrouvait à devoir travailler avec un possible harceleur qu'il méprisait pour ses attitudes de lèche-bottes, et pourtant, il voulait si fort mettre ce mec dans son lit qu'il était à moitié raide, alors même qu'il essayait de faire coïncider les dernières factures avec son budget.

Pourquoi son stupide sexe ne voulait-il pas comprendre que Dallas voulait seulement le faire virer d'un autre boulot ?

— Pourquoi est-ce que tu portes un costume ?

La voix de Will rompit le silence et fit sursauter Dallas.

— Hum… eh bien… Vous savez ce qu'on dit : « Habillez-vous pour le travail que vous voulez, pas pour celui que vous avez ».

Will haussa un sourcil. Selon cette « logique », Dallas devait vouloir un boulot dans une autre entreprise, parce que même Stefan, le PDG, ne portait pas de costume. Les seuls costumes que Will avait vus à *Idyll Fling* avaient été portés par l'un des garçons tournant une scène pour adultes dans un bureau ou en tant que professeur.

D'après la soudaine – et séduisante, bon sang – rougeur sur les joues trop maigres de Dallas, celui-ci réalisa que sa réponse était absurde.

— Tu réalises que nous sommes en Floride, n'est-ce pas ? demanda Will, incapable de ne pas s'exprimer comme un adolescent bougon.

— Des gens portent des costumes en Floride aussi, répliqua Dallas en relevant le menton d'un air de défi.

Il n'avait pas tort, mais pourquoi quelqu'un s'embêterait-il à en porter si rien ne l'y obligeait ? Certains jours, Will parvenait à peine à supporter ses tee-shirts et ses shorts cargo. Dans l'appartement qu'il partageait avec Jesse dans le Connecticut, il n'y avait eu que deux climatiseurs de fenêtre. Il avait alors pensé que la climatisation généralisée dans son appartement en Floride était exagérée. Jusqu'à ce qu'il comprenne que la Floride ne connaissait qu'un seul mois froid : janvier. Les températures élevées chaque jour et le taux d'humidité lui avaient rapidement fait revoir son opinion. La climatisation centrale était clairement l'équipement le plus important de tout logement en Floride.

Néanmoins, Will devait arrêter de se comporter comme un homme à deux doigts de faire un usage abusif de la violence, verbale ou non. Même si ces costumes seyaient à merveille à Dallas, il détestait sa cravate pourpre à motifs. En fait, il se souvenait de nombreuses cravates à motifs que Dallas avait portées par le passé. Il les avait trouvées mignonnes, à l'époque. À présent, il voulait les arracher.

Son esprit perfide ne s'arrêta pas là et lui fit voir un Dallas débraillé, sans cravate, sans veste, la chemise grande ouverte, les lèvres gonflées et humides comme s'il était en pleine séance intensive de tripotage ou qu'il venait de faire une fellation complète à quelqu'un... à lui. Une pulsation dans sa hampe lui rappela que ces pensées étaient totalement inappropriées et il se remit à son travail.

— Porte ce que tu veux, marmonna-t-il, en ressemblant une fois de plus à un gamin dans une cour de récréation.

Il lui fallut plusieurs minutes pour se concentrer vraiment sur son travail et non sur son membre raide qui voulait qu'il agisse de manière encore plus inappropriée.

— Will, pouvez-vous m'aider ?

Avec un immense effort de volonté, il parvint à ne pas cogner sa tête contre son bureau sous l'effet de l'exaspération. Son aine ne lui faisait enfin plus mal et il avait presque oublié qu'il n'était plus seul dans son sanctuaire.

— Quoi ?

Il se serait volontiers donné des baffes pour son comportement de connard, mais Dallas semblait faire ressortir le pire chez lui.

— Ce serait plus facile si vous veniez voir mon écran.

Non, pas pour Will. Soupirant, il fit rouler sa chaise jusqu'au bureau de Dallas. Une seule bouffée de l'après-rasage de Dallas suffit à l'empêtrer à nouveau dans ce désir furieux et frustré.

APRÈS LE déjeuner, Will fut enfin seul. Dallas avait terminé sa journée, lui offrant un répit plus que mérité. Contrairement à Kyle, cependant, le spectre de Dallas ne disparut jamais. À moins que cela ne vienne de Will, incapable de se sortir le jeune homme de l'esprit, même quand il ne le voyait pas. Comme si sa charge de travail n'était pas déjà assez énorme comme ça quand il arrivait à se concentrer pleinement dessus.

Lorsque son portable sonna, il l'attrapa, content de la distraction. Il aurait même été ravi qu'il s'agisse d'un démarcheur téléphonique, mais entendre la voix de son meilleur ami le rendit heureux pour la première fois de cette maudite journée étrange.

— Salut, Raven. Quoi de neuf ?

— On sort dîner, boire quelques verres et peut-être en boîte, ce soir. On dirait que tu as besoin d'une pause, alors tu ferais mieux de venir.

Will serra les dents. Lorsque Raven disait « nous », cela signifiait au moins Caleb, son compagnon. Non pas que Will n'aimât pas passer du temps avec eux deux, mais, parfois, leur joyeuse relation de couple était trop difficile à supporter et il avait dans l'idée que ce soir-là serait un de ces moments.

— Je ne sais pas, Raven. Je suis rincé.

Le soupir de son ami n'aurait pas pu être plus bruyant, même s'il s'était tenu devant lui.

— Tu travailles trop. Et tu le sais. Si seulement tu voulais dire à Stefan que tu es surchargé, il te trouverait de l'aide.

Will fit la grimace. Apparemment, il n'avait pas besoin de le dire. Stefan avait eu l'idée tout seul. Mais bon, Raven et lui ne s'étaient pas parlé depuis que Dallas le Destructeur avait de nouveau déboulé dans sa vie. En discuter avec son ami l'aiderait sans doute à prendre du recul, un recul plus que nécessaire, pour savoir s'il devait commencer à chercher un nouveau travail ou bien remettre sa lettre de démission à titre préventif.

— Allez, Will. Il faut bien que tu manges, au moins, l'amadoua Raven.

— Oui, j'imagine. Mais je n'irai pas en boîte.

S'il devait s'interrompre au milieu de sa montagne de travail, alors il préférait passer plusieurs heures à jouer à *Dragon's Ruin* plutôt que de danser.

Est-ce que Dallas fréquentait les boîtes de nuit ? Il était encore assez jeune pour s'y amuser et devait être splendide en vêtements de soirée. Will présumait qu'il possédait quelques vêtements moulants pour danser et qu'il ne passait pas sa vie vêtu de ces costumes. Will pourrait affronter une boîte de nuit, pour avoir la chance de voir Dallas danser.

— Will ! cria Raven dans son oreille.

Will se secoua. Il n'avait pas besoin d'un nouveau fantasme sur Dallas.

— Oui, quoi ? Désolé, je répondais à un e-mail, mentit-il.

— Très bien. Rendez-vous chez *Finnegan*. À sept heures. Ne sois pas en retard et mets des vêtements pour aller en boîte ensuite, au cas où.

— D'accord. À tout à l'heure.

— Bien.

Raven raccrocha avant qu'il ne puisse rajouter un mot.

C'était bien plus facile de dire oui, puis de se pointer habillé de ses habits actuels. Comme Raven n'avait pas vraiment un travail quotidien classique, il n'avait pas conscience que la plupart des adultes ne sortaient pas boire et danser jusqu'à l'aube en semaine : les évènements *Tartan Candy* avaient surtout lieu le week-end et Caleb pouvait choisir ses propres horaires, alors ils avaient pris l'habitude de sortir le mercredi ou le jeudi soir pour ne pas empiéter sur d'éventuelles manifestations *Tartan Candy*. Will pouvait toujours leur demander de respecter son planning de travail, mais puisque ces derniers temps, il travaillait sept jours par semaine et accompagnait Raven dans la plupart des évènements *Tartan Candy*, il n'y avait aucun bon jour pour sortir pour lui.

Quel triste constat.

Il inspira profondément et se concentra sur son travail. Il pouvait au moins travailler quelques heures avant d'aller prendre une douche, ici ou chez lui, pour retrouver ensuite Raven.

V

WILL AVAIT quelques minutes de retard, mais comme il y avait du monde attendant dans le vestibule, Raven et Caleb n'avaient peut-être pas encore de table. Il se fraya un chemin jusqu'à l'hôtesse d'accueil pour lui demander si Raven était toujours sur liste d'attente. À ce moment-là, il entendit quelqu'un l'appeler.

Tournant la tête par-dessus la foule, il aperçut son ami qui lui faisait signe, assis à une table. Bien. Il n'avait pas vraiment envie d'attendre pour s'asseoir, parce qu'il était affamé. Il n'avait pas eu faim, à l'heure de midi, plongé dans son travail, si bien qu'il n'avait rien mangé. Il n'avait même pas eu le temps de s'arrêter chez lui et s'était douché au studio. C'était toujours un peu risqué en cas de tournage, parce que les mannequins avaient tendance à prendre ça comme une invitation. Leur approche très détendue du sexe ne convenait pas à Will, même s'ils étaient tous très séduisants. En plus, la plupart étaient aussi jeunes, voire plus, que Dallas, et donc bien trop pour qu'il fasse plus qu'admirer.

Raven et Caleb étaient assis côte à côte sur une banquette et Will n'eut aucune peine à reconnaître la troisième personne présente, même s'il ne voyait que l'arrière de sa tête.

— Salut, les gars, salut Jaime.

— Bonjour, mon beau.

Jaime lui adressa un sourire lubrique. Will leva les yeux au ciel. Le cousin de Caleb était séduisant, c'était certain, mais il n'y avait pas la moindre étincelle entre eux et ils le savaient aussi bien, l'un que l'autre. Ce qui n'empêchait pas Raven et Caleb d'espérer et Will avait fait tellement de pseudo doubles rendez-vous qu'il pourrait presque prétendre sortir avec Jaime. Une idée qu'il n'envisageait jamais sérieusement. Jaime était un dragueur invétéré. Après le dîner, où qu'ils aillent, Jaime ne rentrait jamais seul, et jamais avec Will.

D'après lui, Raven et Caleb essayaient d'infliger des relations à chaque personne célibataire de leur entourage, comme certains couples le faisaient. Pourtant, il suffisait d'avoir des yeux pour savoir que Jaime n'avait aucune envie de se poser et que c'était justement ce que voulait Will.

À supposer qu'il trouve le temps de repérer un type avec les mêmes buts et intérêts.

Raven fronça le nez.

— Tu t'es douché au studio ?

Will le dévisagea, bouche bée.

— Comment est-ce que tu le sais ?

— Tu portes l'odeur du gel douche que Stefan met dans les vestiaires.

— Comment fais-tu pour sentir ça ?

Le gel douche avait une odeur plus prononcée que celui que Will utilisait chez lui, mais tout ce que lui-même pouvait sentir à l'heure actuelle, c'étaient les fajitas de la table d'à côté.

Raven haussa les épaules.

— Je ne sais pas. Je peux, c'est tout. Peut-être parce que je m'en suis servi toutes ces années ?

Jaime lui donna un coup de coude.

— Tu as eu un peu d'action avec un des acteurs ?

Will secoua la tête.

— Non, j'étais juste plongé dans le travail. J'aurais été en retard si j'étais rentré me doucher chez moi.

— Tu sais, ces gars t'aiment bien, pour la plupart. Si tu voulais relâcher un peu de tension, je suis sûr qu'il y en aurait un qui serait plus qu'heureux de t'aider.

Raven le regarda, les sourcils légèrement froncés.

— Et vu comme tu travailles trop, ça doit être difficile de rencontrer d'autres hommes.

— Je ne couche pas au travail. Tu le sais.

N'avaient-ils pas déjà eu cette conversation la dernière fois qu'ils s'étaient vus ? Cela ne faisait que lui rappeler de manière indésirable depuis combien de temps il n'avait pas « relâché un peu de tension » avec une autre personne et combien il lui serait difficile de s'en tenir à ses principes si c'était Dallas qui le lui proposait.

— Mec, je crois que tu rates un truc, là.

Jaime plaisantait, mais Will ne doutait pas du tout que celui-ci aurait couché avec chaque mannequin d'*Idyll Fling* s'il en avait eu l'opportunité.

— Pouvons-nous parler d'autre chose ?

Il prit son menu et le secoua, pour marquer la fin du sujet précédent.

— As-tu besoin d'aide pour un prochain évènement ?

— Non, c'est bon. Je sais comme tu es occupé au travail. J'ai juste besoin que tu te pointes avec un kilt le jour et l'heure que je t'indiquerai, et ce sera bon.

Il était censé faire plus pour l'entreprise de Raven que juste s'exhiber en kilt et s'occuper du site Internet, mais il devait bien reconnaître que cela lui facilitait la vie. Ou, du moins, que cela lui laissait plus de temps pour travailler davantage. Quand il avait emménagé en Floride, il avait eu l'intention d'auditionner pour les foires de la Renaissance locales, mais ses contraintes horaires étaient telles qu'il n'avait pu en faire qu'une ou deux l'année précédente, pour le plaisir. Cette saison, entre *Tartan Candy* et *Idyll Fling*, il n'aurait peut-être même pas la chance de le faire.

Will regarda à peine le menu et ils passèrent commande. Au moins, il avait réussi à détourner la conversation de sa vie amoureuse pathétique et de sa vie professionnelle encore plus pathétique. Il voulait l'avis de Raven sur l'arrivée de Dallas, mais il ne voulait pas étaler ses problèmes devant Jaime et Caleb. Dire du mal d'un nouvel employé de sa boîte n'était pas correct. Surtout quand il soupçonnait que son propre point de vue était sacrément biaisé.

Raven et Caleb s'embrassaient et se câlinaient régulièrement. C'était mignon comme tout, surtout sachant combien Raven avait besoin d'un homme qui le traitait bien, mais cela le rendait aussi plus conscient du fait qu'il n'avait personne dans sa vie et aucun désir de câliner l'homme assis à ses côtés.

— C'est à la fois écœurant et adorable, non ? lui murmura Jaime à l'oreille, le faisant pouffer.

— Oui, c'est clair.

— Hé, regarde-moi.

Jaime lui tapota le genou, l'air plus sérieux que jamais. Il détourna son attention de ses amis et de leurs démonstrations d'affection pour obéir à Jamie.

Celui-ci le fixa un instant avant de prendre la parole.

— N'en fais pas trop, d'accord ? Raven a peur que tu finisses par t'épuiser et je suis d'accord avec lui. Tu ne peux pas travailler tous les jours de la semaine et du week-end.

Will cilla. Il savait que Jaime était secouriste, mais il n'avait jamais endossé son costume de soignant avec lui jusqu'à présent. C'était étonnamment sexy.

— Ça va aller. En plus, j'ai un nouvel employé depuis cette semaine.

61

Il veilla de toutes ses forces à garder un ton neutre, et il fut fier d'y être parvenu. Il pouvait peut-être gérer Dallas, après tout.

Jaime pencha la tête.

— Intéressant.

Intéressant ?

— Comment ça ?

Il n'était pas certain de vouloir savoir, mais il posait quand même bêtement la question.

Jaime secoua la tête.

— Rien. C'est juste que l'expression était… bizarre.

Quoi ?

Au lieu d'approfondir, Jaime passa un pouce sous son œil droit.

— Tu dois te débarrasser de ces cernes, par contre. J'espère qu'elles auront disparu la prochaine fois que je te verrai.

Will ravala un commentaire narquois, parce qu'il ne voulait se mettre personne à dos et que Raven ne tolérerait pas qu'il se comporte comme un con avec Jaime.

— Je vais faire de mon mieux.

— J'ai saisi le message. J'arrête de fourrer mon nez dans tes affaires.

Jaime rit avec regret et tous deux reportèrent leur attention sur Caleb et Raven, qui les dévisageaient avec la même expression pleine d'espoir.

— Ça n'arrivera pas, les gars. Oubliez.

Will se fichait d'être à ce pseudo double rendez-vous, mais le couple devait vraiment renoncer à ce vain espoir.

Jaime marqua son approbation d'un grognement et le serveur, débarquant avec un timing parfait, mit fin à la tension en leur apportant leur repas.

À LA fin du dîner, Will s'était suffisamment détendu pour s'amuser, même sans alcool. Depuis qu'il avait eu un grave accident provoqué par un conducteur ivre, Raven était mal à l'aise quand les gens buvaient, même un peu, avant de conduire, et ses amis n'avaient généralement aucun problème à lui faire plaisir.

— Prêt à aller en boîte ? demanda son ami, plein d'espoir.

Will haussa les épaules.

— Tu sais que je n'avais pas l'intention d'y aller.

Il donna un coup de coude à Jaime.

— Et lui pense que j'ai besoin de dormir.

Jaime rit.

— C'est vrai, mais faire de l'exercice, en dansant, ne devrait pas te faire de mal non plus.

— Allez, Will. Tu sais aussi bien que moi que tu prévois de rentrer chez toi pour jouer à ce jeu. Sors un peu. Sois sociable.

— Je te ferais savoir que *Dragon's Ruin* est un jeu très sociable. Ça fait des années que je joue avec la même guilde.

Les trois autres le dévisagèrent avec la même expression identique qui indiquait clairement qu'ils le pensaient totalement fou.

Il n'y avait peut-être pas beaucoup joué récemment, mais *Dragon's Ruin* était un sacré jeu de rôle en ligne génial, un MMORPG [2] dans la lignée de *World of Warcraft*. Outre le fait d'avoir permis aux joueurs d'avoir un personnage gay dès sa conception, les créateurs du jeu s'étaient aussi clairement inspirés de deux de ses auteures favorites, Mercedes Lackey et Anne McCaffrey. Non pas que le jeu reproduise entièrement les univers de Valdemar ou de Pern [3], mais il offrait de nombreux clins d'œil aux séries fantasy préférées de Will. Une nuit passée sur *Dragon's Ruin* en compagnie de sa guilde n'était pas du temps gâché, de son point de vue. Beaucoup de gens, ses parents y compris, se demandaient quand il allait se décider à grandir, mais Will ne pensait pas que son amour pour ce jeu ou pour les foires de la Renaissance faisait de lui un enfant. Elles faisaient juste de lui… un geek.

— Une heure. Viens juste une heure.

L'insistance de Raven fit fondre sa résolution. Jouer à ce jeu avait beau lui manquer, il ne pouvait nier que sortir et voir du monde lui ferait du bien. Certes, il avait eu envie de jouer, pourtant les probabilités de trouver quelqu'un de sa guilde connecté, disponible et à un endroit précis étaient infinitésimales. Will passait beaucoup de temps solitaire, et malgré son statut de geek qui appréciait sa propre compagnie et Raven comptant parmi ses amis, il était toujours seul. Il doutait de trouver ce qu'il cherchait en boîte, mais on ne pouvait pas savoir. Il était sûr, par contre, de ne pas le trouver au travail.

2 « *Massively multiplayer online role-playing game* » ou « Jeu de rôle en ligne massivement multijoueur » en français.

3 Allusion aux cycles de romans de science-fiction *Les Hérauts de Valdemar* écrits par Mercedes Lackey et *La Ballade de Pern* écrit par Anne McCaffrey.

— Je ne veux pas entendre le moindre commentaire sur ma tenue.

Il était parfaitement conscient que ses vêtements ne lui attireraient aucune attention charnelle, mais cela lui convenait très bien en l'état.

— Tant que tu ne prévois pas de tirer ton coup dans les toilettes, ta tenue n'a aucune importance.

Le ton espiègle et taquin de Jaime fit naître un sourire sur son visage.

— Très bien. Je cède sous la pression du groupe.

Raven n'était pas du genre à applaudir de bonheur, mais son excitation lui valut un certain nombre de regards appréciateurs. Ce n'était pas difficile de croire que Raven avait été mannequin pour *Idyll Fling* avant son accident ; il était superbe quoi qu'il porte et encore plus séduisant s'il enfilait son kilt, sa marque de fabrique. Même Will attirait l'attention quand il portait le sien et il n'avait rien à voir avec la beauté de Raven.

— Mais je vais laisser les crac-crac aux toilettes à Jaime.

L'intéressé leva les yeux au ciel.

— Quelle belle manière d'enlever tout le côté sexy de la chose.

— Je milite pour l'abstinence.

Caleb souffla un rire.

— Allons-y, alors. Je ne veux pas faire la queue dehors.

— Tout à fait d'accord. Cette heure inclut la file d'attente.

Il faisait peut-être nuit depuis un moment, mais la chaleur étouffante de la journée ne s'était pas estompée autant qu'il l'aurait voulu. Un sujet sur lequel il s'accordait avec Caleb, même si ce dernier venait de Floride.

— Eh bien alors, magnez-vous le train, intervint Raven en les chassant de la table.

D'APRÈS LA foule d'hommes qui envahit rapidement la piste de danse, ils étaient arrivés au *Club Gallo* au bon moment, puisqu'eux quatre n'avaient pas fait la queue. Il y avait assez de monde pour que le bar soit bondé. Caleb proposa de se charger des boissons tandis que Jaime se rendait tout droit sur la piste de danse.

Si, depuis la table qu'ils s'étaient attribuée, ils pouvaient voir l'essentiel du club, une astuce avec l'acoustique rendait cette zone moins bruyante et permettait de se parler.

— Stefan a engagé quelqu'un.

Raven fixait Caleb du regard, mais la déclaration de Will attira son attention sur celui-ci.

— Hum. D'accord. Il fait ça, parfois.

Will fit la grimace.

— Non, je parle d'un employé pour moi. Il l'a engagé sans m'en parler. Je suis arrivé lundi au travail et il était là. Un nouvel administrateur système junior.

Raven écarquilla les yeux.

— D'accord. Ça ne ressemble pas à Stefan de faire ça. Mais il a dû remarquer, tout comme toi, que gérer le site d'*Idyll Fling* était trop pour Kyle et toi. Il en avait peut-être marre que tu te noies sous le travail.

— Merci. Ravi de savoir que tu es de mon côté.

Il ne s'était pas vraiment joué cette conversation dans sa tête, mais il ne s'était clairement pas attendu à ce commentaire passif agressif sur son équilibre travail-vie personnelle.

Le visage inquiet, Raven lui prit le bras.

— Tu crois que nous ne voyons pas que tu te tues à la tâche ? Jaime ne te connaît peut-être pas depuis aussi longtemps que Stefan et moi, pourtant, il l'a vu lui aussi. Stefan met un point d'honneur à ne pas exploiter ses mannequins. Que crois-tu qu'il ressente pour toi ? Le truc, c'est qu'il ne savait peut-être pas comment t'aider, puisqu'il n'y connaît pas grand-chose en informatique.

Will pouffa malgré lui. Son patron pouvait casser un ordinateur rien qu'en passant à côté. D'après les rumeurs, il en était déjà à son troisième smartphone de l'année, les deux autres étant décédés de manière tragique et inopportune.

Raven sourit, puis se figea.

— Attends, il a engagé quelqu'un sans te demander ton avis du tout ? Oh bon sang. S'agit-il d'un minet qui veut vraiment, vraiment tout connaître du fonctionnement des ordinateurs et se pense expert parce qu'il a un milliard de *followers* sur Instagram ? Quelqu'un qui ne peut pas t'aider du tout ?

Un rire surpris échappa à Will. Un minet aurait été bien plus facile à gérer, même s'il n'en aurait pas été plus heureux.

— Non, pire.

— Pire ? Je ne vois pas ce que ça peut être… J'aurais bien dit une grand-mère, mais si Joanie m'entend dire ça, elle va me botter le cul.

Will soupira, son amusement disparu.

— Tu te souviens du gamin dont je t'ai parlé dans mon précédent boulot ? Celui qui m'a pris mon travail après six mois d'ancienneté à peine ?

Raven hocha la tête. Will attendit. Le cri de surprise que poussa Raven quand la pièce tomba fit tourner de nombreuses têtes dans leur direction.

— Ce n'est pas le même type, quand même, si ?

— Si. Ce fichu gars.

— Celui sur lequel tu flashais ?

La chaleur lui monta aux joues.

— Quoi ? Non. Ce n'est pas vrai.

En avait-il parlé à Raven ? Impossible. Il avait mis un point d'honneur à ne pas donner son nom à son ami, comme si prononcer le prénom de Dallas donnerait à celui-ci encore plus de pouvoir sur lui. C'était sacrément humiliant que d'avoir eu une toquade pour le type *hétéro* qui lui avait volé son travail et tout son putain de service. Surtout sachant que cette trahison n'avait rien fait pour doucher son intérêt pour Dallas, ni même le fait de savoir que ce même type le détestait assez pour le suivre dans un autre état afin de lui voler un autre boulot durement gagné.

Peu importait qu'il ait dit la vérité à Raven ou non, Will devait réécrire l'histoire dès à présent. Hors de question que tout le monde sache que Will trouvait Dallas sacrément sexy et distrayant. Les autres fautes du jeune homme étaient bien plus graves.

— D'accord, d'accord. Disons que je te croie. Quelles étaient les chances que ça arrive ?

— Je sais ! Il me suit, non ? Obligé. Ou bien il mène une sorte de vendetta contre moi ?

Ces idées lui étaient venues à l'esprit plusieurs fois au cours de la semaine écoulée, mais les prononcer à voix haute les rendaient encore plus ridicules. Will n'était pas du genre à inspirer ce genre d'émotion passionnée, en bien ou en mal. Il était plutôt du genre à se fondre dans le décor.

— J'imagine qu'une énorme coïncidence est totalement à exclure ?

— Oui. L'univers ne fonctionne pas comme ça, si ?

— Te paraît-il dangereux ?

Will haussa les épaules. Ce type avait tué un tas d'animaux à cause de ses cravates à motifs, mais jusqu'à présent, il n'était dangereux que pour l'équilibre mental de Will.

— Je vais garder un œil sur lui. Peut-être qu'une coïncidence n'est pas à exclure, mais je ne sais pas pourquoi il quitterait un boulot dans une des meilleures entreprises du pays pour venir me piquer mon taffe. Mais bon, ses parents ont de l'argent, alors il n'a peut-être même pas besoin de ce travail.

— Je ne vois pas les choses comme ça. Les parents de Stefan aussi ont de l'argent, pourtant, il a dû grappiller et économiser chaque sou pour en arriver là où il en est actuellement.

Le ton de Raven était réprobateur et il avait parfaitement raison. Will ne devrait pas faire ce genre de suppositions, d'autant plus en sachant qu'il était le patron de Dallas, pendant la durée de cette farce.

— Désolé. Mais s'il me vire de mon boulot à coups de pied au cul, je viendrai squatter votre canapé. Préviens Caleb.

Raven rit.

— Ça n'arrivera pas jusque-là. Stefan a besoin de toi et de ce nouveau type, et sans doute de dix autres comme toi. Tant que ce gars fait son boulot, tu vas devoir trouver un moyen de t'y faire. Rappelle-toi que Stefan est peut-être complètement inculte en matière d'informatique, mais il est très doué pour cerner les gens. Presque aussi bon que Jaime. Ça m'étonnerait que ce gamin puisse rouler Stefan dans la farine. Ton boulot ne craint rien. Mais au cas où, ma chambre d'amis t'est réservée, si besoin.

La sincérité de la proposition lui apporta un grand soulagement. Retourner chez ses parents avant son emménagement en Floride avait été désagréable, mais c'était un filet de sécurité dont il ne disposait pas ici. Le climat économique n'était certes pas aussi maussade que deux ans plus tôt et il trouverait sans doute un travail rapidement, mais avoir un plan de secours l'aidait à calmer son inquiétude.

— Que s'est-il passé ? Pourquoi êtes-vous aussi sérieux ?

Caleb posa quatre bouteilles d'eau sur la table avant de s'asseoir. Raven rapprocha sa chaise de lui et se blottit contre son compagnon comme un chat en quête de chaleur.

— Rien de spécial. Je proposais juste la chambre d'amis à Will si besoin.

— Oh. Pas de problème.

Caleb avait l'air totalement perdu.

— Quelque chose ne va pas avec ton appartement ?

Will n'avait pas envie de parler de nouveau de son histoire et Raven raconterait sans doute tout à Caleb quand ils rentreraient chez eux.

— Non, c'est juste une hypothèse.

Raven hocha la tête.

— Oui, juste une hypothèse. Maintenant, lève ton cul hypothétique et viens danser un moment. Tu te sentiras mieux ensuite. Promis.

Comme danser lui changerait sans doute les idées, Will obéit.

DALLAS SE prépara pour le travail avec beaucoup de soin. Comme il s'agissait de sa première semaine de travail, même partiel, depuis son opération, il se sentait vraiment bien. Depuis qu'il vivait chez son frère et sans l'angoisse triple concernant l'endroit où il allait vivre, le temps que lui tiendrait son stock de ramen et sa capacité à travailler à nouveau un jour, sa guérison avait beaucoup progressé. Manger de bons légumes et des protéines au lieu de pâtes salées ne faisait sans doute pas de mal non plus.

Par défi, il prit sa cravate avec les pires motifs possibles – oui, il adorait les motifs, ce n'était pas un crime – et la noua soigneusement. Il n'était pas certain de pouvoir considérer son échange de la veille avec Will comme une victoire, mais la moindre attention accordée était toujours mieux que l'absence totale ou l'évitement du début de semaine. Tant qu'il se montrait prudent dans sa relation professionnelle avec Will, il espérait pouvoir faire comprendre à ce dernier qu'il pouvait lui faire confiance. Après tout, c'était purement de la chance, mais Stefan et Will avaient justement besoin de quelqu'un avec son expérience et ses diplômes. Il pourrait être un atout, faire partie intégrante de cette équipe que Will avait désespérément besoin de créer.

Son estomac gargouilla, ce qui le fit sourire. Voilà bien longtemps qu'il ne lui avait pas tardé de manger. Et une éternité que son estomac n'était plus une source de crainte.

L'odeur du bacon flottant jusqu'à sa chambre le poussa à se rendre au plus vite à la cuisine. Se faire nourrir ainsi, surtout pendant la semaine, allait le rendre pourri gâté.

Il s'assit à sa place désormais habituelle à table, où l'attendait une grande tasse de thé fumant.

— Bonjour, dit-il à Paul et Stefan qui cuisinaient.

Paul grogna, mais il n'était pas vraiment du matin. Stefan lui sourit.

— Tu as bien meilleure mine que quand tu es arrivé ici.

— Je me sens mieux aussi. Je pense que je pourrai commencer à travailler à plein temps la semaine prochaine.

Son frère fronça les sourcils et secoua la tête.

— Non. Non, tu ne m'avais pas dit que tu devais travailler à mi-temps plusieurs semaines ? Sur ordre du médecin ?

La journée de la veille avait vraiment été une bonne journée, et pas seulement parce que Will lui avait parlé.

— Je suis allé voir le nouveau docteur que tu m'as trouvé. Il m'a dit que j'avais le feu vert, si je me sentais assez bien.

— Ne fais pas semblant d'aller mieux parce que tu… je ne sais pas… parce que tu ne veux pas me décevoir ou un truc du style.

La dernière fois que Dallas avait vu Stefan austère remontait à l'époque où celui-ci le gardait quand il était enfant. L'impression de déjà-vu que cela lui laissa fut étonnamment agréable. Surtout parce qu'il avait plus confiance en Stefan qu'en quiconque à cette époque-là. Son frère avait toujours été sincère, et son inquiétude pour Dallas, même si celui-ci s'était pointé sur le pas de sa porte sans même l'appeler au préalable, était sincère aussi.

— Ce n'est pas ce que je fais, promis. Mais si je commence à me sentir replonger, promis, je ferai moins d'heures.

Bien que Will ait besoin de plus d'un employé à plein temps, mais cette bataille attendrait.

Stefan haussa un sourcil.

— Promis ? Vraiment ? En croisant les petits doigts et tout ?

Dallas rit à ce souvenir de leur enfance.

— En croisant les petits doigts et tout.

Son frère hocha la tête puis retourna vérifier ses messages sur son téléphone. Paul posa une assiette contenant une omelette et du bacon devant Dallas, avant de dresser son assiette et celle de Stefan. Peut-être que Dallas se récompenserait en s'accordant une tranche de bacon.

— Merci, Paul. Ça a l'air délicieux, lui dit-il en le voyant s'asseoir.

C'était surtout Paul qui avait cuisiné depuis son arrivée, mais peut-être que Dallas pourrait ouvrir un livre de cuisine un jour et voir s'il pouvait se montrer un peu plus utile à la maison. Mais comme il venait de promettre à son frère d'y aller doucement, il devrait reporter ce projet à plus tard.

Paul prit une longue gorgée de café et Dallas fit la grimace. Il ne s'était pas encore remis de sa relation d'amour-haine avec le café, mais qu'il ait envie ou non d'en boire, cette boisson faisait toujours partie des aliments interdits pour lui. Le médecin s'était montré catégorique sur le sujet. Cependant, la délicieuse tisane qui était soudain apparue dans le cellier le lendemain de son arrivée réussissait presque à combler l'absence du café. Dallas avait tenté plusieurs tisanes, espérant en trouver une qui n'ait pas un goût d'eau, mais visiblement, il ne choisissait pas les bonnes. Paul, lui, avait un don pour tout ce qui touchait aux aliments, c'était certain.

Puis son beau-frère l'observa.

— Encore un costume ? Trésor, tu n'as pas autre chose ?

Dallas tenta de ne pas rougir, mais la coloration de ses joues le trahit.

— Si, mais pas grand-chose d'autre. Ces deux dernières années, je n'ai fait que travailler et dormir.

— Tu ne veux pas qu'on t'emmène faire les magasins ? Je transpire rien qu'à te regarder. Ça ne nous gêne pas de payer. Vois ça comme un cadeau de bienvenue.

À présent, la rougeur sur ses joues s'accompagnait d'une brûlure dans ses yeux. Paul s'était montré tout aussi accueillant que Stefan et son offre était très gentille.

— Merci, mais ça va aller. Je m'achèterai quelques tenues plus décontractées avec mon premier salaire, mais j'aime porter des costumes au travail.

Pour plusieurs raisons, et notamment parce qu'ils lui permettaient de ne pas souffrir de l'air conditionné dans la salle des serveurs, bien trop fraîches à son goût. Il fallait bien sûr qu'elle le soit, pour que le matériel ne surchauffe pas, mais il y faisait bien plus froid que dans les boxes chez *Savron Dynamics*. Le trajet jusqu'à *Idyll Fling* était un enfer, puisque la climatisation dans sa voiture mettait longtemps à faire effet, mais Dallas était heureux de sa veste de costume une fois qu'il arrivait au travail.

— Comment ça se passe, au boulot ? demanda son frère en reposant son téléphone.

Cette pensée suffit à enlever toute humidité dans ses yeux. Il haussa les épaules.

— Tu avais raison, Will a besoin d'aide. Je suis tout à fait qualifié pour l'aide dont il a besoin, mais je ne crois pas que toi et moi soyons dans ses petits souliers à l'heure actuelle.

Il ne voulait pas être direct et dire que Will semblait même le détester, pourtant, cette pensée l'avait tracassé plusieurs fois au cours de la semaine écoulée, quand Will faisait de brèves apparitions dans la salle des serveurs pour aboyer des ordres sur un ton bourru.

La veille, cependant, avait été différence. Le regard de Will rivé sur lui avait été comme des rayons laser sur sa peau à la recherche de la moindre tache. Il avait fait de gros efforts pour ne pas relever la tête chaque fois qu'il avait senti son regard sur lui. Peut-être celui-ci trouvait-il que Dallas lui semblait familier et se demandait-il pourquoi, plutôt que de réfléchir au meilleur moyen de le faire partir.

— Oui, il a toujours été un peu territorial. Mais ça va lui passer. Et je vais très vite engager d'autres personnes moi-même ; parce que je sais très bien qu'il se tue à la tâche et qu'il arrive pourtant à peine à garder la tête hors de l'eau.

Dallas fronça les sourcils à cette métaphore un peu étrange, mais il hocha la tête. Stefan n'avait pas tort, mais engager plus de monde sans impliquer Will ne serait pas la meilleure solution. Stefan avait eu de la chance, car il était compétent, mais ce ne serait peut-être pas le cas la fois suivante.

La conversation s'écarta du travail pendant le petit-déjeuner. Cependant, alors qu'il allait se lever de table, Stefan l'épingla du regard.

— Tu vas dîner seul ce soir, ça ira ? Nous avons un tournage qui commence aujourd'hui et nos horaires vont être du grand n'importe quoi ce week-end.

— Bien sûr que ça ira.

— J'ai fait les courses hier, donc il y a plein de choses à manger, à moins que tu ne veuilles commander, dit Paul en ramassant les assiettes pour les mettre au lave-vaisselle.

Commander. Pas vraiment. L'avance sur salaire que Stefan lui avait donnée avait permis de payer son téléphone portable et l'essence pour aller au travail, mais il ne lui restait pas assez pour se permettre de payer un repas en livraison. Son frère lui donnerait sans doute plus d'argent s'il le lui demandait, mais après s'être battu contre son père presque tous les jours depuis qu'il avait terminé le lycée, se débrouiller seul était devenu une question de fierté, du moins dans la mesure du possible. En outre, de simples sandwichs et de la salade, soit toute l'étendue de ses talents culinaires, seraient bien meilleurs pour lui que tout ce qu'il pourrait se faire livrer.

— Merci, je vais gérer, j'en suis sûr. On se revoit plus tard.

Dallas fit un petit signe de la main à Paul et Stefan avant de sortir dans la chaleur infernale d'Orlando en automne. Il espérait que le temps que l'été arrive, il se serait acclimaté.

Lorsque Dallas se gara, sa voiture et celles de Joanie étaient les seules sur le parking, ce qui lui parut étrange, puisque Stefan avait mentionné un tournage ce jour-là. Il haussa les épaules et entra dans le bâtiment.

Comme tous les matins, il s'arrêta devant le bureau d'accueil.

— Bonjour, Joanie.

— Bonjour, Dallas. Que tu es beau aujourd'hui !

Elle le lui disait tous les jours, mais il s'en fichait. C'était une façon très agréable de commencer la journée de travail.

— Je pensais qu'il y aurait plus de monde aujourd'hui. Stefan m'a dit qu'il y avait un tournage, mais on dirait qu'il n'y a que vous et moi.

— Oh, il y aura bientôt plus de monde. Mais c'est un enregistrement de nuit, alors ils ne se pointeront que dans l'après-midi.

Elle attrapa une boîte en plastique posée sur une étagère en dessous du bureau.

— J'ai fait des cookies. Tu en veux ?

Il hésita. Il s'était déjà brûlé les ailes sur un des « cookies » de Joanie. Elle pouffa.

— Ce sont les bons, ceux-là, promis. Les cookies diététiques sont dans la boîte au couvercle rouge.

Elle retira le couvercle et l'odeur de beurre et de sucre des biscuits faits maison emplit la pièce. Il se demandait comment les mannequins faisaient pour manger les « diététiques » quand ils avaient ceux-ci à disposition. Il avait cru que son régime après son opération était draconien, mais il n'avait rien à voir avec celui que plusieurs mannequins suivaient, y compris en mangeant des « cookies » sans gluten, ni beurre, ni sucre, ni goût. Mais d'après Joanie, les cookies « diététiques » – il ne lui dirait jamais qu'ils avaient un goût de carton, pour ne pas l'offenser – remportaient un vif succès et la boîte était toujours vide lorsqu'elle rentrait chez elle, quand elle en faisait.

Il en prit un, mais Joanie émit un « tsss » désapprobateur. Elle attrapa une serviette et en empila quatre autres de plus dessus, avant de la lui tendre.

— Prends-en plus. Tu as mérité une petite récompense.

— Merci.

Il en avait peut-être bien mérité une, en effet. Les cookies ne faisaient pas vraiment partie de son régime, mais ils n'étaient pas non plus expressément interdits.

Joanie lui tapota la joue.

— Est-ce que quelqu'un t'a déjà présenté aux équipes de tournage et aux mannequins ?

Il haussa les épaules. Il avait rencontré un homme nu dès son premier jour et Kyle l'avait menacé de lui faire faire la « bonne » visite, mais cela ne s'était pas concrétisé.

— Pas vraiment.

— Oh, ce Will. De tous ici, il devrait être le plus au courant de la meilleure manière d'intégrer les nouveaux employés.

Ce n'était pas la première fois que Joanie prouvait qu'elle avait déjà travaillé dans une grande entreprise, à un moment donné dans sa vie. À en juger les nouvelles mèches violettes dans ses cheveux couleur lavande, ce boulot avait dû être difficile pour elle, mais même en moins d'une semaine, il comprenait quel atout précieux elle était pour l'entreprise, en maintenant *Idyll Fling* sur les rails comme une machine bien huilée.

Il croqua dans un cookie, dont les arômes délicieux firent fondre son bon sens.

— Je crois que Will ne m'aime pas beaucoup.

Oh, merde. Il n'avait pas voulu l'admettre à quiconque, encore moins à quelqu'un travaillant avec Will depuis longtemps. C'était vraiment peu professionnel de sa part.

— Ne t'en fais pas pour Will. Pour un homme qui a l'air d'un surfeur appelant tout le monde « mec », il se comporte un peu comme un ours mal léché.

Incapable de s'empêcher de rire, Dallas s'étouffa sur son cookie. Joanie lui tendit une bouteille d'eau, à laquelle il but avec gratitude. Will était trente ans trop jeune pour être un véritable ours mal léché, pourtant, la description était étonnamment juste. Y compris la partie concernant le look de surfeur geek chic de Will. C'était déjà perceptible chez *Savron Dynamics*, mais maintenant qu'il avait laissé pousser un peu ses cheveux et qu'il s'habillait de manière hyper décontractée, il était encore plus séduisant.

Dès qu'il eut recommencé à respirer, Joanie jaillit de son bureau pour l'enlacer vivement.

— Dallas, mon trésor, vas-y et fais de ton mieux. Si tu viens me voir aujourd'hui avant de partir, je te présenterai à tout le monde. Tu pourras peut-être trouver au moins quelques garçons de ton âge avec lesquels traîner, sans penser à plus.

— Merci, Joanie.

Excepté les cheveux violets et le fait qu'elle travaille pour un studio porno gay, elle était l'incarnation de la grand-mère de ses rêves. Les siennes étaient aussi distantes que ses propres parents, et Joanie l'avait davantage enlacé au cours de la semaine écoulée que ses grands-mères ne l'avaient fait depuis sa naissance.

Un câlin, un cookie et des paroles encourageantes de la part d'une femme aux instincts de grands-mères étaient une manière formidable de commencer la journée. Tout le monde devrait y avoir droit.

Il récupéra la serviette pleine de cookies et se rendit dans la salle des serveurs. C'était une bonne chose que Stefan lui ait donné le code, puisqu'il n'y avait, encore une fois, personne pour lui ouvrir la porte.

Il s'arrêta net. Quelqu'un avait tiré une petite table dans la pièce et l'avait installée devant sa chaise de bureau. Ce n'était pas un bureau à proprement parler, mais c'était mieux que de devoir partager celui de Kyle, surtout pendant les heures où celui-ci travaillait. Était-ce Will, qui se radoucissait déjà envers lui ? L'espoir faisait vivre.

Avec sa tasse toute neuve, son tas de cookies et son ordinateur, il s'appropria ce bureau. Il posa sa mallette dessous, près de ses pieds. Bien que Will n'ait pas voulu qu'il accède au réseau avec son ordinateur personnel, il était sûr qu'il pourrait au moins utiliser Internet pour jouer à son jeu pendant ses temps morts. Cela pouvait paraître étrange d'envisager de jouer à des jeux vidéo pendant ses heures de travail, mais jusqu'à présent, Will n'avait pas jugé bon de lui donner assez de travail pour occuper même son temps partiel. *Dragon's Ruin* serait sans doute moins répréhensible que le porno, or Kyle ne s'était pas fait virer pour avoir regardé ce dernier. Dans l'idéal, cependant, Will aurait une liste de tâche correcte ou de projets pour la journée.

En attendant, il se connecta à son ordinateur professionnel et regarda les e-mails en attente dans la catégorie « contactez-nous » et les commentaires sur le blog. Il y en avait un certain nombre de chacun, mais rien dont il ne pouvait s'occuper en deux heures voire moins. Il n'était pas vraiment habitué à ce type de travail, cependant, il fallait quand même le faire et il n'y avait personne d'autre pour s'en charger.

Il n'était pas sûr d'arriver à se concentrer pour l'instant, alors qu'il attendait que Will arrive. La veille avait constitué un véritable test pour son sang-froid. Lorsque Will avait surgi dans la salle des serveurs avec son tee-shirt Aquaman bleu pâle plaqué contre son corps comme s'il auditionnait pour un concours de tee-shirts mouillés, le membre de Dallas avait instantanément pris vie. Toute la journée – enfin, la demi-journée – n'avait été que bouffées d'adrénalines perpétuelles. Entre son inquiétude que Will lui arrache la tête et son inquiétude que celui-ci remarque son excitation ininterrompue, c'était un miracle que Dallas ne se soit pas totalement ridiculisé.

Lorsque les cheveux du blond avaient séché et que les ondulations étaient apparues, Dallas n'avait eu qu'une envie : plonger les mains dans ces mèches rebelles et embrasser Will jusqu'à l'inconscience. Les quatre heures de travail avaient été les plus longues de sa vie.

Comme rester assis à attendre allait finir par le rendre fou, il prit sa tasse et se rendit à la cuisine. Autant se préparer une tisane. Le café lui était peut-être interdit, mais il avait toujours aimé le rituel du café matinal, à peu près autant que le breuvage lui-même. En outre, comme il faisait toujours sacrément froid dans la salle des serveurs, une tisane brûlante l'aiderait à se réchauffer.

UNE HEURE plus tard, peu après qu'il se fut préparé sa seconde tasse et qu'il eut fini de traiter les messages qu'il pouvait gérer sans l'aide de Will, l'homme en question jaillit dans la salle des serveurs en n'ayant pas l'air très en forme.

Il avait les cheveux en bataille, même s'il fallait bien admettre qu'il ne semblait pas être le genre d'homme à s'embarrasser à se coiffer ou discipliner ses cheveux. Ses vêtements étaient froissés et d'énormes poches avaient élu résidence pour un séjour longue durée sous ses yeux noisette. Il portait également deux énormes sacs en papier en provenance du café du coin.

— Désolé. Couché tard, marmonna Will.

Avant que Dallas puisse répondre, il posa une tasse de café devant lui.

— Je t'ai pris un latte.

Dallas se sentit déçu. À une époque, il aurait adoré un bon café, et en plus, Will avait eu un petit geste gentil à son égard. C'était une petite offre de paix, malheureusement, Dallas ne pouvait pas l'accepter. La seule question qui se posait à présent, c'était de savoir comment répondre sans passer pour un blaireau pathétique.

— Merci. Mais je ne bois pas de café.

C'était mieux que « je ne peux pas en boire », non ?

— Tu ne bois pas de café, répéta Will d'un ton monotone, avec la même expression sur le visage que si Dallas lui avait dit qu'il adorait danser nu dehors sous la pleine lune.

Will regarda la tasse fumante sur le bureau de Dallas.

Apparemment, « je ne bois pas » n'était pas mieux que « je ne peux pas ».

75

— Je ne peux pas, en fait. Je ne peux pas en boire. Hum… Je bois de la tisane.

Dallas agita le breuvage en question, conscient qu'il n'était pas censé expliquer ses choix de boissons à son patron. Le seul problème, c'était qu'il était incapable de s'empêcher d'agir comme un jeune puceau ayant un béguin pour son boss, à ceci près que si Will était bien son supérieur, il était aussi le type sur lequel Dallas craquait depuis des années et que respirer le même air que lui commençait à le rendre fou.

— Très bien.

Will hocha sèchement la tête.

— Ça en fera plus pour moi.

Sans ajouter un mot, Will s'assit et se mit au travail. Dallas l'observa un instant, se demandant s'il allait ajouter une explication ou une salutation amicale, mais visiblement, « Je t'ai pris un latte » était ce qu'il obtiendrait de plus amical.

Le silence donna à Dallas l'opportunité de spéculer sur le coucher tard de Will. Il n'avait pas l'air d'avoir la gueule de bois, il semblait juste éreinté. Comme il semblait tout aussi agité que la veille, Dallas présuma… *espéra*… qu'il n'avait pas tiré son coup. Ce qui ne permettait cependant pas de déterminer si oui ou non Will avait un copain. Mais bon, il n'aurait pas été surpris non plus d'apprendre que Will s'était couché tard pour jouer à des jeux vidéo. C'était assez courant dans leur domaine d'activité.

Dallas espérait trouver quelqu'un qui soit jouait à *Dragon's Ruin*, soit pouvait se laisser convaincre d'y jouer. Il jouait dans une guilde, mais parfois, il aurait aimé pouvoir parler du jeu à d'autres personnes. Ses amis dans le Connecticut ne s'intéressaient pas du tout aux ordinateurs, du moins pas autant que lui. Lorsqu'il travaillait chez *Savron Dynamics*, il consacrait la plupart de son temps libre à Hugh, jusqu'à ce que son travail ait entravé les besoins de celui-ci de tirer son coup quand il le voulait. À l'époque, cependant, il n'avait ni le temps ni l'énergie nécessaires pour jouer à *Dragon's Ruin*.

Will se passa les doigts dans les cheveux, ce qui attira l'attention de Dallas sur lui. Il ne voulait pas passer une journée de plus dans un silence inconfortable.

— Tu es sorti hier soir ?

— Oui.

La brève réponse fut accompagnée d'un haussement d'épaules qui contredisait l'affirmation claire et qui perturba Dallas. Il s'apprêtait à poser une nouvelle question, pour voir s'il pouvait attirer Will dans une conversation à cœur ouvert, quand celui-ci pivota sur son siège et l'épingla du retard.

— Attends. Comment es-tu rentré ici ce matin ? Joanie n'a pas le code de la salle des serveurs et Stefan n'est pas encore arrivé.

Le ton accusateur fit battre son cœur, alors même qu'il n'avait rien fait de mal.

— Pourquoi est-ce que Joanie n'a pas le code ? Ne devrait-elle pas l'avoir ? Elle a accès à tout le reste et a même le droit de dépenser l'argent de la compagnie et de signer les chèques. Pourquoi ne devrait-elle pas avoir accès à cette pièce ?

Dallas ferma la bouche quand il réalisa que Will était sur le point de péter une durite.

— D'une, ce ne sont pas tes oignons. Réponds à ma question.

— Quoi, tu crois que j'ai sorti mon super kit pour crocheter la serrure parce que je ne pouvais pas attendre que tu arrives ? Avec une heure de retard ? Comment fait Kyle, alors ? Il reste assis dans le couloir ?

Oh doux Jésus. Qu'est-ce qui n'allait pas chez lui, à s'exprimer ainsi ? Il ignorait si c'était sa nervosité qui parlait ou s'il en avait au contraire oublié son stress et qu'il en appelait à l'expérience acquise chez *Savron Dynamics*, mais il n'avait pas voulu se mettre ainsi sur la défensive.

— J'ai donné le code à Kyle.

Will serrait si fort les dents que sa mâchoire était immobile.

— Mais c'est moi qui l'ai embauché.

Dallas hocha la tête.

— D'accord. Comme c'est Stefan qui m'a embauché, c'est lui qui m'a donné le code. Tout a l'air en ordre, alors.

Sérieusement. Qu'est-ce qui clochait chez lui ? Ce n'était pas ainsi qu'il se mettrait Will dans la poche.

Les narines frémissantes, Will s'écarta de son bureau. Il sortit en trombe de la pièce en claquant la porte derrière lui.

Dallas ne se détendit pas. Il ne savait pas du tout ce que Will comptait faire. Il pouvait aller engueuler Stefan pour lui avoir donné le code d'accès, mais son frère n'allait pas le virer pour quelque chose que Will aurait dû lui donner dès le départ. Ce qui était étrange, c'était que même si cette situation était pesante, il ne ressentait pas la tension qui précédait généralement ses migraines de stress. Peut-être qu'il appréciait trop Will pour que celui-ci soit une source de stress, même s'il n'avait pas eu l'intention de le chasser de son bureau.

Tout à coup, le silence inconfortable lui parut plus appréciable.

DÉCIDANT QUE battre en retraite serait plus sage, Dallas fit semblant d'être plongé dans le travail quand Will revint enfin, n'ayant pas l'air plus ravi que lorsqu'il était parti. Non pas que Dallas ait vraiment du travail à faire. Il occupa le reste de la matinée à boire bien trop de tisane, qui s'accompagna donc de beaucoup de visites aux toilettes, et à essayer de trouver un plan d'attaque pour la semaine suivante. Hors de question qu'il laisse Stefan le payer à réinitialiser des mots de passe et préparer de la tisane.

S'il fallait pour cela affronter Will, il le ferait, mais il avait besoin de plus de temps pour se familiariser avec le terrain.

À midi moins le quart, Will se leva.

— Je vais déjeuner, lança-t-il sans un regard à Dallas.

Celui-ci poussa un soupir de soulagement quand toute la tension partit avec Will. À défaut d'autre chose, il allait au moins commencer à faire en sorte que Will se comporte comme un être humain. Dallas savait très bien qu'il en était capable. Ce n'était pas parce qu'ils avaient peu échangé personnellement chez *Savron Dynamics* qu'il n'avait pas observé chaque interaction que Will avait eue avec ses subordonnés lorsqu'ils étaient dans l'open space rempli de boxes. Il s'était passé quelque chose, qui avait modifié l'approche que Will avait de son travail dans le Connecticut – il n'avait jamais été un tel acharné du travail, par exemple – et pas en bien. Ni pour lui ni pour les personnes travaillant pour lui.

Techniquement, Dallas devait encore rester quarante-cinq minutes supplémentaires, mais sa présence ou son absence ne ferait pas la moindre différence. Pas ce jour-là, en tout cas.

Alors il ramassa ses affaires et partit.

Arrivé dans le hall, Joanie le héla.

— Dallas, tu ne pars pas déjà, si ? Je voulais te présenter quelques personnes.

Oh, c'est vrai. Les présentations. Il avait oublié la promesse de Joanie. Il ne se sentait pas d'humeur sociable, mais ce serait sympa de rencontrer des gens qui pourraient devenir des amis. Ou du moins qui pourraient se montrer amicaux quand il les croiserait au travail.

— Euh, non, Joanie. Je vais juste poser mon sac dans la voiture et je reviens.

La chaleur à l'extérieur du bâtiment fut presque comme une claque en plein visage et le parking était bien plus rempli qu'à son arrivée. Il y avait au moins une dizaine de voitures et plusieurs motos autour de sa Toyota cinq portes. Tout compte fait, il n'était pas sûr de vouloir laisser son bébé dans sa voiture, par cette chaleur. Il retourna dans le bâtiment bien plus frais.

— Finalement, je pense qu'il fait trop chaud pour laisser mon ordinateur dans la voiture.

Il avait laissé l'ordinateur professionnel, à peu près aussi utile qu'un presse-papiers à l'heure actuelle, dans la salle des serveurs, mais son bébé l'accompagnait partout.

— Oh non, trésor. C'est sûr que ce n'est pas une bonne idée de le laisser dans la voiture. Laisse-moi l'enfermer à clé dans mon bureau pour l'instant, histoire que tu n'aies pas à te le trimballer partout.

L'ordinateur rangé, il suivit Joanie dans les dédales du studio.

Le bruit de voix d'hommes et des rires masculins l'informèrent qu'ils approchaient.

Ils tournèrent dans un couloir et Dallas fut presque ébloui par la quantité de chair masculine nue. Ils n'étaient pas tous entièrement dénudés, contrairement au mannequin qu'il avait rencontré lors de son premier jour de travail, mais un grand nombre de types, qui avaient son âge voire étaient plus jeunes, étaient au moins torse nu. Quelques-uns ne portaient que de minuscules slips de couleur vive et très moulants.

Il supposait que ceux qui étaient de l'âge de Will et Stefan et entièrement habillés devaient être les membres de l'équipe.

Joanie n'eut pas besoin de prononcer un mot. L'un des mannequins tourna la tête et écarquilla les yeux avant d'avancer d'un pas sautillant.

— Joanie, on a un nouveau ?

— Oui, Beck. Je te présente Dallas.

Beck ronronna avant de lui caresser la joue.

— Je croyais que nous tournions une nouvelle scène de dortoir aujourd'hui. Personne ne m'avait dit que ça s'était transformé en scénario de séduction d'un professeur.

Il tira sur la cravate de Dallas.

— Très sexy, Dallas. La cravate ajoute une jolie touche.

Ses joues s'enflammèrent. Il n'était pas vraiment vierge, mais cette franche appréciation de la part d'un deuxième acteur porno en une semaine avait de quoi faire fantasmer, même s'il savait qu'il n'avait ni la possibilité ni l'envie de conclure.

Joanie éclata de rire.

— Il n'est pas pour toi, Beck. Il travaille pour Will.

Beck fit la moue. Dallas était certain que cette seule mimique lui permettait d'obtenir tout ce qu'il désirait. Il était adorable.

— Pourquoi est-ce que Stefan engage tellement de canons dans la cave ?

— La cave ?

Il n'allait pas relever le fait qu'il n'était pas le seul à trouver Will séduisant. Il ne voulait pas que la rumeur circule, s'il pouvait l'éviter. Tant qu'il ne saurait pas qui aimait bavasser et qui était digne de confiance, se montrer réticent serait plus sage.

— Aussi connue sous le nom de salle des serveurs.

Beck leva les yeux au ciel.

— Mais si tu voulais faire une exception et tourner quelques scènes, je suis sûr que Stefan n'aurait rien contre.

Paul le regarda, un immense sourire aux lèvres, et Dallas dut se retenir de rire. Stefan ne ferait pas deux poids deux mesures et laisserait son cadet tourner dans du porno si c'était ce qu'il voulait faire, mais ce serait très étrange de le faire pour la société familiale, avec, en plus, son beau-frère comme réalisateur. Même s'il avait été tenté de le faire, ce qui n'était pas du tout le cas.

— Désolé, mec. Ça n'arrivera jamais.

Beck haussa les épaules.

— Ça ne coûtait rien d'essayer. Tu serais splendide dans un film.

Dallas rougit de nouveau, mais il sourit et remercia Beck.

— Viens rencontrer les autres gars. Rien ne t'oblige à moisir dans la cave.

— Je vais te laisser aux mains expertes de Beck.

Au sourire malicieux que Joanie lui lança, il eut le sentiment d'avoir manqué une blague.

— J'ai du travail à faire, ajouta-t-elle.

— Est-ce que tu assistes au tournage ? lui demanda Beck.

Assister au tournage ? La chaleur envahit son cou et de la sueur apparut sur sa lèvre. L'idée que Beck, un type ultra sexy, à peine plus jeune que lui, se retrouverait bientôt nu, excité et en train de coucher avec l'un des autres gars canon qui parlait autour d'eux était sacrément excitante.

— Euh, non. Je ne pense pas. Pas aujourd'hui. J'ai des projets pour le repas.

Il n'était pas prude – il ne pensait pas l'être, en tout cas –, mais il n'était pas encore prêt à se retrouver à bander en public parce qu'il regarderait des hommes coucher ensemble, en live. Se retrouver très excité au travail ? Il ne serait sans doute jamais prêt pour ça. Fantasmer sur Will était déjà suffisamment embarrassant comme cela.

Les présentations ne prirent pas longtemps et il se sentit immédiatement accepté et bienvenu.

— Qu'est-ce que vous tournez, aujourd'hui ?

Tyler, le blond mince et dégingandé qu'il avait rencontré le premier jour, sourit.

— Un étudiant hétéro se fait séduire par son camarade de chambre sexy.

Dallas cligna des yeux à plusieurs reprises.

— D'accord, mais vous êtes quatre.

Beck éclata de rire.

— Oh, les scènes universitaires sont les plus amusantes. Elles offrent toujours plein d'options. À un moment donné, le type hétéro va prendre le capitaine de l'équipe de football ainsi que deux autres camarades de chambre.

— Le capitaine de l'équipe de football ?

Il ne put masquer l'incrédulité dans sa voix. C'était Beck le plus grand et le plus épais du lot, ce qui ne représentait pas grand-chose. Dallas ne l'aurait même pas mis dans la catégorie des botteurs, encore moins capitaine.

D'après les rires qui fusèrent, les garçons avaient compris le ton de sa voix.

— Cette scène est pour plus tard. Gregor n'est pas encore arrivé, mais il a clairement le physique de l'emploi, commenta Javier, un jeune homme brun et gracile, avec un sourire en totale contradiction avec son look emo/goth.

— D'accord. Et qui va jouer l'hétéro ?

Dallas avait entendu parler de « gays pour le fric », mais il ne pensait pas qu'un seul de ces hommes était hétéro. Il se souvenait aussi vaguement d'une conversation avec Stefan, où son frère disait qu'il préférait tourner avec des hommes gays ou bi, mais Dallas ignorait si son frère vérifiait vraiment. Comment fonctionnaient les lois sur la discrimination, en Floride ? Pouvaient-elles s'appliquer au porno ?

Beck tourna sur lui-même, les bras en l'air comme une ballerine.

— Moi, bien sûr.

Dallas étouffa son rire. Avec ses cheveux blonds, son teint rougeaud et sa carrure de garçon de ferme, Beck avait certes le physique de l'emploi, mais il était impensable que quelqu'un, dans la vraie vie, le prenne pour un hétéro.

— Je sais, je sais.

Beck prit la pose, d'une grâce féline dans son jean moulant et son tee-shirt rose sur lequel figurait une licorne et un arc-en-ciel.

— Homo depuis la naissance, mais ça fonctionnera pour les cinq minutes pendant lesquelles j'aurai à défendre ma vertu face à Tyler ici présent.

Dallas avait passé l'essentiel de ses études à faire semblant d'être hétéro, et il tenta d'imaginer un instant le doux et séduisant Tyler en train de le séduire. Il n'aurait pas résisté longtemps, mais heureusement, il ne lui était jamais rien arrivé de semblable.

— Ça ne ressemble pas vraiment à ce que j'ai connu pendant mes études.

Tyler leva les yeux au ciel.

— Moi non plus. Mon camarade de chambre est hétéro, mais aucun argent au monde ne me convaincra de coucher avec ce type. Je suis surpris que ses draps n'aient pas pris vie pour se barrer loin de lui.

Javier intervint.

— Et la moitié des mecs sont des connards dans le placard, comme au lycée.

À ces mots, Dallas l'observa plus attentivement.

— Euh, quel âge as-tu ?

Un sourire blasé étira les lèvres pulpeuses de Javier, lui donnant l'air plus vieux, mais juste un court instant.

— Dix-neuf ans. Je suis en première année de fac.

Dallas les regarda tous de plus près et réalisa qu'à vingt-quatre ans, il était de loin le plus vieux du lot. Pas de beaucoup, mais tout à coup, l'écart d'âge lui sembla beaucoup plus important. L'âge ne voulait pas dire grand-chose, cela dit. Certains jours, il se sentait comme un centenaire, même si ces derniers temps, il allait bien mieux.

— Hé ! Ce week-end, ça va être de la folie avec le planning de tournage, mais le week-end prochain, tu devrais venir avec nous au *Club Gallo*. Nous y faisons une enchère de célibataires.

Beck passa le doigt sur le biceps de Dallas.

Quelque chose ne collait pas. Dallas avait assisté à nombre d'enchères de célibataires pour différents galas de bienfaisances donnés au country club de ses parents, et bien que ces hommes ici présents soient tous séduisants, ils ne correspondaient pas du tout au genre de candidats que ses pairs auraient choisis.

Tyler intervint.

— Le *Club Gallo* est un bar gay. C'est une enchère de célibataires gays. Pour une œuvre de charité. Raven pense que grâce à nous, il va pouvoir lever beaucoup de fonds.

— C'est bizarre, mais il pense que beaucoup d'hommes paieraient une grosse somme d'argent pour un rencard avec une star du porno.

Beck écarquilla les yeux et les cligna d'un air innocent, mais Dallas n'était pas dupe. Il rigola.

— OK, j'ai compris. Ça a l'air marrant, mais je n'ai pas assez d'argent pour acheter qui que ce soit.

Il pensait qu'il serait gêné d'admettre ce fait, mais comme ces types n'avaient pas la moindre idée préconçue sur l'argent de sa famille ou le sien, c'était bien plus facile de dire la vérité.

Beck lui tapota l'épaule.

— Ce n'est pas grave. Tu peux juste traîner avec nous. Danser un peu. Et peut-être même consoler un mec qui n'aura pas eu l'enchère la plus haute ?

Cette dernière question fut posée sur un ton suggestif et accompagné d'un nouveau battement de cils.

C'était hors de question… D'accord, il était peut-être un peu prude. Mais cela ne devait pas l'empêcher de flirter un peu. De danser. Il y avait bien longtemps qu'il n'était pas allé dans un club.

— Ça a l'air sympa.

Beck hocha la tête comme si Dallas avait fait exactement ce qu'il voulait. Puis il se rapprocha de lui et lui chipa son téléphone dans la poche intérieure de sa veste.

— Quoi ?

— Nos numéros, genre.

Oh. Exact. Même si les trois mannequins avaient l'air vraiment sincères, Dallas ne s'attendait pas à ce que Beck lui donne un moyen de le contacter. En un clin d'œil, l'échange de numéros était fait.

— C'est tout bon. Je t'enverrai les détails par textos, si on ne se voit pas avant.

Le réalisateur commença à aboyer des ordres et tout à coup, les gens se mirent à bouger plus vite et vers un but précis. Dallas y vit le signe qu'il était temps pour lui de s'en aller.

— À plus tard, les gars. Amusez-vous bien pendant le tournage.

Beck enleva son jean, révélant un jockstrap d'un blanc étincelant qui ne laissait pas beaucoup de place à l'imagination.

— Tu es sûr que tu ne veux pas rester et observer ? Les scènes en dortoir sont toujours amusantes.

— Merci, mais je ne peux pas. La prochaine fois, peut-être.

Il fit de son mieux pour ne pas laisser son regard s'attarder sur le triangle en coton virginal.

Beck le serra brièvement contre lui et la proximité d'un corps presque nu fit transpirer un peu Dallas, d'une façon agréable.

— Bienvenue à *Idyll Fling*.

— Merci.

Dallas adressa un signe de la main au trio avant de partir, un sourire aux lèvres, malgré sa faim. Avec la perspective d'avoir des amis potentiels, il était de bonne humeur et avait bon espoir de pouvoir reprendre sa vie en main grâce à son travail.

Dans le parking, son téléphone sonna. Il l'attrapa et découvrit une demande d'amis de la part de Beck. Son sourire s'élargit et il accepta, pas inquiet que Beck et les autres puissent poster des choses que ses amis et sa famille pouvaient considérer comme inappropriées. Il ne s'était même pas connecté depuis son départ du Connecticut, craignant ce qu'il pourrait voir. Peut-être que faire du tri dans sa liste d'amis pouvait être un nouveau pas pour construire sa nouvelle vie.

En montant en voiture, il réalisa qu'il n'avait pas demandé à Beck qui était Raven, mais il pourrait toujours lui poser la question plus tard.

VI

LE LUNDI matin avait surpassé les espoirs de Dallas. À part une nouvelle remarque narquoise sur sa cravate à motifs, choisie avec soin parmi de nombreuses cravates à rayures ou unies qu'il ne porterait sans doute plus jamais, Will avait plus ou moins fait comme si Kyle et lui n'existaient pas. À cause de sa présence, toute conversation avec Kyle manquait de naturel. Will ne lâcha pas l'affaire en allant jusqu'à leur donner plus de travail à faire, mais le seul fait qu'il reste dans la salle des serveurs constituait un progrès. En tout cas, Dallas voulait le considérer comme tel.

Le constant martèlement des doigts de Will sur le clavier attestait du fait que *lui* avait une tonne de boulot pour s'occuper, mais Dallas avait le temps de planifier son attaque. Tôt ou tard, il aurait Will à l'usure.

Comme Kyle était concentré sur son propre écran, Dallas passa un peu plus de temps à observer son patron en silence. Si Dallas avait trop de costumes, Will, lui, avait bien trop de shorts cargo. Nul doute qu'ils étaient confortables, mais ils étaient sans forme, tout comme ses tee-shirts larges – Batman, aujourd'hui. Chose curieuse, le fait même qu'ils ne dévoilent rien donnait encore plus envie à Dallas de découvrir les merveilles qu'ils cachaient.

Son béguin continu pour Will, récemment ravivé par leur proximité, ne l'aveuglait pas au point qu'il ne remarque pas combien ce dernier avait l'air épuisé. Si on ne revenait pas reposé et revigoré après le week-end, c'était que celui-ci avait été débridé. Will était épuisé, mais pas d'une bonne manière. Plutôt comme s'il souffrait de trop de missions perdues d'avance et de manque de sommeil.

— Je vais déjeuner, annonça Kyle.

Dallas détourna si vite le regard qu'une douleur naquit dans ses tempes. Il n'avait pas besoin d'être surpris en train de rêvasser sur son patron.

Will grogna en guise de réponse et Dallas adressa un petit signe de la main à Kyle, espérant que ce dernier ne remarque pas son visage rougi. Non pas que lui-même ait vu sa propre figure, mais la chaleur qui lui était montée aux joues était révélatrice.

Seuls à nouveau, il sentait la tension monter dans la pièce, comme le vendredi. Il n'avait pas voulu entamer de conversation avec Will en présence de Kyle. C'était suffisamment difficile de se faire descendre en flammes sans témoin.

— Week-end chargé ?

Le silence s'étira. Will n'allait quand même pas faire comme s'il n'avait pas parlé, si ?

— Pourquoi tu dis ça ?

Comme il n'existait aucune bonne façon de répondre à cette question, il opta pour la vérité :

— Vous avez l'air fatigué.

Will haussa une épaule.

— J'ai travaillé. Joué à des jeux vidéo. Rien de trop fatigant.

Le travail. Si au moins il partageait cette fichue charge de travail. Il n'en était peut-être pas capable avant, mais à présent, Dallas était plus que compétent pour faire ce qui devait être fait. Quel imbécile. Mais ce n'était pas cette partie-là de la réponse qui l'intéressait. Non. C'était la toute petite information personnelle que Will avait lâchée et sur laquelle il rebondit.

— À quels jeux jouez-vous ?

Quel que soit ce jeu, Dallas l'achèterait cette semaine avec sa première paie, en plus des habits décontractés qu'il devait trouver pour l'enchère de célibataires du samedi suivant.

Will le dévisagea comme s'il lui avait demandé la couleur de ses sous-vêtements. Au lieu de répondre, il se leva.

— Je vais me chercher à manger. À demain.

— Oh, vous prenez votre après-midi ?

Ce serait une bonne chose. Cela offrirait une pause à Will et à Dallas la chance de lui prouver que tout ne s'écroulera pas avec Dallas et Kyle gérant la boutique.

— Non, répondit Will en fronçant les sourcils. Mais tu seras sans doute parti quand je reviendrai.

Dallas afficha son sourire le plus lumineux.

— Je ne vous ai pas dit ? Je suis à plein temps cette semaine.

Will ouvrit la bouche, puis la referma avant de sortir de la pièce d'un pas furieux, claquant la porte derrière lui.

Dallas se frotta le front et perdit son sourire. Il aimait de plus en plus asticoter Will, mais avait-il manqué l'extrême inaptitude sociale de l'homme la dernière fois qu'ils avaient travaillé ensemble ? Il secoua la tête.

Will n'aurait jamais pu être promu au poste de chef de service chez *Savron Dynamics* s'il n'était pas capable de soutenir une simple conversation. Les échelons supérieurs chez *Savron Dynamics* s'acquéraient grâce au réseau et au copinage. Le seul fait d'être gay était un désavantage, même si personne ne l'admettait à voix haute.

Dallas savait que Will s'était montré extrêmement discret sur sa vie privée, cependant, il avait dû travailler très dur pour dépasser cette stigmatisation. L'homme avec lequel Dallas avait travaillé depuis son arrivée en Floride n'aurait même pas été pris comme stagiaire. C'était la charge de travail qui devait user la gentillesse de Will – au point que Dallas ne l'avait jamais vue –, mais il se passait peut-être autre chose. Quelque chose de personnel.

Dallas avait assez de problèmes avec les siens, pourtant, il aurait voulu que Will se confie à lui. Lui demande de l'aide, sur le plan personnel ou professionnel. Les deux, de préférence. User la carapace hérissée de piquants de Will demanderait du temps et de la persévérance. Dans n'importe quelle autre entreprise, avec n'importe quelle autre personne, Dallas se serait demandé pourquoi il n'y avait pas assez de travail pour les occuper tous, mais Will lui avait assuré qu'il n'y avait effectivement pas assez de travail pour l'occuper *lui*. Donc Will était le nouveau projet de Dallas, pile la bonne activité pour le distraire de ses propres problèmes.

S'attaquer à un problème aussi épineux n'étant pas pour les âmes sensibles ou affamées, il attrapa son déjeuner et commença à mâcher.

Au milieu de son repas, quelqu'un toqua doucement à la porte. Impossible que ce soit Will, même s'il avait étrangement oublié son code. Dallas se leva et ouvrit la porte.

— Salut, Joanie.

— Oh, Dallas, trésor. Est-ce que Will est là ?

— Désolé, il est allé déjeuner.

Joanie avança les lèvres.

— Cet homme, je te jure. Il a dû se faufiler par une autre porte juste pour pouvoir m'éviter.

— Pourquoi ferait-il ça ?

C'était impensable, pour Dallas. Joanie illuminait chacune de ses journées.

— Je n'arrête pas de lui réclamer plusieurs factures que nous devons payer. C'est de plus en plus dur de les lui réclamer avant qu'on s'expose à des pénalités de retard, et quand j'essaie de… euh…

— Le harceler ? suggéra Dallas en souriant.

Elle lui lança un regard noir, mais adouci. Un regard noir de grand-mère, celui qui promettait de la glace, plus tard. C'était en tout cas ainsi qu'il imaginait les grands-mères des autres.

— Très bien. De le harceler. Mais c'est chaque mois plus dur d'obtenir des papiers de sa part.

Il renifla de dérision.

— Je suppose que c'est parce que son bureau ressemble à une ville ravagée par une bombe.

Joanie rit.

— C'est vrai. Je vais juste devoir garder l'œil ouvert pour le pister quand il rentrera.

— Lesquelles vous faut-il ? Je peux vous les trouver.

Ce n'était pas comme s'il avait autre chose à faire pour occuper le temps.

— Oh, trésor, Will n'aimerait pas que tu fouilles son bureau.

Ha ! Y avait-il quelque chose que Will aimait ? Parce que, jusqu'à présent, il ne semblait pas connaître la définition de ce mot.

— Je le ferais pour une bonne raison.

C'était vrai. Le manque d'organisation de Will ne devrait pas empêcher quelqu'un d'autre de faire son travail.

— Ne t'en fais pas. Je reviendrai le voir bientôt.

Elle lui tapota la joue.

— Pas la peine que tu t'attires des ennuis maintenant.

Dallas hocha la tête, mais pour la première fois depuis qu'il avait commencé à travailler pour son frère, il avait un but. Minuscule au point d'en être microscopique, mais c'était quand même une tâche à faire.

— Je n'ai pas peur de Will. Desquelles avez-vous besoin ?

Sa déclaration fut une révélation. Il n'avait vraiment pas peur de Will ou de quoi que ce soit d'autre. S'être fait renier signifiait qu'il n'avait plus peur d'échouer face à son père désapprobateur. Il ne craignait plus d'avoir nulle part où dormir ou de ne pouvoir payer ses soins médicaux. Il n'avait même plus peur que son homosexualité soit dévoilée. Le pire s'était déjà produit et il en avait retiré le meilleur, même s'il avait encore du chemin à parcourir avant d'être totalement remis sur pied.

Il ne subissait plus la menace constante de perdre son travail et n'avait pas peur de son frère ou de son nouveau patron. Il n'avait pas l'intention de merder, mais faire son travail au mieux de ses capacités ? Aider les autres employés à faire encore mieux leur boulot ? Stefan n'allait pas le virer pour ça, peu importe combien Will fulminerait.

Joanie resta silencieuse quelques instants, puis elle plissa les yeux.

— Je crois que tu pourrais être ce dont il a besoin.

Les joues de Dallas le brûlèrent, parce que cette déclaration pouvait être prise dans plusieurs sens et il savait exactement comment il voulait que Will ait besoin de lui. D'une manière qui n'incluait pas de le défier pour de la paperasse. Cependant, faire en sorte que Will reconnaisse sa valeur serait une bataille ardue et ceci était la première escarmouche.

Après avoir pris connaissance de ce qui manquait à Joanie, Dallas se mit au travail. Son sandwich pouvait attendre.

QUARANTE-CINQ MINUTES plus tard, il n'avait pas trouvé les factures manquantes, mais il avait commencé à trier et ranger le bazar sur le bureau.

Cela dépassait sans doute la petite escarmouche. Il avait de bonnes intentions : il effectuait une mission de recherche ciblée consistant à passer les papiers au crible jusqu'à trouver ceux dont il avait besoin. Cependant, il n'y avait eu aucune logique de classement par date ou par sujet. Une partie du mélange provenait de l'avalanche de papiers que Dallas avait causée la semaine précédente, mais le fait même que Will n'ait rien remarqué d'anormal ou n'ait rien fait pour rectifier le tir en disait long sur le problème.

C'était symptomatique de la surcharge de travail de Will. Dallas n'avait peut-être jamais eu l'opportunité de voir de près le bureau de Will chez *Savron Dynamics*, mais c'était impossible que le bordel s'y soit accumulé de manière aussi désordonnée. Les règles de classement en administration système avaient été presque aussi strictes que la politique indiquant ce qui devait être documenté et comment. Il avait même le sentiment que nombre de ces procédures avaient été mises en place par Will lui-même quand il avait atteint le poste de manager. En comparaison, le bureau actuel de Will donnait l'impression qu'il avait subi une transplantation de personnalité et s'était transformé en entasseur compulsif et bordélique.

Dans un coin, un grand meuble de stockage occupait une place énorme, mais semblait peu utilisé. À l'intérieur, il découvrit les prémices d'un système de classement approprié, le même qu'il avait appris chez *Savron Dynamics* et qu'il avait continué à utiliser jusqu'au jour où il s'était fait virer si ignominieusement. Dallas ne pouvait, pour l'instant, rien faire pour le classement électronique, mais pour le classement des sauvegardes papier, si. La seule présence de tous ces papiers le rassurait sur le fait qu'au fond, Will était toujours le même, avec son insistance vieux jeu à corroborer tout avec du papier.

Quelques minutes plus tard, il trouva les factures réclamées par Joanie et les mit de côté sur son propre bureau avant de s'attaquer au reste de la montagne de papiers.

— Ouh là, mec, qu'est-ce que tu fais ?

Cette fois-ci, la voix de Kyle ne le fit pas sursauter au point qu'il ait un mouvement imprudent, mais son insistance à utiliser le mot « mec » le fit sourire. D'eux trois, c'était Will qui semblait avoir davantage le look pour prononcer ce mot dans n'importe quelle conversation, pourtant, Dallas ne l'avait jamais entendu le dire, contrairement à Kyle qui appelait tout le monde comme ça, même Joanie.

— Du rangement. De quoi ça a l'air ?

C'était peut-être une tâche peu enviable, mais nécessaire. Il se tourna vers Kyle, qui haussait tellement les sourcils que ces derniers se confondaient avec ses cheveux.

— Du rangement ? Mais tout n'est pas gardé sur ordinateur ?

Il ravala avec peine une remarque sarcastique. Rien que le fait que Dallas ignore à quoi ressemblait le dessus du bureau de Will suffisait à souligner l'évidence que celui-ci ne gardait pas tout uniquement sur ordinateur. Cependant, le fait que Kyle ignore l'existence d'un système de classement ne devrait pas le surprendre. Kyle n'avait accès à aucun fichier électronique potentiellement sensible et les papiers dataient de l'année précédente. Le stagiaire n'était là que depuis un mois, pour un stage qui en comptait six. Et malgré ses qualifications évidentes, il avait déjà pris tellement de mauvaises habitudes sous la tutelle indifférente de Will que Dallas ne voudrait pas renouveler son contrat, s'il avait son mot à dire.

Kyle reprit son habituelle expression apathique et haussa une épaule.

— Tu viens de creuser ta propre tombe.

Dallas ne vit pas l'utilité de répondre. Kyle s'assit à son bureau, peut-être pour se remettre au travail, mais plus probablement pour se balader sur le net.

Tout en continuant de s'activer, Dallas avait conscience que l'heure avançait. Il ne savait pas si Will allait tenter de l'ignorer tout l'après-midi ou non, mais s'il était l'accro du travail que Dallas soupçonnait, alors il reviendrait au moins récupérer son ordinateur portable avant de prendre la fuite.

Un petit sourire étira ses lèvres. Au moins, Will n'avait pas travaillé pendant sa pause déjeuner, ce jour-là, ce qui, d'après les nombreuses serviettes en papier de fast food qu'il avait découvertes entre les piles de papiers, arrivait avec une régularité alarmante.

Dans tous les cas, il reviendrait bientôt et Dallas devait se préparer pour la bataille.

Il ne se figea qu'une seconde en entendant le bruit désormais familier de la porte de la salle des serveurs.

— Qu'est-ce que tu fous, nom d'un chien ?

Il n'avait encore jamais entendu Will rugir et ses genoux en tremblèrent une fraction de seconde, puis il prit une profonde inspiration et se tourna pour faire face à l'ermite furieux de la cave. *Garde le cap.*

Il ajusta sa cravate à motifs et enleva une poussière invisible sur sa veste de costume, comme il agiterait un tissu rouge devant un taureau, puis répondit :

— Du classement.

Will bafouilla quelques instants face à cette réponse détachée et monocorde.

— Tu n'as aucun droit de fouiller les affaires sur mon bureau. C'est privé.

D'accord, cela l'agaça, juste un peu.

— À vrai dire, le dessus de votre bureau n'est pas privé. C'est le rôle des tiroirs fermés à clé. Et, certes, ce n'était pas très poli de l'avoir fait sans votre permission, mais ce n'est pas totalement sans précédent non plus.

— Tout ce qui se trouve sur ce bureau est potentiellement sensible et tu n'aurais jamais dû le tripoter.

— Oh, c'est vrai ? Alors ces serviettes McDonald's et KFC sont potentiellement sensibles ? C'est ridicule, répliqua Dallas avec un sourire de mépris.

Les narines de Will s'évasèrent tandis qu'il jetait un œil sur son bureau.

— Où as-tu mis ça ?

Il pointa du doigt le meuble à tiroir qui dépérissait dans un coin.

— Surprise, c'est ouvert. Et il y a plein de place pour y ranger des documents. Vous le saviez ?

Il ne savait pas d'où lui venait ce sarcasme mordant. Peut-être qu'il l'avait retenu trop longtemps et qu'il n'avait eu besoin que d'une dispute avec Will pour faire tout sortir. Mais il aimait ce côté de lui terre-à-terre et qui ne se laissait pas marcher sur les pieds.

Will rougit jusqu'aux oreilles, mais rien ne permettait à Dallas de deviner s'il allait se faire frapper ou non.

— Tout était organisé à la perfection sur mon bureau afin que je puisse trouver ce que je veux.

— Oh, ce sont des conneries, tout ça.

Dallas rougit, lui qui n'avait jamais juré au bureau jusqu'à présent, mais il n'était pas aussi collet monté que Will le présumait. Et honnêtement, c'était Will qui avait commencé. Si Will considérait que jurer au bureau était convenable, alors il n'y avait aucune raison pour que Dallas ne l'imite pas.

— Si c'était organisé, votre charge de travail n'aurait pas empêché quelqu'un d'autre de faire le sien. Si c'était organisé, vous n'éviteriez pas Joanie. J'ai trouvé les factures qu'elle cherchait, au fait. De rien.

— De rien ? Très bien, tu es viré.

Will tourna les talons et sortit de la pièce en trombe, sans aucun doute pour trouver Stefan.

Dallas inspira profondément et réalisa qu'il était à moitié raide. Il ne s'était encore jamais excité ainsi, mais c'était aussi la première fois qu'il se disputait avec quelqu'un d'aussi séduisant, même énervé.

À ce moment-là, Dallas prit conscience qu'ils avaient eu cette petite confrontation devant un public. Il se tourna vers Kyle, qui avait l'air effrayé.

— Mec, il était vraiment vénère. Je ne l'avais jamais entendu crier sur quelqu'un.

Alors, il était peut-être temps. Encore une chose pour laquelle Will devrait le remercier. Comme Dallas ne pensait pas que Kyle attendait une réponse, il retourna à ce qu'il faisait.

— Hé, pourquoi tu n'emballes pas tes affaires ?

— Pourquoi je ferais ça ?

— Il vient de te virer.

Dallas haussa les épaules.

— Je ne suis pas viré.

Le népotisme de Stefan n'irait pas jusqu'à garder Dallas s'il avait véritablement merdé, mais cette situation était une broutille comparée à l'ordre des choses.

— Will avait juste besoin de faire passer sa colère.

Kyle lâcha une réponse étranglée et arbora la même expression que si Dallas était un malade mental échappé d'un asile. Bien qu'il n'ait pas envie d'essayer de le convaincre du contraire, alors que le temps lui prouverait qu'il avait raison, Dallas jugea que c'était le bon moment pour apporter les papiers à Joanie.

WILL S'ARRÊTA dans le couloir pour reprendre son souffle. Son cœur battait la chamade et ses émotions étaient sens dessus dessous. Il avait été à deux doigts de poser la main sur Dallas, soit pour le secouer, soit pour lui faire quelque chose de plus charnel. Le fait qu'il envisage de baiser Dallas alors qu'il était si furieux qu'il sentait sa veine battre dans sa tempe défiait l'entendement.

Ce gamin devait partir, il le transformait en fou délirant. En fou délirant et rongé par le désir. Son boulot était assez stressant ainsi sans ajouter Dallas au mélange, tous les jours, toute la journée. Il aurait peut-être dû se montrer plus diplomate en mettant un terme à l'embauche de Dallas, mais il ne voyait aucune autre alternative.

Après avoir repris un peu le contrôle de ses émotions et sa détermination plus forte que jamais, il partit voir Stefan.

Il dut le chercher un peu, puisqu'il n'était pas dans son bureau et que Will ignorait quelle scène était tournée ce jour-là.

Il tomba sur un Beck totalement nu dans la grande salle de pause.

— Tiens, tiens, tiens, regardez qui arrête de se cacher.

Le mannequin s'approcha si près que son membre effleura la poche du short cargo de Will. Le musc qui se dégageait de lui indiquait qu'il venait de tourner une scène et que Dieu lui vienne en aide, cette odeur ne fit rien pour calmer son excitation, même s'il n'avait pas l'intention de succomber à l'invite flagrante.

— Salut, Beck.

Ce type rôdait toujours partout et Will avait appris longtemps auparavant qu'il était plus simple d'ignorer ses avances que de les refuser. Même si Will avait été du genre à coucher à droite à gauche au bureau – or, avant Dallas, il n'y avait jamais songé –, Beck n'était qu'un gamin. Majeur, évidemment. Stefan était très respectueux de la loi. Mais il était beaucoup plus jeune que Will et ses trente-deux ans. Plus jeune que Dallas, même. Son désir persistant pour ce dernier le faisait se sentir comme un vieux pervers.

— Qu'est-ce qui t'amène hors de ta cave ? demanda Beck en lui caressant le bras.

En temps normal, il laissait le mannequin le toucher à sa guise, au-dessus de la ceinture, mais il n'avait ni le temps ni la patience ce jour-là. Il lui prit la main et l'écarta, puis recula.

— Où est Stefan ?

Beck fronça les sourcils.

— Dans la pièce du parc.

Son ton était mordant et Will devrait sans doute limiter les dégâts plus tard, même s'il croisait rarement les mannequins. Beck s'en remettrait.

— Merci.

Quelques minutes plus tard, il atteignait le plateau « parc ». Quand il arriva dans la pièce, Stefan était totalement captivé par les trois corps en pleine action, ce qui était logique, puisqu'il était là pour les filmer.

Will fit les cent pas en essayant de faire taire les bruits au maximum, mais il voulait en finir avec tout ça. Attendre allait finir par le tuer.

Après plusieurs minutes interminables, où même les prouesses des hommes très nus et très excités ne parvinrent pas vraiment à le distraire, ils jouirent tous les trois sur commande.

Quand les caméras eurent fini de tourner, Will attira l'attention de Stefan, qui s'approcha de lui en trottinant.

— Quoi de neuf, Will ? Tout va bien ?

Will regarda autour de lui. Ce qu'il avait à dire ne devrait pas être dit en public, et même si tout prouvait le contraire, il se souvenait grosso modo comment être un bon manager.

— Pouvons-nous parler en privé ?

— Faites une pause, les gars, lança Stefan par-dessus son épaule avant de se retourner vers Will. Allons dans mon bureau.

Parfait. Will suivit Stefan tandis que le reste de l'équipe et des mannequins fourmillait derrière eux.

Dès que la porte se referma derrière lui, Will prit la parole.

— J'ai viré Dallas.

Stefan s'assit sur son bureau, préférant souvent cette place à la chaise plutôt austère derrière. Déjà qu'il ne ressemblait déjà en rien aux PDG traditionnels, cette posture le faisait paraître encore plus indolent et jeune que d'ordinaire.

— Ah oui ?

Quelque chose, dans son ton, interpella Will, qui s'empressa d'expliquer.

— Il est impossible, Stefan. Et aujourd'hui, je l'ai surpris fouillant mon bureau.

Bon sang. Aurait-il pu le dire de manière plus atroce encore ? Il sous-entendait carrément que Dallas fouillait dans ses tiroirs pour y trouver de l'argent ou de la drogue.

— Oh, vraiment ? répliqua Stefan, incrédule.

— Enfin, pas comme ça. Je ne crois pas qu'il volait quelque chose.

Will ne savait plus où se mettre. Il n'avait pas l'air bien plus convaincant, or il ne voulait pas que Stefan se fasse une mauvaise impression. Dallas avait totalement dépassé les bornes, mais Will ne voulait pas ternir sa réputation pour un futur travail… Même si son papa chéri pourrait sans doute le faire embaucher dans n'importe quelle entreprise du Connecticut de son choix. Ce qui rendait mystérieux le fait qu'il soit ici, à faire de la vie de Will un enfer.

— Alors, de quoi s'agit-il ?

— Juste… Il a pris l'initiative de passer en revue les papiers sur mon bureau, ce qui est inadmissible.

Stefan soupira.

— Il a pris l'initiative ? Sans aucune raison ?

Le sang battit dans les oreilles de Will. Les intentions de Dallas étaient bonnes, mais cela ne suffirait pas à sauver ses fesses.

— Pour trouver des factures pour Joanie.

Stefan leva les yeux au ciel, puis soupira.

— J'avoue que quand j'ai commencé avec le studio, je n'imaginais pas toute la… gestion qui se faisait en coulisses.

Will ne savait pas pourquoi Stefan parlait de ça, mais son patron n'avait pas fini.

— Il y a beaucoup de travail à faire pour être sûr que tous les rouages de la machine fonctionnent bien, et même si je serais plus heureux de savoir que tout le monde s'aimait, nous savons tous les deux que c'est impossible d'avoir un environnement de travail rempli d'arcs-en-ciel et de licornes. Parfois, nous devons juste faire notre boulot et le faire de notre mieux.

Will plissa les yeux. Cela ressemblait étrangement à un père réprimandant son enfant, alors que c'était censé se terminer avec les documents de licenciement de Dallas.

— Et Kyle et moi continuerons à le faire de notre mieux, sans Dallas. Parce que je viens juste de le virer.

— Et moi, je viens juste de le réembaucher. Fait avec ça, rétorqua Stefan d'un ton pincé, comme s'il commençait à perdre patience.

Will voulut être sûr d'avoir bien compris.

— Je suis désolé, mais n'est-ce pas moi, son manager ?

Heureusement qu'il n'avait pas essayé d'avoir cette conversation avec Stefan devant les mannequins. Elle aurait constitué une humiliation dont il se passerait bien.

— Oui, mais c'est à moi que tu dois rendre des comptes. Et je pense que tu as besoin de plus d'aide que celle que Kyle peut t'apporter. J'ai engagé Dallas et je continuerai à le payer, alors tu ferais aussi bien de le laisser faire ce pour quoi il est formé.

Will fit une grimace de mépris. Qu'y avait-il chez Dallas pour que ses supérieurs en soient aussi épris ? Et pourquoi lui n'était-il jamais assez bien pour personne ?

— Si tu remets en question mon boulot…

Stefan fit un geste vif de la main.

— Will, bordel. Je ne suis pas bête. Tu croules sous le travail et maintenant, disons que j'ai une meilleure idée du burnout. Je ne vais pas te laisser emprunter cette voie, d'accord ? Veux-tu voir le CV de Dallas ? Est-ce que ça t'aiderait ?

Non, il ne voulait vraiment pas le voir. Il savait quelles compétences Dallas devait avoir pour s'être fait embaucher chez *Savron Dynamics* et il ne voulait vraiment pas voir l'intitulé de son ancien poste sur son CV. À vrai dire, Will adorait travailler chez *Idyll Fling*, plus que n'importe où ailleurs, mis à part les longues heures de boulot, mais il n'arrivait pas à renoncer à sa peur. Une peur qu'il ne connaissait pas avant de se faire virer, sans réelle perspective d'emploi.

À moins de vouloir donner sa démission, il n'avait pas le choix. Il allait devoir faire la paix avec Dallas et ses interférences. Peut-être que lorsque le nouveau bureau serait installé, ce serait plus facile à gérer.

— Très bien, Dallas reste.

Stefan leva les yeux au ciel.

— Essaie d'avoir l'air un peu plus enthousiaste, la prochaine fois. Après tout, ça devrait te permettre de te poser un peu.

Se poser. Ouais, c'est ça. Will n'avait même pas voulu prendre de vacances depuis son premier jour de travail. C'était l'une des nombreuses raisons justifiant qu'il n'ait pas auditionné pour les foires de la Renaissance du coin, alors même qu'il avait adoré y participer, dans le Connecticut.

Porter un kilt et traîner avec Raven pour les soirées *Tartan Candy* était amusant, mais ce n'était pas la même chose.

— Je vais essayer, Stefan.

Il allait vraiment le faire. Restait à savoir comment il allait survivre à l'après-midi.

— Merci, Will. J'apprécie. Et ne le laisse rien porter de trop lourd. Il sort d'une opération.

Comme il n'y avait rien à ajouter, Will sortit du bureau de Stefan. Même s'il n'avait pas du tout envie d'affronter Dallas, il devait au moins se comporter comme un homme et dire au gamin qu'il avait toujours un boulot. Il ne voulait pas croire les déclarations de Stefan à propos de l'opération, mais ce n'était pas à lui de poser la question.

Il se trouva devant la salle des serveurs bien avant d'être prêt et se demanda comment il allait affronter l'après-midi le plus gênant de sa vie. Malgré le travail qui s'entassait, Will serait incapable de rester assis devant son bureau à moitié rangé et de penser à autre chose qu'à son humiliation de la part d'un homme qui devrait défiler en sous-vêtements sur des podiums, et non se terrer dans le faux havre de Will à jouer les administrateurs système junior.

Il ouvrit la porte et s'avança dans la pièce.

— Dallas.

L'intéressé releva la tête.

— Tu n'es pas viré.

Le visage inexpressif, il hocha la tête.

Si Dallas avait fait montre de la moindre suffisance, Will aurait perdu les pédales et réessayé de le virer. Au lieu de quoi, il hocha simplement la tête et quitta la pièce. Il y avait une énorme machine à café sophistiquée dans la grande salle de pause. Will était soudain d'humeur à essayer de comprendre comment se faire un latte. Puis il trouverait le moyen d'affronter Dallas – et Kyle, qu'il avait bizarrement oublié – pour le reste de la journée.

WILL SE gara à côté de la Toyota défoncée de Dallas. S'il avait été plus attentif, il ne lui aurait pas fallu aussi longtemps pour identifier la voiture de Dallas, puisqu'elle avait toujours ses plaques du Connecticut. Mais Will s'était attendu à une voiture de sport, de luxe, un Hummer, un truc de ce style. Beaucoup de commérages avaient circulé, quand Dallas avait commencé à travailler chez *Savron Dynamics*, tous évoquant l'aisance

97

financière de la famille Greene et le fait que papa avait sans doute payé pour que fiston ait ce poste.

La seule chose dont Will était sûr, c'était que Dallas possédait les compétences pour le travail pour lequel il avait été engagé, mais cela ne voulait pas dire que papa n'avait pas influencé la décision pour autant.

Malgré tous les fantasmes que Dallas lui avait inspirés, Will n'avait jamais fait attention à sa voiture, si bien qu'il ne savait pas s'il conduisait la même vieille bagnole défoncée chez *Savron Dynamics*.

C'était une voiture tellement incongrue, comparée au statut social de Dallas, que cela dérangeait Will, mais étant donné la guerre froide qu'ils menaient actuellement, il n'allait pas lui poser la question.

Bizarrement, il avait presque hâte d'aller travailler. Dallas avait réussi à ranger entièrement son bureau, en classant tout aussi scrupuleusement que si Will l'avait fait lui-même. En outre, il avait fait en sorte que Joanie ait tout ce dont elle avait besoin pour que Will soit totalement à jour. Ce n'était qu'une petite chose, mais cela avait changé l'état d'esprit de Will.

Auparavant, la montagne de papier le déprimait et le rendait léthargique avant même qu'il ne s'assoie. Ignorer les questions de Joanie et ses demandes des factures qu'il n'arrivait pas à retrouver facilement et qu'il n'avait pas le temps de chercher le mettait sans arrêt sur les nerfs. Pour la première fois depuis longtemps, il était prêt à entrer dans le bâtiment et à saluer Joanie sans ressentir de culpabilité ou de crainte importunes.

C'était Dallas qu'il devait remercier pour cela. Non pas qu'il l'ait fait pour autant.

Dallas était aussi directement responsable des yeux irrités de Will, qui avait passé une nouvelle nuit à rêver de lui. À une époque, ses rêves concernant Dallas étaient purement érotiques et un plaisir, même coupable. Désormais, l'érotisme était teinté de la crainte que le jeune homme lui vole de l'argent, le laisse mourir dans des tempêtes de neige ou rie méchamment en le regardant. Nul besoin d'être psychologue pour analyser le subconscient de Will. Craindre et désirer un homme tout à la fois chamboulait joyeusement son sommeil. Il ne savait pas pourquoi il attendait avec autant d'impatience que d'anxiété une nouvelle journée de travail passée dans un silence gênant.

Il verrouilla sa voiture et but une gorgée du café qu'il avait pris sur la route. Il jeta un coup d'œil dans la voiture de Dallas, espérant trouver quelque chose constituant la clé pour comprendre celui-ci, mais il n'y avait rien. Il ne savait comment, mais il avait réussi à se retenir de traquer le jeune homme sur les réseaux sociaux et il resterait inflexible sur le sujet.

Au moins, c'était vendredi. Un long week-end sans Dallas l'attendait, ainsi qu'un évènement *Tartan Candy*. Lorsque Raven lui avait suggéré la première fois de porter un kilt et de se joindre à lui dans un projet consistant à être engagé comme « plaisir pour les yeux », il avait cru que son ami avait perdu l'esprit. Pourtant, même s'il n'était pas aussi séduisant que Raven en kilt, il avait une certaine et surprenante popularité qui lui faisait plaisir. Avec cette vente aux enchères de célibataire dans le club gay, il pourrait peut-être même faire fructifier sa participation et s'envoyer en l'air, ce qui aiderait à modérer – un peu – son obsession croissante pour Dallas. Le désir lui embrumait le cerveau, il lui était donc presque impossible d'estimer de manière objective les motivations de Dallas à se faire embaucher chez *Idyll Fling*. Bon sang, Will n'avait même pas encore réussi à déterminer si le gamin était gay.

Déchiré. C'était le mot qu'il cherchait. Quand il se rendait au travail, il se sentait déchiré, ce qui était un peu mieux qu'effrayé.

Quand il arriva dans la salle des serveurs, Dallas n'était nulle part en vue. Will frémit. Il devait être en train de se préparer de nouveau cette tisane. Heureusement, l'odeur n'était pas trop mauvaise, mais elle devait avoir un goût de merde. Le thé était déjà assez merdique comme ça sans y ajouter toutes ces conneries de tisane. Will préférait bien son café, voire son latte quand il était d'humeur frivole.

Il posa sa tasse en carton sur son bureau parfaitement rangé. Il se connecta sur son ordinateur et remarqua alors l'objet flambant neuf sur son espace de travail. Une tasse blanche arborant le slogan « Meilleur patron du monde ».

Il posa la tête sur son bureau. Ce devait être Dallas, puisque Kyle ne travaillait ni le jeudi ni le vendredi. Le problème, c'était que Will savait qu'il se comportait comme le plus mauvais patron de toute l'histoire des patrons, alors il n'y avait aucune chance que ce sentiment soit sincère. Il ignorait si le mug était une pique mesquine et passive-agressive ou un encouragement pour l'avenir. Ce qu'il savait, en revanche, c'était qu'il le faisait grincer des dents. C'était un rappel cuisant qu'il n'avait pas remercié Dallas pour son bureau ou pour avoir mis ses papiers en ordre. Et un rappel cuisant que Stefan n'avait pas engagé Dallas pour ses talents d'employé de bureau et que Will allait devoir trouver autre chose à lui faire faire, même si la bile remontait dans sa gorge à l'idée de lui donner accès au moindre morceau du monde qu'il avait créé pour *Idyll Fling*.

Il espérait toujours que le gamin partirait ou montrerait sa vraie nature avant que Stefan ne lui force la main. Bon sang, il n'était même pas certain que Stefan ait lu le CV de Dallas, sinon, il aurait mentionné le fait que tous deux avaient travaillé dans la même entreprise. Stefan avait sans doute été aveuglé par l'apparence de Dallas et avait tout pris pour argent comptant. Dans ce cas-là, il avait eu de la chance, puisque Dallas avait les compétences pour l'aider. Au fond de lui, Will savait qu'il pédalait dans la semoule, mais le gamin était bien la dernière personne dont il voulait l'assistance. En grande partie parce qu'il ne lui faisait pas confiance, mais aussi, à cause d'une petite partie, une partie tenace et agaçante, qui ne voulait pas avoir l'air faible et vulnérable devant cet homme séduisant.

Il devait trouver le moyen de ne pas se comporter comme un con, sauf que Dallas faisait ressortir le pire en lui.

L'intéressé choisit ce moment pour ouvrir la porte, une tasse fumante à la main.

— Bonjour.

Will prit une profonde inspiration et s'obligea à dire ce qui devait être dit. Il était un professionnel et un adulte. Un manager. Ce ne devait pas être bien difficile.

— Bonjour, Dallas. Merci d'avoir mis mes papiers en ordre.

Dallas lui répondit d'un sourire fatal qui fit automatiquement réagir le sexe de Will. Comme un imbécile, il ressentit l'envie de féliciter encore le jeune homme, pour récolter d'autres sourires. Putain, il était vraiment fichu.

— Je vous en prie.

Dallas s'assit à son bureau, se comportant comme si Will était tout le temps aussi gentil avec lui.

Celui-ci aurait voulu arracher sa cravate à motifs, mais son esprit ne s'arrêtait jamais à la cravate, il y ajoutait des images de lui ôtant à Dallas le reste de son costume, ce qui n'aida en rien son membre à se remettre au repos. Il n'allait pas non plus remercier le jeune homme pour la tasse. Pas tant qu'il n'aurait pas compris ce que Dallas avait voulu dire.

Quand il se rendit compte qu'il continuait à dévisager ce dernier, presque à baver, il s'obligea à se concentrer sur son travail, mais il lui fallut plusieurs minutes pour se souvenir où il en était resté la veille.

LES CHOSES s'amélioraient. Dallas sourit toute la matinée, même si Will ne lui donna aucune vraie tâche à accomplir. Mais il l'avait remercié.

Sincèrement. D'accord, c'étaient les premiers mots qu'il lui adressait depuis le lundi et sa tentative avortée pour le virer, mais il avait le sentiment que c'était un pas dans la bonne direction.

Quand Will prit finalement sa pause déjeuner, pause que Dallas espérait voir devenir une habitude plus que nécessaire, le jeune homme ignora son propre repas pour inspecter le nouvel équipement. L'un des documents qu'il avait découvert en rangeant le bureau de Will était un projet. Pas toute une proposition commerciale, mais un plan suffisant pour confirmer que l'équipement récemment acheté était lié au désir de Stefan de faire le maximum d'opérations en interne. Sans l'équipement installé et mis en marche, le projet était au point mort.

Surfant sur son succès, certes retardé, dans l'Opération Papiers Bombardés, Dallas était prêt à s'attaquer à une opération de plus grande envergure. Il avait fallu du temps à Will pour se laisser convaincre, mais Dallas était confiant, il verrait l'avantage un jour.

En espérant que cette illumination ne nécessite pas une nouvelle tentative sans résultat de le virer. Si cela devenait une habitude, Dallas devrait révéler ses liens avec Stefan plus tôt que prévu, et même si Will s'était révélé délibérément obtus ces deux dernières semaines, il pourrait alors comprendre comment Stefan en était venu à le contacter. Dallas ne voulait pas que cela se produise tant que Will et lui n'auraient pas conclu une sorte de trêve.

Comme il ne voulait pas salir sa veste de costume, Dallas la posa sur le dossier de sa chaise. Les haut-parleurs n'étaient pas terribles sur son ordinateur, mais il chercha de la musique, un cutter et se mit au travail.

Il était à genoux au milieu d'un tas de mousse moulée et d'emballages plastiques, à se balancer au rythme d'une musique inconnue, mais captivante, quand le cri de colère de Will lui fit lâcher son cutter. Il se tourna vers son patron qui s'approchait de lui, les poings serrés.

Une vague de nervosité s'empara de lui, mais il devait camper sur ses positions, sinon, Will ne le prendrait jamais au sérieux.

— Qu'est-ce que tu fais, bordel ?

La voix de Will était méconnaissable et son visage, rouge de colère.

— Pourquoi n'arrêtez-vous pas de poser des questions dont vous connaissez la réponse ?

Dallas se mordit ensuite la lèvre. Il ne savait pas pourquoi sa langue avait de nouveau décidé de narguer l'ermite énervé plutôt que de se défendre prudemment.

— Pourquoi ? reprit Will en bafouillant un peu.

Comme il ne savait pas à quoi son patron faisait référence, Dallas décida de répondre quand même.

— J'ai trouvé le plan que Stefan et vous avez conçu. Il semblait dépendre du branchement de ces trucs à une prise de courant et… à… oh… aux ordinateurs. Peut-être à Internet.

Visiblement à court de mots autres que des grognements gutturaux, Will s'approcha, le visage presque féroce. Le nouveau culot de Dallas le quitta et il recula jusqu'à toucher le mur.

Will avait beau faire quelques centimètres de moins que lui, il était indéniable qu'il le dominait en cet instant. Dallas fixa du regard des yeux noisette furieux, fasciné, en dépit de la colère. Will haletait et cherchait ses mots. Pour un homme qui venait de manger, son haleine était étonnamment mentholée. Comme s'il s'était brossé les dents ou avait mâché un chewing-gum avant de retourner voir Dallas.

Face à cette minuscule concession pour sa sensibilité, Dallas ouvrit les lèvres et sentit son membre se raidir. Même s'il savait pertinemment que ceci n'était en rien le prélude à une future interaction sexuelle, quelle que soit son envie du contraire, son cerveau et sa libido interprétaient clairement la situation à leur guise. L'odeur boisée du savon de Will, qui ne semblait pas du genre à porter du parfum, lui donna envie de le lécher de la tête aux pieds. Will était plus proche de lui qu'il ne l'avait jamais été et Dallas mourait d'envie de se rapprocher encore plus.

Will ouvrit les poings, ce qui rassura Dallas sur un point : il n'allait pas se faire frapper.

— Pourquoi est-ce que tu travailles là ?

Oh. Il ne s'attendait pas à cette question.

— Que voulez-vous dire ?

Will grogna encore.

— Aucune bonne raison ne peut expliquer qu'un type hétéro, qui pourrait se faire une fortune en défilant sur un podium, choisisse de travailler pour le département informatique d'un fichu studio de vidéos pornos gays, à part pour faire de ma vie un enfer. Tu me crois stupide ?

— C'est un peu vaniteux, non ? Je ne suis pas ici pour vous.

Enfin, pas directement. Il choisit d'ignorer la partie « pour faire de ma vie un enfer », car ce devait être une exagération, et se concentra sur les deux autres informations vitales et bien plus intéressantes contenues dans ses paroles. Will le trouvait séduisant et pensait qu'il était hétéro.

— Je ne suis pas hétéro.

Son patron leva les yeux au ciel.

— Oui, c'est ça. Donc tous ces galas de charité où tu t'es rendu avec des starlettes, c'était quoi ? Pour détourner l'attention ?

Dallas plissa les yeux.

— Donc, vous vous souvenez de moi ?

C'était inattendu. Et en plus, il savait qui était la famille Greene.

— Bien sûr que oui. Tu as l'air de…

Le visage de Will vira au rouge écarlate quand il ravala la fin de sa phrase. Dallas avait désespérément envie de savoir ce qu'il aurait dit.

— Stefan ne sait peut-être pas du tout qui tu es, mais moi si, et les seules raisons qui puissent expliquer que tu viennes t'encanailler en Floride ne donnent pas une bonne image de toi.

S'il n'avait pas été aussi énervé, l'idée qu'il soit en train d'embobiner son frère l'aurait fait rire. Will devrait savoir depuis le temps que Stefan n'était pas idiot, mais bon sang, ce type était si furieux. S'encanailler ?

— Si vous pensez que travailler pour *Idyll Fling* signifie s'encanailler, alors pourquoi est-ce que *vous*, vous y travaillez ?

Will pinça les lèvres.

— Oh, je vois, poursuivit Dallas d'une voix traînante. C'est parce que vous pensez que je suis un snob insupportable. Un snob *hétéro* insupportable.

La lueur de confirmation dans les yeux de Will le blessa. Mais il en avait marre de réfréner sa colère.

— Est-ce qu'un homme hétéro ferait ça ?

Dallas empauma le sexe de Will à travers son short cargo. Un frisson de désir chassa une partie de sa colère, en sentant Will aussi dur qu'il l'était lui-même. Merci Seigneur, parce que son impulsivité aurait aussi pu conduire l'homme à le battre comme plâtre. Ou à le virer pour de bon.

— Franchement. Ça ne prouve rien.

La colère avait disparu de la voix de Will, remplacée par le désir.

Ils restèrent face à face, se tenant au bord du précipice pendant une éternité, avant que Will cherche la preuve formelle, chaude et raide dans le pantalon du jeune homme. Il tendit la main pour caresser son membre à travers le tissu. Comme Dallas ne voulait pas effrayer son patron et mettre fin à ce fantasme, il retint son souffle et demeura parfaitement immobile, bien qu'il soit dur comme le roc.

Après quelques moments qui devinrent les meilleurs de la vie de Dallas, Will grogna et enroula son autre main dans la cravate de Dallas pour l'attirer à lui. Puis il plongea le visage dans son cou et le mordit, faisant suinter le sexe du jeune homme. Chaque instant était meilleur que le précédent.

Will lécha l'endroit qu'il venait de mordre, puis le suça, provoquant des frissons dans l'échine de Dallas. Incapable de rester immobile plus longtemps, il enlaça Will et fourra une main dans ses cheveux ébouriffés. Que pouvait-il faire pour faire durer cet instant pour toujours ? Will le tenait par la taille comme s'il craignait que Dallas veuille fuir. Si celui-ci avait pu parler, il l'aurait plutôt supplié de continuer.

Avec une soudaineté qui lui coupa le souffle, Will relâcha sa cravate et se mit à genoux, en s'activant comme un fou sur la fermeture éclair de Dallas.

Était-ce réel ? Le magnifique Will Dawson, sur lequel il avait rêvassé pendant des mois, était-il vraiment en train d'ouvrir son pantalon ? Il avait rêvé maintes fois de sucer Will, mais jamais, dans son esprit, celui-ci ne lui avait retourné la faveur. Peut-être parce qu'il n'avait jamais réussi à imaginer combien ses mains seraient chaudes, combien son odeur serait délicieuse, combien il serait parfait, ainsi à genoux, avec le visage au niveau de son entrejambe. Peut-être parce qu'il n'avait jamais vraiment cru que Will puisse s'intéresser à lui.

Le sexe de Dallas, qui dégoulinait déjà de liquide pré-séminal, se retrouva nu dans la salle des serveurs une seconde avant que Will ne l'engloutisse dans sa bouche chaude et humide.

Dallas haleta et agrippa la tête de son amant d'un jour, cherchant quelque chose auquel se raccrocher, car cette glorieuse succion enlevait toute capacité de maintien à ses genoux.

Will recula le temps d'enrouler la langue autour du gland sensible et de jouer avec le méat.

— Oh… Oh putain. C'est trop bon, marmonna Dallas, les dents serrées.

Will leva le visage vers lui, la bouche déformée par sa queue, et Dallas en perdit le souffle.

L'informaticien s'agrippa d'une main à sa fesse. La seule réponse possible que Dallas pouvait donner fut d'onduler les hanches pour plonger son sexe au fond de la bouche de Will. Entrer et sortir. Dallas ne pouvait résister à cet instinct vieux comme le monde qui dictait ses actions jusqu'au but ultime.

Le sang battait à ses oreilles et il pria plus instamment que jamais pour ne pas être en train de rêver. Cela dit, jamais ses rêves n'avaient été aussi délicieux.

Will allait à la rencontre de chaque poussée de Dallas, enfonçant le membre de celui-ci au fond de sa gorge. Chaque fois que Dallas reculait, Will suçait de toutes ses forces, comme s'il ne pouvait se rassasier de la verge du jeune homme, garantissant de le faire s'enfoncer ensuite dans cette chaleur accueillante.

Un mouvement attira l'attention de Dallas, qui remarqua que Will avait sorti sa propre verge de son pantalon et se caressait en rythme avec ses mouvements.

— Putain… Oh putain.

Ses bourses étaient raidies. Il accéléra ses martèlements, ce qui fit s'accélérer son pouls. Il n'allait pas tenir longtemps, pas alors qu'il savait que Will était aussi impliqué que lui dans ce moment.

Celui-ci gémit autour de son membre, déclenchant des vagues de plaisir en Dallas, dont l'instinct prit le dessus. Il s'enfonça profondément dans la bouche de Will jusqu'à ce que celui-ci ait les lèvres plaquées contre son pubis. Les muscles raides, il ne put rien faire contre le galop effréné de son orgasme. Il tressauta, tressaillit et explosa dans la gorge de Will.

Ce dernier avala chaque goutte, puis il s'agrippa à ses fesses et gémit lorsque son orgasme se déclencha, le faisant trembler. La succion qu'il continua d'appliquer pendant sa jouissance au sexe de Dallas devenait presque douloureuse, mais jamais il n'interromprait le plaisir de Will, pour rien au monde.

Une fois qu'il eut terminé, Will lâcha le sexe ramolli de Dallas et posa le front sur sa hanche, haletant, son souffle réchauffant son membre humide. Même avec le mur dans son dos, rien ne garantissait que Dallas n'allait pas s'effondrer par terre, comme une nouille humide et rassasiée.

Quelques instants plus tard, Will se releva, les lèvres gonflées, la main luisante de sperme. Il y en avait encore plus sur le sol entre eux. Il arbora tout à coup une expression horrifiée et pâlit. Dallas se décala, en chancelant, vers son bureau, y prit quelques serviettes de fast food qui traînaient et les tendit à Will. Celui-ci s'essuya les mains, rangea son membre le plus vite possible puis sortit en trombe de la pièce.

Dallas s'affala avec bonheur dans sa chaise de bureau, les genoux toujours tremblants sous la force de l'orgasme. Ce n'était pas vraiment la scène post-coït qu'il avait espérée, mais le souvenir de cette fellation délicieuse gommerait les accès de colère de Will.

DALLAS AGRIPPA le comptoir des sanitaires et le serra, pour essayer de faire disparaître sa colère, sa frustration et ses larmes exaspérantes et humiliantes. Après avoir attendu près d'une heure, il avait dû se rendre à l'évidence : Will ne s'était pas rendu dans les toilettes pour se nettoyer. D'accord, l'expression de son patron indiquait clairement qu'il subissait une quelconque crise de conscience, mais Dallas avait pensé, à tort, le voir revenir pour qu'ils puissent discuter de ce qui venait de se passer. Parce qu'il voulait que ça se passe à nouveau. Ou serait très heureux de se mettre à genoux à son tour. Il adorerait leur trouver un lit. Ou la banquette arrière d'une voiture. Ou une allée sombre. Il prendrait tout ce que Will voudrait bien lui donner, ce qui n'était peut-être pas révélateur d'une haute estime de lui-même, mais entre son père et Hugh, Dallas pouvait s'estimer heureux qu'il lui reste en un minimum.

Mais bon, il connaissait déjà la marque de fabrique de Will en matière de résolution des conflits. Celle-ci consistait manifestement à fermer les yeux très fort, à se boucher les oreilles et à chanter jusqu'à ce que les mauvaises choses disparaissent. Au sens figuré, en tout cas. Il renifla de dérision. Le plus intelligent à faire serait de laisser Will seul, mais malgré ses excellentes notes, Dallas ne voulait pas se montrer intelligent.

Il ne s'attendait pas vraiment à ce que Will soit toujours dans les sanitaires quand il en avait eu marre d'attendre et était allé vérifier, mais constater qu'il avait eu raison était douloureux. Il se regarda dans le miroir, les néons accentuant ses yeux rouges et son visage pâle.

Il se passa une main dessus, mais l'odeur persistante du shampooing de Will sur ses doigts lui brûla les paupières. Une heure plus tôt, Will aspirait son cerveau par sa queue, mais à présent, les faits étaient là : Will avait réenclenché le mode « évitement total ». Connard.

Les larmes qu'il refusait de verser lui brûlèrent les yeux et le firent renifler, mais il était hors de question qu'il pleure au travail. Pas pour un homme, pas s'il pouvait l'éviter. Will était le troisième homme avec lequel il avait eu une interaction sexuelle et l'exaltation qu'il avait ressentie à sentir ses mains sur lui rendait l'après-coup lamentable. Sa vision se brouilla et il se précipita dans l'un des w.c.. Si quelqu'un se trouvait encore dans le bâtiment à cette heure-là un vendredi après-midi, il ne voulait pas être découvert ainsi.

LE VISAGE légèrement humide et un peu irrité par le papier essuie-main, les mains lavées et portant désormais une odeur de savon industriel, Dallas s'examina à nouveau. Heureusement, il avait réussi à se reprendre après n'avoir laissé échapper que quelques larmes, si bien qu'il avait juste l'air fatigué. Il sortit des toilettes et se rendit dans la grande salle de pause. Bien qu'il ait l'estomac retourné, il se força à se préparer une tasse de tisane pour pouvoir ensuite marcher d'un air décontracté jusqu'au bureau de Joanie, comme s'il était en pause.

En pause. Ha ! Plus de la moitié de sa journée de travail était une putain de pause. Il n'était pas un accro au travail de nature, pourtant, la distraction aurait été bienvenue. Mais Will ne pouvait même pas lui donner ça.

Sa tasse à la main, il arbora son air le plus nonchalant possible.

— Salut, Joanie.

— Salut, trésor. Comment ça va ?

Dallas haussa les épaules. C'était la dernière chose dont il voulait parler.

— Vous avez des projets pour le week-end ?

— Rien de spécial. Beck m'a dit que tu irais à l'enchère de célibataires. Tu devrais bien t'amuser.

Oh, merde. Il avait oublié. Il avait surtout envie de rentrer chez lui et de se terrer sous sa couette tout le week-end, même s'il était allé faire les boutiques la veille pour s'acheter de nouveaux vêtements. Il avait trouvé une chemise superbe, exactement de la même nuance de bleu que ses yeux, et, mieux encore, elle était recouverte de motifs. Il n'était pas obsédé par ces derniers, mais il avait acheté la chemise presque par défi parce que Will semblait les détester tellement. C'était une raison stupide pour acheter un vêtement, d'autant plus que son patron ne le verrait jamais dans cette chemise. La décontraction était peut-être de mise chez *Idyll Fling*, mais il était hors de question qu'il porte un habit moulant au travail. Même s'il devait bien admettre qu'elle lui allait du tonnerre.

Il aurait bien aimé sécher la vente aux enchères, mais ce serait une honte de gâcher sa nouvelle tenue très sexy sous prétexte que Will se comportait comme un enfoiré immature.

— C'est vrai. Ça devrait être sympa.

107

Atroce, plutôt. Il n'était pas encore assez proche de Beck pour lui confier cet… incident. Mais bon, il n'avait jamais eu d'ami assez proche pour discuter de sa vie sentimentale. Cela dit, les choses allaient peut-être changer, maintenant que les gens qui l'entouraient savaient qu'il était gay. Peut-être que certains vieux amis soupçonnaient la vérité, mais ils étaient trop liés au cercle social de ses parents pour qu'il puisse se fier à leur discrétion et il n'avait pas voulu leur donner la moindre munition contre lui. Cependant, s'il avait eu de vrais amis, il aurait peut-être pu éviter entièrement tout ce qui s'était passé avec Hugh, ou bien il aurait pu trouver une manière totalement différente de résoudre ce problème.

Il ne voulait pas que ce qui se passait avec Will se termine de la même manière.

Dallas avala une gorgée de tisane pour se donner du courage.

— Auriez-vous vu Will, par hasard ?

Voilà. Il avait l'air tout à fait nonchalant et absolument pas suspect.

Joanie hocha la tête.

— Il est parti il y a une heure comme s'il avait le diable aux trousses. Il était temps que ce garçon prenne un après-midi de congé, même s'il avait plutôt besoin d'une semaine de croisière pour se détendre.

Savoir qu'après l'avoir sucé, Will l'évitait comme la peste lui retourna l'estomac. Il réussit malgré tout à esquisser un petit sourire et à partir avant que Joanie ne puisse poser quelques questions indiscrètes.

Pour la première fois depuis que Stefan l'avait accueilli à bras ouverts trois semaines plus tôt, Dallas avait la nuque raide, prélude à l'une des migraines de tension qui avaient été à l'origine de ses problèmes de santé.

La peur assécha sa bouche, même si le docteur l'avait prévenu que les maux de tête pouvaient se manifester de temps en temps et qu'il devrait trouver des solutions alternatives pour les gérer. Il n'était pas prêt à essayer n'importe quel type d'antidouleurs, même s'il avait suivi sa prescription après son opération, et on lui avait fait comprendre, en termes très clairs, qu'il devait éviter les anti-inflammatoires.

Les antidouleurs n'étaient pas sa seule alternative, d'après le médecin, mais il n'y avait aucune raison qu'il essaie de lutter contre ses maux de tête au travail. Will ne verrait sans doute aucun inconvénient à ce qu'il s'absente pour la journée.

Il envoya un bref message à Stefan pour l'informer, pour le cas où son frère le chercherait, emballa ses affaires et rentra à la maison. Il allait devoir faire passer cette fichue migraine avant la vente aux enchères du lendemain.

VII

— Salut, gamin.

Stefan lui ébouriffa les cheveux quand il entra dans la cuisine.

— Comment tu te sens, aujourd'hui ?

— Stef !

Au moins, Dallas ne s'était pas encore douché. Si Stefan lui avait vraiment ébouriffé les cheveux, il serait énervé. Visiblement, Stefan se glissait facilement dans son ancien rôle de grand frère inquiet, mais parfois agaçant. Il en serait peut-être de même toute leur vie. Cette idée réconfortait Dallas d'une certaine manière, même s'il aurait voulu que son frère arrête avec cette habitude de le décoiffer.

L'intéressé rit. Ils ne vivaient ensemble que depuis quelques semaines, pourtant, il s'était déjà rendu compte que Dallas détestait qu'il dérange sa coiffure. Il le faisait sans doute délibérément, maintenant.

— Je suppose que si tu peux t'agacer pour tes cheveux, c'est que tu te sens mieux. Tu as des projets pour la soirée ? Paul et moi allons voir un film. Tu es le bienvenu, si tu veux venir avec nous.

Stefan ouvrit le frigo et en étudia le contenu.

Il se demanda si la plupart des gens seraient surpris d'apprendre que Stefan et Paul continuaient à se faire des rencards comme n'importe qui. Aller voir un film d'action banal semblait très prosaïque, pour deux types possédant un studio de films pornos gays au succès grandissant, pourtant, cela correspondait tout à fait au frère qu'il connaissait.

— Merci, Stef. Mais Beck m'a invité à la vente aux enchères de célibataires au *Club Gallo*, ce soir.

Stefan referma la porte du frigo et s'assit sur une chaise à côté de Dallas, l'air inquiet.

— Es-tu sûr d'être prêt pour ça ? L'ambiance peut être un peu… agressive.

Il se retint de lever les yeux au ciel. Après tout, il appréciait d'avoir retrouvé son grand frère, même s'il n'avait pas besoin d'être autant protégé.

Agressive ?

Les joues de son frère se teintèrent de rouge et il haussa les épaules.

— C'est juste que… Tu m'as dit que tu n'avais pas beaucoup d'expérience et j'ai présumé que tu n'étais donc pas allé non plus souvent dans des clubs gays. Il y aura beaucoup d'hommes là-bas qui ne voudront que du sexe.

Dallas ouvrit grand les yeux, en une innocence feinte.

— Des gars voulant du sexe ? C'est du jamais vu.

— La ferme, toi. Respecte un peu plus tes aînés.

Stefan lui donna une petite tape sur l'épaule.

— Très bien, très bien. J'oublie parfois que tu es adulte. J'ai raté cette partie de ta vie.

Dallas se pencha pour serrer son frère contre lui. Jusqu'à son départ de la maison, Stefan l'avait toujours protégé, et le fait que cet instinct n'ait pas disparu malgré les années était agréable. En matière de famille, Stefan était tout ce dont Dallas avait besoin.

— Je suis déjà allé dans des clubs gays.

Il ne mentionna pas qu'il s'était plus précisément rendu dans un seul club, à deux reprises, pendant lesquelles il avait reçu une seule fellation. Mais dans son étrange état à moitié sorti du placard, mais pas totalement, il y était toujours allé seul et avait eu, plus jeune, la sensation d'être un agneau avec une patte blessée se promenant dans la tanière de loups affamés. Quand il avait commencé à sortir avec Hugh, qui était planqué tout au fond d'un énorme placard, il n'avait pas eu de raisons de s'y rendre. Après avoir été largué, il n'avait jamais eu le temps, l'envie ou l'énergie d'y retourner seul.

— D'accord, très bien. Mais sois prudent. Si tu envisages de tirer ton coup là-bas, prends des préservatifs et du lubrifiant. Paul et moi avons des sachets individuels dans le placard du couloir.

Évidemment. Cette fois-ci, Dallas leva les yeux au ciel.

— Les chances que je couche dans les toilettes d'une boîte de nuit sont très proches de zéro.

Bizarrement, il ne pensait pas que la troisième fois, il serait charmé au point d'envisager ce scénario particulier. Pas alors que le sexe presque public l'avait mis aussi mal à l'aise.

Stefan plissa les yeux.

— On dirait que tu cherches à tenter le diable. Fais-moi une faveur. Assure-toi de sortir équipé. Ça me rassurera.

Dallas hocha la tête. Il savait pertinemment qu'il n'allait rien utiliser. Même s'il avait été rongé par le désir, Will lui avait tellement fait tourner la tête qu'il ne pensait pas être capable de la lever pour un autre type. Bon sang, il ne savait même pas s'il pourrait la lever pour Will, après la manière dont ce dernier s'était comporté. Le lundi allait être un enfer.

— Ça va ? Tu n'as pas mal ni rien ?

Il se débarrassa de toutes pensées concernant Will. Il ne serait pas question de sexe, ce soir-là. Il serait question de soutenir les collègues d'*Idyll Fling* et commencer à se faire des amis ; des vrais, cette fois-ci. Et peut-être danser un peu.

— Non, un peu de yoga, un pack de glace et une grande nuit de sommeil ont fait disparaître mon mal de tête.

— Bien. Tu ne devrais peut-être pas boire ce soir.

Stefan avait l'air inquiet et Dallas dut se retenir de rire. À cause de Will, il ressentirait peut-être l'envie de se bourrer la gueule, mais l'alcool ne lui était pas plus autorisé que la caféine, pour l'instant.

— Ne t'inquiète pas. Tout ira bien pour moi.

Physiquement, en tout cas. Sur le plan émotionnel, en revanche ? Il faudrait peut-être attendre un peu avant qu'il se sente bien, mais il devait arrêter d'analyser le comportement de Will et ce qu'il voulait dire. La semaine suivante arriverait bien assez tôt, où il faudrait affronter Will. Ou non, d'ailleurs, selon comme ce dernier choisirait de gérer le problème.

Le plus déprimant dans cette histoire, c'était qu'il était davantage bouleversé par le fait que Will le fuie qu'il ne l'avait été quand Hugh avait jeté l'éponge, agacé par ses obligations professionnelles sans fin. Peut-être qu'il avait su, à l'époque déjà, que Hugh et lui n'étaient pas destinés l'un à l'autre. Non pas qu'il pensait être destiné à Will, mais il ne pouvait nier être complètement fasciné par ce dernier. Épris de lui, même. Bien qu'il sache qu'il vaudrait bien qu'il ne le soit pas. Pourtant, Dallas voulait franchir la carapace hérissée de piquants de Will et voulait vraiment bien plus qu'une fellation.

Il soupira. Stefan pouffa.

— Ne me dis pas que tu as le béguin pour l'un de mes mannequins.

Dallas rougit. Hors de question de lui parler de Will. Même son frère pourrait voir d'un mauvais œil le sexe dans la salle des serveurs.

— Euh.

— Ne t'en fais pas, reprit son aîné en agitant négligemment la main. Ils sont sexy et de ton âge. C'est tout à fait naturel. Comme je te l'ai dit, ça ne me pose pas de problème que tu t'intéresses à l'un d'eux. Ou que tu veuilles juste tirer ton coup.

Oh, bien. Cette déclaration générale incluait-elle le directeur du service d'administration système ?

— Donc, fraterniser est permis ?

Autant laisser Stefan croire qu'il s'agissait de l'un des mannequins. Après tout, non seulement Will et lui travaillaient pour la même boîte, mais en plus, Will était son manager. Stefan n'aurait sans doute pas la même attitude décontractée.

— Tant que tout le monde est consentant, moi, ça me va.

Dallas enregistra mentalement cette conversation. Il pourrait en avoir besoin plus tard. En présumant qu'il n'envoie pas juste Will se faire voir dans l'intervalle. Il hésitait entre désirer Will et le détester, depuis la veille. Il serait sain pour son mental de prétendre qu'il ne s'était jamais rien passé. Mais il y avait eu trop de cachotteries et de tromperies dans sa vie et Dallas en avait marre.

Stefan sembla sur le point de quitter la pièce, mais il inspira profondément et se redressa, comme s'il se préparait pour une tâche ingrate.

— Comment ça se passe au travail ? Tu t'entends bien avec Will ?

Chaud et froid se succédèrent en lui à cette question inattendue.

— Je ne crois pas qu'il m'aime beaucoup, répondit-il, sa voix se brisant à la fin.

Il se détourna du regard intense de Stefan. Il ne voulait pas que son frère s'en mêle comme un ange vengeur. Il renifla discrètement. D'accord, peut-être qu'il voulait un peu de vengeance, mais impliquer Stefan à ce moment-là ne ferait que causer davantage de problèmes.

Il inspira profondément plusieurs fois le temps de se calmer assez pour pouvoir refaire face à Stefan. Celui-ci soupira.

— Tu es sûr de ne pas vouloir lui dire que nous sommes frères ? Ce serait plus facile pour lui de comprendre pourquoi je t'ai engagé sans lui en parler.

La panique chassa sa mélancolie.

— Non ! Je pense que ce serait mieux si je l'apprivoisais tout seul.

D'autant plus maintenant qu'ils avaient partagé cette étreinte sexuelle. Il ne pensait pas du tout que Will serait ravi d'apprendre cette information. Pas maintenant.

— J'aurais peut-être dû… Je ne sais pas… Te présenter différemment. Aborder différemment le sujet de ton embauche. Je suis désolé de t'avoir compliqué la vie. Est-ce que tu veux que je lui parle ?

Dallas sourit.

— Nan. Je pense pouvoir gérer ça sans que mon grand frère s'en mêle.

Après tout, il était peut-être encore un enfant aux yeux de Stefan, mais il avait fait tourner pendant deux ans le département informatique d'une des plus grandes entreprises des États-Unis. Dommage que se faire virer et perdre son assurance santé lui ait valu de perdre toutes ses économies.

Son frère lui sourit et lui tapota le genou.

— Coucou, mes chéris, les salua Paul en entrant dans la cuisine.

Il s'assit en face de Dallas et posa plusieurs sachets individuels de lubrifiant et une poignée de préservatifs sur la table.

— Beck m'a dit qu'il t'emmenait au *Club Gallo*.

Dallas rit. Apparemment, que ça lui plaise ou non, il n'allait pas partir sans préservatif.

— Je n'ai pas besoin de cinq préservatifs !

Paul lui lança un regard ferme.

— Même si la PrEP [4] existe : préservatifs, préservatifs, préservatifs. Un bon garçon gay ne devrait jamais sortir sans.

Il frémit.

— Il y a trop de choses, là dehors, qui pourraient faire pourrir puis tomber ta queue.

— D'accord, d'accord, je me rends.

— Des pâtes pour le dîner, ça te va ? reprit Paul avec un clin d'œil. Garde juste de la place pour les saucisses plus tard.

Dallas poussa un grognement. Venait-il vraiment de se dire que c'était agréable d'avoir Paul et Stefan dans sa famille ?

— Paul, mauvaise nouvelle. Je pense devenir végétarien.

L'intéressé écarquilla les yeux, horrifié.

— Ne répète jamais ça. Stefan, qu'est-ce que tu lui as dit ?

— Je n'y suis pour rien, se défendit celui-ci, les mains en l'air. Mais je crois que l'un des mannequins lui a tapé dans l'œil.

— Oh oh. Donc c'est de la reconnaissance de terrain.

Dallas rougit à ces propos. Il avait le sentiment que Paul pourrait avoir envie de se mêler de sa vie amoureuse quasiment inexistante.

— Je dois aller me préparer.

Il récupéra quelques sachets plastiques, les fourra dans sa poche et courut jusqu'à son sanctuaire.

4 Pour « prophylaxie pré-exposition » : consiste à prendre un médicament empêchant de contracter le VIH, avant tout contact à risque.

DALLAS DESCENDIT de voiture et lissa soigneusement sa chemise moulante à motifs. Des papillons s'envolèrent dans son ventre quand il regarda la porte. Les vibrations étouffées de la musique, dont on discernait à peine le rythme, flottèrent jusqu'à ses oreilles, mais pas assez pour qu'il puisse reconnaître le morceau. Une poignée d'hommes se tenait sur le côté pour fumer, des bracelets fluorescents bien visibles à leurs poignets, même à cette distance. La queue devant le videur était bien plus longue qu'il ne s'y attendait, prouvant la popularité de l'enchère de célibataires.

Il consacra quelques minutes à observer les hommes qui attendaient d'entrer. Cela faisait longtemps qu'il n'avait pas porté autre chose que ses costumes de travail, et il n'avait pas vraiment été sûr de lui au moment de choisir sa tenue au magasin. Cependant, il s'en était bien tiré. Plusieurs hommes portaient des tenues similaires à la sienne. Sa tension se dissipa quelque peu. Pas totalement, cela dit. Beck lui avait proposé qu'ils se retrouvent quelque part et fassent du covoiturage, mais Dallas avait décliné son offre. Non seulement parce que les célibataires pour la vente aux enchères étaient censés arriver très tôt, mais aussi parce qu'il voulait avoir la possibilité de s'en aller s'il ne s'amusait pas sans avoir à s'inquiéter de la personne avec laquelle il aurait fait du covoiturage. Maintenant qu'il se trouvait seul devant les portes de la boîte, il reconsidéra sa décision. Il prit quelques inspirations profondes pour se donner du courage, puis traversa le parking jusqu'au videur.

— Je m'appelle Dallas. Je suis un invité de Beck ?

Il ne savait pas pourquoi il avait formulé ça comme une question. Beck avait promis de le noter sur la liste des VIP, mais ce n'était pas comme si Dallas doutait de l'identité du mannequin. Sa fiabilité, en revanche, restait à prouver.

Pourtant, le videur parcourut sa liste et hocha la tête.

— Entre, Dallas, lui dit-il, avant de lui sourire en coin. Je finis dans une heure. Garde-moi une danse, beau gosse.

Dallas lui fit un petit sourire. Énerver les videurs ne lui paraissait pas avisé, mais les beaux mâles imposants et musclés n'étaient pas son style. Il avait découvert qu'ils avaient tendance à bousculer les gens, au sens propre comme au sens figuré, tout comme son père le faisait, et à ce moment de sa vie, il n'avait pas du tout envie de s'approcher d'un homme qui lui rappellerait son père.

La main sur sa fesse, cependant, fut tout sauf paternelle et son sourire s'élargit quand il entra dans la boîte. Il ne s'intéressait peut-être qu'à un seul homme actuellement, mais la franche appréciation du géant faisait des miracles sur son estime de soi.

Dans la boîte, Dallas s'écarta du chemin et s'arrêta pour se repérer. Une scène au fond avait été décorée d'une grande arche en osier recouverte de ballons. De nombreux hommes se trouvaient sur la piste de danse devant la scène, au moins autant que ceux qui attendaient à l'extérieur. De chaque côté de la piste se trouvaient deux bars, soulignés de petites lumières arc-en-ciel. Les barmen avaient l'air entièrement nus, de là où Dallas se trouvait, mais il imaginait qu'ils portaient au moins des jockstraps.

Plusieurs banquettes confortables étaient disséminées contre les murs, entrecoupés de portes. Il ne savait pas si ces dernières menaient à des toilettes, des sexodromes ou simplement à d'autres pièces du club. Pour l'instant, il y avait suffisamment de choses dans cette pièce-ci pour l'occuper. L'éclairage était tamisé et même en plissant les yeux, plusieurs zones restaient dissimulées dans l'obscurité. Il soupçonnait que c'était volontaire.

Au comptoir, le barman le regarda de haut en bas d'un air lubrique, mais bon, c'était le rôle des barmen, non ? Il acheta une bouteille d'eau puis envoya un texto à Beck pour lui dire qu'il était arrivé.

Il s'écarta du bar et se rapprocha de la scène, aussi près que possible sans aller sur la piste de danse, sans établir de contact visuel significatif, malgré les nombreux regards d'invite qu'il récolta. Il n'était pas encore prêt à danser seul, même si la chanson de Billy Idol qui passait actuellement suggérait le contraire [5].

— Ah, tu es là.

Beck le serra contre lui puis l'écarta pour l'examiner.

— Oh, mon Dieu, trésor, c'est un gâchis que tu restes derrière ces ordinateurs. Viens.

Beck lui prit la main et le conduisit jusqu'à une porte indiquée « Privé ». Dallas tira sur sa main pour essayer de ralentir le rythme.

— Qu'est-ce qui ne va pas ?

— Je ne fais pas partie de la vente aux enchères. Je ne devrais pas venir là.

---

5 Allusion à la chanson « Dancing with myself » de Billy Idol (1982) qui signifie « danser seul ».

Beck leva les yeux au ciel.

— Oh. Je comprends pourquoi tu restes derrière tes ordinateurs, maintenant.

Dallas ne savait pas vraiment ce que ça voulait dire, mais il devinait. À part avoir fait en sorte que sa carrière suive les lignes qu'il s'était fixées lui-même et non celles que son père voulait, il n'était pas du genre à transgresser les règles. Pincer le nez de Will pour le forcer à s'asseoir et à le remarquer ne serait pas du tout la même chose.

— Tu peux faire partie des enchères, si tu veux. Un canon comme toi récolterait un tas d'argent.

Bizarre comme une simple phrase pouvait à la fois être flatteuse et dégoûtante.

— Non, je ne crois pas.

Il avait couché avec trois hommes au total. Se vendre, sérieusement ou non dépassait légèrement sa zone de confort.

— Peu importe. Tu peux au moins traîner avec nous en attendant le début du spectacle.

Beck le conduisit dans une salle étonnamment immense, munie de plusieurs miroirs, comme Dallas en avait vu à la télévision. Il avait remarqué l'affiche de promotion d'un spectacle de drag queen toutes les semaines, mais il n'avait pas pensé au travail de préparation que cela nécessiterait.

Ce soir-là, cela dit, les mannequins de chez *Idyll Fling* qu'il reconnaissait se mélangeaient à d'autres hommes, tous séduisants, mais Dallas s'était attendu à être le plus vieux de la pièce. Il devrait arrêter d'avoir tant de préjugés puisque, malgré son orientation sexuelle, il ne savait pas grand-chose sur le fonctionnement du monde réel en dehors du travail.

Dès qu'ils le remarquèrent, les mannequins d'*Idyll Fling* s'approchèrent de lui et papotèrent quelques minutes, jusqu'à ce qu'une nouvelle porte s'ouvre.

Il en sortit un homme absolument stupéfiant, ce qui, étant donné la compagnie actuelle de Dallas, en disait long. Une mèche de cheveux rouge séparait sa chevelure en deux, soigneusement coiffée autour d'un visage pâle et magnifique. La chemise noire de l'homme était de la couleur de ses cheveux et le kilt rouge assorti à la mèche. Magnifique. Le genre d'homme sur lequel on bavait, même, si Dallas n'avait pas eu la bêtise de s'être amouraché d'un autre. Il ne savait pas trop ce qu'il pensait d'une vente aux enchères de célibataires, mais toujours est-il que ce type allait récolter un paquet de fric.

116

— Bonsoir, messieurs. Prêts à récolter un max d'argent pour une œuvre de charité ce soir ?

Il attendit que les acclamations se calment pour poursuivre.

— Je sais que nous sommes un peu en retard, mais je vais bientôt vous remettre vos numéros. Nous avons juste un problème de micro.

C'était ce type qui gérait ? Quand il repartit, Dallas se tourna vers Beck.

— Qui était-ce ?

Beck cligna plusieurs fois des yeux, comme s'il essayait de comprendre la question de Dallas.

— C'est Raven. Il a monté *Tartan Candy* après être parti d'*Idyll Fling*. Je ne te l'avais pas dit ?

Dallas confirma que non.

— C'est quoi, *Tartan Candy* ?

— Euh Raven dit que c'est une douceur pour les yeux en kilt. Ils se font embaucher pour avoir l'air sexy pour différents évènements ou conférences. Mais rien de sexuel, donc il n'a pas besoin de notre aide.

Difficile à dire, vu son apparence, mais Raven avait l'élégance d'un homme plus âgé que Beck, peut-être même plus âgé que Dallas, donc il ignorait si les deux hommes avaient travaillé ensemble à *Idyll Fling*. Demander s'ils avaient couché ensemble devant les caméras lui paraissait un peu intrusif, même s'il avait déjà vu Beck presque nu. Peut-être qu'il lui poserait la question quand ils se connaîtraient mieux.

Beck éclata de rire.

— Il est pris, trésor, alors ne te fais pas de faux espoirs.

Dallas en eut le rouge aux joues. Il avait clairement reluqué Raven, mais pas parce qu'il espérait se le taper. Il avait suffisamment de problèmes comme ça avec Will.

— Oh, je n'allais rien tenter.

— Ne te méprends pas. Vous seriez canon ensemble. Mais il s'est trouvé un bricoleur supersexy. Il est plus heureux qu'un cochon dans la fange.

Un cochon dans la fange ? Pour la première fois, il se demanda d'où venait Beck. Il y avait une légère trace d'accent du sud dans son phrasé, mais en dépit de ça, Dallas avait présumé qu'il venait d'Orlando. Il y avait aussi une sorte de… mécontentement dans son ton. Mais impossible de dire si c'était juste à l'égard de Raven en particulier ou juste du fait qu'il était heureux en couple.

Se mêler de la vie des autres ne lui était pas naturel, puisqu'il avait passé beaucoup de temps à décourager tout intérêt pour la sienne, alors il ne savait pas s'il devait poser la question. Beck était tellement volubile que Dallas se dit qu'il saurait bientôt tout ce que le jeune homme voulait qu'il sache, qu'il en ait lui-même envie ou non.

Le retour de Raven l'empêcha de se défendre davantage sur son désir pour l'homme en question.

— La foule est prête, peut-être un peu trop, commenta Raven avec un clin d'œil, faisant rire plusieurs hommes. Une fois que vous aurez votre numéro, mettez-vous dans l'ordre et nous vous exposerons ensuite.

Dallas réalisa alors que le volume de la musique avait baissé et que quelqu'un s'exprimait dans un micro, même si ce qu'il disait était inaudible.

Raven remit des cartons numérotés à tout le groupe. Arrivé près de Dallas, il fronça les sourcils.

— Tu n'es pas l'un de mes célibataires. Mais il y a toujours de la place pour les nouveaux venus. Veux-tu te joindre à nous ?

Comment Raven pouvait-il savoir que Dallas n'appartenait pas au groupe ? Il secoua cependant la tête furieusement.

— Je ne suis là que pour soutenir Beck et les autres.

Raven hocha la tête pensivement.

— Tu es sûr ? Je ne cherche pas à te mettre la pression ni rien, mais tu es canon.

La partie vente aux enchères avait l'air amusante, le genre de choses qu'un homme ouvertement gay pourrait faire, mais il ne savait pas ce que la suite impliquait. Son estomac fit des loopings. Celui qui l'achèterait s'attendrait-il à ce qu'il couche avec lui ? Même s'il n'avait pas été en train d'essayer de comprendre Will, il serait incapable de coucher avec un inconnu. Et surtout pas le lendemain du jour où il s'était fait sucer par Will. Il connaissait ses limites.

Beck s'approcha, une feuille de papier à la main.

— Raven, tu l'as convaincu de se joindre à nous ? Il devrait vraiment faire partie de notre groupe. C'est le nouvel informaticien. Et comme il passe ses journées dans la cave, il a vraiment besoin de s'amuser un peu.

Raven lui sourit gentiment.

— Tu es nerveux ? Tu n'as aucune raison de l'être. Je ne dis pas qu'il n'y aura pas de sexe, mais la vente aux enchères ne parle que d'un dîner. Comme un rencard.

Un rencard, ça ne pouvait pas faire de mal. Après tout, il ne connaissait vraiment personne en ville et ce serait pour la bonne cause. Il haussa les épaules et prit la feuille. Beck lui fit un grand sourire et le serra contre lui, puis il l'embrassa sur la joue et retourna à sa place.

— Tu ne sors pas avec Beck, n'est-ce pas ?

— Non. Il se montre juste gentil. Amical.

Ce n'était pas bien difficile de comprendre que Beck ne voulait ni sortir avec quelqu'un ni avoir de relation, et rien que ce fait aurait dissuadé Dallas de s'impliquer avec lui, si par hasard il avait été intéressé.

Après avoir fouillé dans son escarcelle, Raven lui tendit un stylo.

— Il n'y a pas grand-chose à remplir, mais fais-le vite.

Dallas s'exécuta, mais dès qu'il eut fini, son appréhension revint et une bombe explosa en milliers de papillons dans son ventre.

— Tu es sûr qu'ils ne s'attendent pas à coucher ?

Raven secoua la tête, mais il avait le regard rivé sur le formulaire que Dallas avait rempli, qui ne comportait que des questions simples, comme son nom, son métier, son âge, ses loisirs et ses centres d'intérêt.

— Dallas Greene ?

Raven le dévisagea et à la lueur de reconnaissance dans son regard, les papillons se mirent à battre des ailes plus furieusement.

— Hum, oui ?

Sa voix était à peine plus qu'un couinement. Comment Raven le connaissait-il ?

— Tu es le nouvel informaticien d'*Idyll Fling* ? Pourquoi est-ce que personne ne m'a prévenu que le frère de Stefan était en ville et travaillait pour lui ?

Paniqué, Dallas fut incapable de penser pendant un moment. Il ne s'attendait pas à ce que Raven dise ça.

— Personne n'est au courant.

— Quoi ?

— J'ai… J'ai demandé à Stefan de ne rien dire. Je ne voulais pas que les gens soient mal à l'aise en ma présence en sachant que je travaillais pour lui. Ou me traitent différemment. S'il te plaît, ne dis rien à personne.

Si Will le savait, se montrerait-il plus gentil ? Plus méchant ? Plus distant ? Une chose était sûre, il n'y aurait aucune fellation pour prouver l'homosexualité de Dallas. Rien que cette fellation valait la peine de garder le secret.

— D'accord, je vois. Je ne le dirai à personne.

119

Dallas lui prit le bras.

— Attends. Comment as-tu su ?

Will allait-il le découvrir à son tour ?

Raven lui tapota la main et lui adressa un nouveau sourire doux.

— J'étais l'un des premiers mannequins du studio, quand ton fr... quand Stefan a monté la boîte. Nous sommes devenus amis et il m'a tout dit quand tu l'as contacté à l'université parce que tu voulais renouer le contact.

Dallas ne savait pas quoi dire, mais si son frère avait confié à cet homme des informations personnelles, alors il pouvait lui faire confiance à son tour.

— Tu es toujours un peu nerveux à propos de cette histoire de sexe ?

Il n'y avait ni jugement ni amusement dans la voix de Raven. Pourtant, c'était assez ironique que le frère de Stefan ait des complexes sur le sexe. Et n'ait eu que trois partenaires sexuels.

Cependant, Dallas hocha la tête.

— Oui. Un peu. Jusqu'à il y a trois semaines, quand je me suis pointé chez Stefan, j'étais presque entièrement dans le placard.

Raven le serra brièvement contre lui.

— Que dis-tu de ça ? Le cousin de mon compagnon est dans le public ce soir. Je vais lui envoyer un message pour lui demander d'enchérir sur toi. Ton rencard avec lui pourrait être un double rendez-vous avec Caleb et moi, donc parfaitement sûr pour toi. Qu'en penses-tu ?

Les papillons battirent des ailes une dernière fois avant de se calmer. Dallas n'avait jamais rencontré Raven avant ce jour, mais son lien avec Stefan le rendait digne de confiance. En outre, un double rencard, ça n'avait pas l'air trop mal. Il préférerait sortir avec Will, mais cela ne lui ferait pas de mal non plus de connaître plus de monde à Orlando. S'il devait rester, autant étendre son cercle de connaissances.

— Ça me paraît super. Comment peux-tu être sûr qu'il va gagner ?

— Euh... On va te mettre à la fin. Les plus gros enchérisseurs se seront déjà déchargés sur les mannequins, sans mauvais jeux de mots.

Raven lui fit un clin d'œil.

— En plus, on avait indiqué dans la pub le nombre de célibataires mis aux enchères. Tu seras une surprise inattendue.

— Merci, Raven, lui dit Dallas, espérant que sa gratitude était perceptible.

Raven sortit son téléphone de son escarcelle et commença à taper un message. Quelques secondes plus tard, il leva les yeux au ciel.

— Bon sang, Jaime.

— Quoi ? Ce n'est pas grave, s'il ne veut pas le faire.

Son ventre se manifesta, prêt à dégainer l'armée de papillons.

— Il fait juste le con. Il me dit qu'il va manquer sa chance d'enchérir sur une star du porno. Ce n'est pas comme s'il n'aurait pas pu me demander de les lui présenter n'importe quand. Il cherche juste à me titiller.

Il y avait beaucoup de points d'exclamation dans la réponse de Raven, mais c'était tout ce que Dallas put voir avant que l'homme en kilt n'appuie sur « envoyer ». Ils attendirent une éternité que le téléphone de Raven se manifeste à nouveau.

— OK, c'est tout bon. Et je ferais mieux de sortir d'ici, puisque je suis censé présenter tout le monde.

Raven le poussa vers la fin de la file.

— Quand tu sortiras de là, contente-toi de sourire. Je ferai le reste.

Comme il passait en dernier, Dallas pourrait voir comment se déroulait tout le processus et, avec un peu de chance, il ne se ridiculiserait pas quand il arriverait sur scène. Au moins, il portait ses nouveaux vêtements sexy, donc il pourrait tenir la comparaison avec les mannequins d'*Idyll Fling*.

CE N'ÉTAIT que la deuxième enchère de célibataire de *Tartan Candy* jusqu'à présent, et c'était quelqu'un d'autre qui avait fait toute la programmation et le travail la première fois. C'était un évènement qui faisait beaucoup de battage, mais aussi celui qui leur demandait plus de travail qu'ils n'en avaient eu jusqu'à présent. Raven devait présenter tout le monde et garder un œil sur les enchères. Will devait veiller à ce que les célibataires et leur enchérisseur se retrouvent et surveiller les donations. Ce jour-là, cependant, il était ravi d'être tellement occupé qu'il n'avait pas le temps de se souvenir qu'il s'était montré stupide. Il avait tout fait de travers, autant comme manager que comme homme qui avait été trahi par celui dont il avait sucé la queue.

Nous y revoilà. Imbécile. Comme si se réveiller plusieurs fois cette nuit, le goût de Dallas sur la langue, son membre raide pulsant de désir, et se retrouver à en vouloir plus que de raison, aussi bien professionnellement que personnellement, n'était pas déjà assez mauvais en soi.

Ce seul petit souvenir suffit à faire partir tout son sang vers le sud. Voilà qu'il se trouvait dans une boîte de nuit gay remplie d'hommes magnifiques, et pourtant, il savait pertinemment qu'aucun d'eux ne pourrait satisfaire sa fichue queue, quel que soit le nombre d'orgasmes qu'il aurait. C'était déjà assez dur comme ça que sa Némésis soit de retour sur son lieu de travail, mais recommencer à faire une fixette sur lui, vraiment ? Encore plus qu'avant ? Il aurait mieux valu qu'il ne sache jamais combien Dallas était sexy, tout chiffonné et brûlant de désir, les pans de sa chemise soulignant son membre long et élancé. Will devait arrêter tout de suite avant de devenir fou.

Au moins, le célibataire actuellement mis aux enchères était le dernier de la soirée. Il n'était pas sûr de pouvoir trouver un fac-similé à Dallas pour un coup rapide dans les toilettes ou dehors, mais il allait clairement essayer, ou se saouler. Plutôt se saouler, d'ailleurs, car cela faisait bien longtemps qu'il n'avait pas confié son sexe à un homme dont il ignorait le nom. Il avait perdu tout intérêt pour les étreintes dans les allées sombres des années plus tôt. Dans son esprit jaillit l'image de lui prenant Dallas contre les briques dures ou de lui se mettant à genoux devant le jeune homme, et son érection gagna du terrain. Apparemment, sa verge serait ravie d'avoir *Dallas*, dans n'importe quel endroit. Ce qui n'arriverait jamais. Cette fellation, bien que passionnée, était une aberration. Un évènement unique.

La vente aux enchères se termina et il détourna son esprit de toutes les manières possibles de coucher avec Dallas. Dans un premier temps, il n'écouta pas le discours de Raven, sans doute son discours de clôture. Will chercha le dernier enchérisseur et lui fit signe. Puis les mots de Raven se frayèrent un chemin dans sa conscience.

— Messieurs, nous avons eu un participant à la dernière minute, mais je suis sûr que vous, qui n'avez pas obtenu de célibataire, n'aurez aucun problème avec ça. Il vient d'arriver d'Orlando, dans le nord froid et humide. Il a vingt-quatre ans et travaille comme administrateur système chez *Idyll Fling*. Il adore les jeux vidéo et espère rencontrer un jour l'homme de sa vie. Messieurs, je vous présente Dallas Greene.

C'était quoi ce putain de bordel ? Will tourna brusquement sur lui-même pour regarder la scène. Eh bien sûr, Dallas Greene se tenait sous les projecteurs, un sourire timide aux lèvres, vêtu d'une chemise à motifs – putains de motifs – qui dévoilait bien plus de son corps que ses costumes habituels. Maintenant, tout le monde, dans cette fichue boîte, pouvait le voir également.

Il serra les doigts sur la tablette dont il se servait pour garder une trace des donations, des gagnants et de leurs coordonnées. Mais à quoi Dallas pensait-il ? Will fit la grimace. Comme s'il ne le savait pas. Foutre en l'air son travail et, par association, détraquer son esprit ne suffisait pas. Dallas devait s'infiltrer dans tous les domaines de sa vie.

— Hé, Will ? Il te fallait autre chose ?

Tyler, l'un des mannequins d'*Idyll Fling* et le type qui était censé être le dernier célibataire, lui tira le bras.

— Quoi ? Oh, non. Rien. Dès que les donations seront encaissées, j'enverrai tes coordonnées à… euh…

En temps normal, Will se souvenait des noms, mais cette fois-ci, il eut un blanc.

— Au numéro 121, ici présent, et vous pourrez fixer une date à votre convenance plus tard.

Le numéro 121 le remercia.

— Tyler, est-ce que je peux te payer à boire en attendant ?

Ce n'était pas vraiment original, puisque tous les autres gagnants avaient fait la même chose. Heureusement, Tyler accepta et ils le laissèrent seul, concentré sur les enchères. Bien que les hommes présents aient déjà enchéri sur trente autres célibataires, les enchères allaient bon train. Rien de surprenant. Dallas ressemblait à Superman. Il ne lui manquait plus qu'un collant bleu et un énorme S sur le torse à la place de cette fichue peinture corporelle à motifs.

— Félicitations au numéro 43. Je vous en prie, allez voir mon collègue près de la scène, déclara Raven en indiquant Will de la main. Comme toujours, vous le reconnaîtrez à son kilt.

Raven enchaîna ensuite avec son discours de clôture, où il fit presque autant la promotion de *Tartan Candy* que de l'œuvre de charité elle-même. Will n'écoutait plus, parce que dans peu de temps, il allait devoir se montrer gentil avec Dallas et le connard qui avait enchéri sur lui. Numéro 43. Même le numéro ressemblait à celui d'un crétin.

Dallas s'éloigna des projecteurs et de la scène. Will comprit alors que c'était une surprise pour tous les deux. Avec le choc et l'embarras affichés sur le visage de Dallas, il comprit que cette soirée, au moins, n'était rien de plus qu'une étrange coïncidence. Une coïncidence énorme à l'étrangeté astronomique, oui, mais rien d'orchestré par Dallas.

Il réussit à esquisser un sourire, mais il devait sans doute plutôt avoir l'air d'avoir mangé des tacos avariés. Une petite part de lui se réjouissait que Dallas ait l'air presque aussi malade que lui.

— Salut, Will.

En entendant cette voix familière, Will lâcha le jeune homme du regard et se tourna.

Jamie, le cousin de Caleb, agita sa pancarte, le numéro 43 presque fluo. Putain de conclusion. Jamais Will n'arriverait à sourire à ça.

Avec des mouvements brusques et des réponses sèches, il fit les présentations, ne grinçant qu'un peu les dents en prononçant le nom de Jaime, et acheva les transactions nécessaires. Avant que Jaime puisse attirer Dallas près du bar, sans doute pour le faire boire, Will agrippa le bras du jeune homme.

— Est-ce que je peux te parler un instant ?

Jaime fronça les sourcils et avança. Will avait oublié que Jaime avait fait l'armée et était secouriste. Et qu'il ressentait le besoin insupportable d'aider les gens, quand il ne se tapait pas la moitié des hommes gays d'Orlando.

Heureusement, Dallas calma le jeu.

— C'est bon, Jaime. Je travaille avec Will.

— D'accord, Dallas. Mais retrouve-moi après, s'il te plaît.

C'était plus un ordre qu'une question, cependant, Dallas lui fit un petit sourire et acquiesça. Une veine se mit à battre à la tempe de Will, un tic apparu depuis le jour où il s'était retrouvé dans le bureau de la directrice des ressources humaines, lorsqu'elle avait ruiné sa vie. À cause de Dallas.

Ce rappel suffit à Will, qui attira le jeune homme vers la petite salle de stockage que le gérant du club avait prêté à *Tartan Candy* pour la mise en place de la vente aux enchères, en plus des loges.

Comme Dallas le suivit docilement, Will ne s'attendait pas à ce que, après avoir fermé la porte derrière eux, le jeune homme fasse brusquement volte-face avec l'air aussi énervé que lui.

VOIR WILL lui avait causé un sacré choc. Dallas avait même failli ne pas le reconnaître, sans ses shorts cargo et ses tee-shirts. Il était tout à fait splendide dans cette chemise vert feuille assortie au kilt vert et bleu qu'il portait.

Un kilt. Dallas avait failli en avaler sa langue. Il avait trouvé Raven superbe dans son kilt rouge, mais Will, sans son look habituel de surfeur, ressemblait davantage à l'image que Dallas se faisait des Highlanders écossais, jusqu'à la chevelure blonde sauvage. Le genre d'hommes qui avait toute sa place dans les livres à l'eau de rose qu'il piquait en douce à la copine de son camarade de chambre, un plaisir coupable qui avait mené jusqu'à *Dragon's Ruin*. Bien sûr, dans ces livres, le Highlander trouvait toujours une jeune fille au caractère bien trempé à épouser, là où Dallas aurait préféré qu'il finisse avec son bras droit taciturne.

Dès qu'il s'était remis de sa surprise, il s'était souvenu de la fellation. Ce qui avait rendu les présentations avec Jaime encore plus gênantes, mais au moins, Dallas ignorait la présence de Will quand il était sur scène. Il se serait sinon transformé en statue de sel, là, sous les projecteurs. C'était déjà suffisamment dur d'avoir gardé le sourire pendant que Raven faisait sa promotion à la foule.

Mais il avait ensuite remarqué la colère de Will, ce qui lui avait rappelé la fuite lamentable de ce dernier, et combien lui-même s'était senti blessé et énervé. Il ne savait pas ce qui irritait Will, mais il considérait que c'était à lui qu'on avait fait du mal, et si son patron voulait parler, Dallas voulait quelques explications à son tour.

— Eh bien ? Qu'est-ce que tu veux ?

Il ne devrait sans doute pas tutoyer et parler ainsi à son manager, mais après les évènements du vendredi, ils nageaient dans des eaux sacrément troubles.

Will écarquilla les yeux en réaction à son ton agressif, mais très vite, il recommença à froncer les sourcils.

— Qu'est-ce que tu fais là ? Tu me suis encore ?

— Tu te prends pour un cadeau du Ciel fait aux hommes gays ?

La fellation avait été magistrale, mais quand même.

— C'est Beck qui m'a invité.

Un tic musculaire apparut dans la tempe de Will, indiquant plus clairement que des mots que l'invitation de Beck n'améliorait en rien son humeur.

— Si j'avais voulu te suivre, riposta Dallas avec un sourire de mépris, je l'aurais fait vendredi après-midi. Quand tu as pris la fuite comme un homme se souvenant tout juste qu'il avait un petit ami.

Cette fois-ci, Will recula sous l'effet de la surprise.

— Je n'ai pas de petit ami.

La réponse semblait sincère, mais Dallas avait besoin que Will confirme son statut de célibataire, presque autant qu'il voulait une explication raisonnable pour son départ le vendredi.

— Et Jesse, alors ?

— Jesse ? Comment connais-tu Jesse ?

Seigneur. Will n'était pas stupide, mais il usait sa patience.

— Ce n'était pas vraiment un secret au bureau, tu sais.

Le rose monta aux joues de Will, qui détourna le regard.

— Je ne trompais personne.

Il y avait cependant une note étrange dans sa voix, que Dallas voulait explorer davantage.

— Ça n'a pas l'air très convaincant, ça, Will. Essaie un peu mieux de me convaincre que tu n'es pas un connard infidèle.

Il ignorait, jusqu'à cet instant, combien il espérait que Will n'était vraiment pas un homme infidèle, combien il espérait ne pas être « l'autre homme ». Au moins, avec Hugh, il savait… ou croyait savoir… qu'il était le seul. Les femmes avec lesquelles Hugh sortait pour rester dans le placard ne comptaient pas, mais maintenant que Dallas était sorti du sien, il ne voulait pas retourner à ce semblant de vie qu'il avait avec Hugh.

— Pour l'amour du Ciel ! s'écria Will, sa colère de retour, mais pas le tic dans sa tempe, ce qui le rassura. Très bien. Quand on travaillait ensemble tous les deux, Jesse et moi avions des problèmes.

Le rougissement s'accentua.

— Je te trouvais sexy, d'accord ? Et je crois qu'à cette époque, ça a mis en lumière les failles de ma relation.

Oh bordel de merde. Will l'avait remarqué lui aussi. Il le soupçonnait depuis le vendredi, mais cette réponse constituait presque une déclaration sous serment.

— Et que s'est-il passé ?

Will fronça les sourcils.

— Je me suis fait virer. Les choses ont empiré. Quand nous avons rompu, je suis retourné m'installer chez mes parents jusqu'à trouver un boulot en Floride. Content ?

En dehors de la pointe de douleur qu'il ressentait en comprenant que les parents de Will ne l'avaient pas mis à la porte, eux, sous prétexte qu'il était gay, oui, Dallas était content.

— Et pas de nouveau petit ami ?

Parler de partenaires sexuels ne ferait que l'énerver, mais au moins, Will ne les aurait pas trompés avec Dallas l'autre jour. Ce dernier renifla de dérision.

— Comme si j'avais le temps.

Encore mieux. Si seulement il se montrait plus raisonnable au travail en lui donnant plus de choses à faire chez *Idyll Fling*, il aurait le temps de trouver un homme. Dallas s'en assurerait, mais chaque chose en son temps.

— Bon, si c'est tout, alors…

Dallas s'approcha de la porte, mais Will l'interrompit.

— Ce n'est pas tout. Je ne t'ai pas fait venir ici pour parler de Jesse.

— Oh ?

C'était vrai. Dallas avait complètement fait dérailler la conversation que Will voulait avoir.

— Tu dois être prudent avec Jaime.

— Ah oui ?

Bizarrement, il ne pensait pas que Raven se serait arrangé avec Jaime pour que celui-ci « l'achète » s'il était un homme dangereux. Au premier regard, il était tout aussi sexy que Will et paraissait gentil.

— C'est un dragueur. Il couche avec tout le monde et ne s'intéresse qu'au sexe.

Tiens ? Il semblait jaloux. Dallas s'approcha de Will.

— Et si c'est du sexe que je veux ?

Le visage de Will s'assombrit, confirmant les suspicions de Dallas. Il s'avança d'un nouveau pas, jusqu'à ce que leurs vêtements s'effleurent.

— Et si je le veux maintenant ?

Sans attendre de réponse, il pencha la tête pour s'emparer des lèvres de Will pour lui délivrer le baiser dont il avait rêvé. Peu importe ce qui allait se passer, il ne laisserait pas Will l'empêcher de l'embrasser cette fois-ci.

Il avait à peine réussi à introduire sa langue dans la bouche de Will quand celui-ci s'écarta et le fixa du regard. Dallas tenta de se montrer fort, mais il ne pensait pas pouvoir survivre si son amant d'un soir déclarait ne pas vouloir.

Il soutint le regard de Will, dont la respiration s'accéléra. Ils étaient encore assez proches pour que leurs torses s'effleurent à chaque mouvement et son érection, presque douloureuse à force d'être comprimée dans son pantalon trop moulant, effleura l'escarcelle de Will.

Qui écarta celle-ci sur le côté, poussa Dallas contre la porte et plaqua ses lèvres sur les siennes.

Victoire !

Il plongea les mains dans les cheveux de Will et réclama sa bouche, pour montrer à ce dernier combien il le désirait. Will entoura ses épaules de ses bras et lui rendit son baiser, prouvant que sa bouche était talentueuse dans plusieurs domaines. Vu la vitesse à laquelle Will s'était précipité sur sa verge la veille, Dallas ne s'attendait pas à ça. Là, son patron ne semblait pas pressé de se mettre nu.

Oh Seigneur. Nu. Kilt. Dallas avait dû perdre la tête, pour avoir oublié cette petite information. Will était-il nu sous ce kilt ?

Il grogna contre les lèvres de l'homme en question alors que son membre tentait de sortir tout seul du pantalon. Il n'avait vraiment pas réfléchi en choisissant ce pantalon. Mais il ne pouvait pas se plaindre, pas quand Will déposa des baisers légers comme une plume sur sa mâchoire, avant de lui mordiller le lobe de l'oreille. Dallas frémit, puis gémit à nouveau, pressant son aine contre la lourde érection qui cherchait la sienne à travers le tissu du kilt, libérée de la douleur de la fermeture éclair. Will lui pinça les tétons et lui caressa le ventre, juste au-dessus de la ceinture de ce fichu pantalon.

Dallas lui rendit la pareille et s'attaqua à son cou. Le grognement qu'il obtint le rendit encore plus frénétique. Les légers tremblements de Will s'accordaient à ses frissons. Seigneur. Qu'y avait-il chez Will qui le rendait fou comme ça ?

Celui-ci reprit sa bouche en un baiser vorace, leurs langues se battant en duel tandis qu'ils se dévoraient mutuellement. Tout disparut autour de lui, à part l'odeur de Will, sa chaleur, et le besoin désespéré, certes centralisé dans sa hampe, de la jouissance que seul Will pouvait lui donner.

Du liquide pré-séminal gicla dans son boxer. Ce serait une honte de jouir dans son pantalon, mais il ne pourrait peut-être pas faire autrement si Will ne ralentissait pas un peu et ne le mettait pas nu. Comme s'il pouvait lire dans son esprit, ce dernier déplaça ses mains vers le bas. Ses doigts malhabiles trahirent le fait que Will avait perdu toute finesse, alors qu'il essayait de retirer le pantalon de Dallas. Il s'écarta, les lèvres gonflées, les pupilles élargies.

— Tu t'es peint ce truc sur le corps ?

Il semblait à moitié amusé et à moitié agacé.

Dallas poussa un rire tremblant et déboutonna son pantalon. Will grogna de satisfaction quand il put le faire descendre. Quand la gravité reprit ses droits, le vêtement tomba à ses genoux. Will ne perdit pas un instant pour poser la main sur son érection.

— Attends, attends, ordonna Dallas.

Ou essaya d'ordonner.

C'ÉTAIT LA chose la plus difficile qu'il n'ait jamais faite, pourtant, il se figea. Il n'arrivait pas à écarter ses doigts, en revanche. Le sexe de Dallas était chaud dans sa main, pulsant au rythme des battements de cœur du jeune homme. C'était magnifique. Tout chez Dallas l'était.

Il sentait la noix de coco et le citron, avec une pointe de sel due au liquide pré-séminal qui s'était déjà écoulé. En d'autres termes, Dallas avait une odeur décadente, comme un bonbon tropical, que l'on ne s'accordait que pour des occasions spéciales. Ce n'était pas l'anniversaire de Will, mais ce n'était pas souvent qu'un homme dont il avait rêvé s'offrait à lui de la sorte. Alors, il allait prétendre, au moins ce soir, que rien n'existait à part eux deux.

Mais Dallas voulait qu'il attende.

— Qu'est-ce qui ne va pas ? murmura-t-il, effrayé par la réponse.

Dallas pouffa, à bout de souffle.

— Qu'est-ce qu'il y a sous ton kilt ?

Ces mots n'avaient aucun sens, mais quand Dallas avança la main sous le tissu du kilt, ils devinrent limpides. Quand le jeune homme prit son membre à pleine main, Will lâcha un gémissement torturé. Dallas joua avec sa hampe, enroula ses longs doigts autour et la caressa. Will gémit de nouveau.

Il bougea à son tour sur le sexe de Dallas, espérant que quand celui-ci lui avait demandé d'attendre, ce n'était que pour pouvoir se glisser sous son kilt. Quand le jeune homme rejeta la tête en arrière pour l'appuyer contre la porte, en balançant les hanches vers l'avant, Will perdit quelques secondes précieuses à lécher la paume de sa main, puis il recommença à le caresser.

— Bordel de merde, murmura Dallas, d'un ton révérencieux.

Pendant quelques minutes, ils ne firent que se caresser mutuellement, puis Dallas se décala pour mordiller et sucer le cou de Will. Seigneur. Voilà une éternité que personne n'avait touché une de ses zones érogènes. Tant d'hommes ne pensaient qu'à sa verge, et il n'avait pas été mieux lui-même la veille, quand il avait ignoré le simple plaisir d'embrasser Dallas.

— J'ai tellement envie de te baiser.

Il n'avait pas envisagé de le dire à voix haute, mais le jeune homme le rendait fou. Celui-ci releva la tête.

— Pourquoi tu ne le fais pas ?

L'idée de réaliser un nouveau fantasme rendit ses genoux tremblants. Il n'y avait qu'un seul problème. Il s'était peut-être rendu dans un club gay en mode commando, mais il n'avait pas vraiment prévu de coucher avec qui que ce soit. Se rendre dans les toilettes pour hommes afin de récupérer un préservatif allait sans doute ruiner l'instant.

— Pas de préservatifs.

— Moi si. Dans ma poche. Du lubrifiant aussi.

Jusqu'au retour de Dallas dans sa vie, Will ignorait qu'on pouvait être à la fois énervé et excité, mais cela s'était produit si souvent au cours des dernières semaines que le sentiment devenait habituel. Il n'avait aucun droit de demander à Dallas de ne coucher avec personne d'autre, pas plus qu'il ne voulait imaginer quelqu'un d'autre, comme Jaime, par exemple, poser librement ses mains sur le corps du jeune homme.

Il aida le jeune homme à retirer ses chaussures et son pantalon avant de le guider jusqu'au bureau. Dallas s'y pencha avec enthousiasme, les fesses en l'air. Will saliva. Il passa les mains à l'intérieur de ses cuisses, qu'il écarta légèrement plus, puisque Dallas était un peu plus grand que lui.

Après avoir récupéré quelques sachets de préservatifs et de lubrifiants, il attrapa celui qu'il voulait et laissa le reste sur le bureau.

Ce petit interlude lui avait permis de se calmer un peu et il prit le temps de se protéger. Quand ils passeraient aux choses sérieuses, il n'aurait pas envie de s'interrompre pour le faire. En outre, il ne serait jamais capable de tenir des heures, mais juste le temps de faire perdre ses mots à Dallas et le rendre fou de désir.

Celui-ci le regarda par-dessus son épaule.

— Est-ce que je devrais en mettre un, moi aussi ? demanda-t-il d'un ton hésitant.

— Pourquoi ?

Ça craignait déjà assez que Will veuille marquer Dallas, jouir partout sur lui et en lui. Même s'il ne le ferait pas. Mais qu'il soit maudit s'il ne pouvait pas le voir gicler partout. Sentir son odeur, percevoir son goût. Il voulait la totale.

— Euh… pour le désordre ? Ce n'est pas notre bureau.

Quelque chose, dans cette déclaration, fit frémir Will, mais il ne voulait pas y réfléchir. Cela n'avait pas d'importance. Mais autre chose donna aussi un air honteux à Dallas et ça, c'était hors de question.

— Tu crois pouvoir tenir pendant que je te prends ?

Une rougeur envahit le cou et le visage de Dallas, qui haleta.

— Je crois, oui.

Quand Will se serait enfoncé en lui, les choses ne dureraient pas longtemps, de toute façon.

— Alors, je te sucerai après. Il n'y aura pas de désordre.

Dallas geignit et posa la tête sur ses mains.

Will remonta la chemise de Dallas, dévoilant un dos dont les os étaient un peu trop visibles pour quelqu'un de la carrure du jeune homme, mais cela ne l'empêcha pas de se pencher pour le lécher. Il écarta son kilt et posa son membre entre les globes de Dallas. En s'étirant un peu, il put l'embrasser entre les omoplates et lui caresser l'orifice de sa verge. Il le lécha à nouveau, faisant apparaître de la chair de poule sur le dos de Dallas.

Celui-ci ondula des hanches, comme s'il cherchait à emprisonner la hampe de Will. Seigneur. Il aurait aimé pouvoir tenir plus longtemps, mais cela n'allait pas être possible.

Il embrassa et mordilla le dos de Dallas. Quand il arriva au léger duvet sur ses reins, le jeune homme se trémoussa. Lorsqu'il s'écarta, son kilt caressa le dos et les fesses nus de Dallas, les cachant à sa vue un bref instant. Il n'avait jamais pris personne en portant son kilt, mais c'était si décadent qu'il se demandait pourquoi ce n'était jamais arrivé. Il attrapa une fesse ferme dans une main pour l'écarter davantage. L'odeur y était plus terreuse, accompagnée d'une fragrance de sueur propre et de savon. Incapable de résister, lui qui avait toujours été très porté sur l'oral, il passa la langue sur le trou de Dallas.

— Will, baise-moi, s'il te plaît.

Dallas n'était pas à court de mots, mais son désespoir était tout aussi agréable à entendre. Will ouvrit un sachet de lubrifiant et fourra deux doigts à l'intérieur.

— Will, putain !

L'intéressé sourit. C'était autant un ordre qu'une supplication, qui étaient aussi gratifiants l'un que l'autre. Il étira et joua avec Dallas, le faisant frémir et gémir, jusqu'à ce qu'il en ait lui-même les mains tremblantes.

— Maintenant, prends-moi, Will.

Dallas avait presque rugi les mots, et cette fois-ci, Will obéit. Il se redressa, écarta de nouveau son kilt et pressa son membre contre l'orifice plissé. Prendre le temps de préparer celui-ci valait le coup, puisqu'il put se glisser en lui sans aucune résistance. Ils gémirent de concert quand Will s'enfonça en entier.

Il resta immobile un instant, savourant la chaleur et l'étroitesse du corps de Dallas. Il aurait voulu pouvoir les sentir sans la barrière du préservatif. Dallas donna une ruade et Will entreprit de le pilonner.

Il sortit presque entièrement, puis revint lentement. Mais la lenteur ne dura que quelques va-et-vient. Il avait attendu trop longtemps, des années même, pour assouvir ce fantasme de pencher Dallas sur un bureau pour le baiser jusqu'à l'inconscience. Il accéléra le rythme et Dallas grogna sous la force de ses poussées, tout en s'avançant vers chacune d'elles.

— Will, Will.

Il y avait une pointe de désespoir, dans la voix du jeune homme. Will se fichait du désordre ; ce bureau avait dû voir sa part de sperme, mais il était si proche qu'il aurait aimé que Dallas attende un peu plus, s'il le pouvait.

— Tiens bon, juste un peu.

La voix grave et rendue rauque par le désir, Will saisit le cul ferme de Dallas et l'empala en poussées rapides qui ne suivirent bientôt plus aucun rythme. Il s'enfonça une dernière fois et frémit de la tête aux pieds, avant de se décharger dans le corps de Dallas.

Celui-ci se trémoussa sous lui, et alors même qu'il surfait encore sur la vague de l'orgasme, Will dégagea son membre. Il fit pivoter le jeune homme, dont il appuya les fesses contre le bord du bureau, puis se mit à genoux. Il ouvrit la bouche et Dallas, trop excité pour pouvoir attendre, s'enfonça à l'intérieur. Will inspira brusquement. Un seul va-et-vient suffit afin que Dallas jouisse en geignant, son sperme coulant dans la gorge de Will.

Il était si beau, ainsi perdu dans sa débauche, que le membre de Will pulsa une dernière fois tandis qu'il léchait le sexe de Dallas.

Bien trop tôt, la réalité reprit ses droits. Will retira le préservatif, le jeta dans la poubelle et redressa son kilt.

Dallas resta appuyé au bureau, la verge nue, brillante et dégoulinante, la chemise remontée sur ses tétons, son pantalon moulant chiffonné à ses pieds. Une part de lui aurait voulu s'emparer à nouveau de ce corps offert, mais maintenant que le sang était retourné dans son cerveau, son bon sens revint.

— Nous ne pouvons pas… Ça ne peut plus se reproduire.

Sous ses yeux, Dallas perdit sa magnifique posture languide, se raidissant et s'énervant. Sans sa nudité, ses cheveux en bataille et la rougeur qui s'attardait sur ses joues, on aurait pu jurer que ce jeune homme ne venait pas de s'envoyer en l'air.

Dallas plissa les yeux.

— Qu'est-ce que ça veut dire ?

Il se tortilla pour rentrer dans son pantalon. Will détourna le regard, parce que même énervé et en prise avec cette bataille inélégante, Dallas était bien trop séduisant.

— Travail. Ça ne peut pas se reproduire.

Cela n'aurait pas dû se produire tout court, mais il était faible.

Il fallut moins de temps à Dallas pour enfiler son pantalon qu'il n'en avait fallu à Will pour le lui enlever. Il remit sa chemise en place, se passa une main dans les cheveux et lança un regard noir à Will.

— Je trouverais ça bien plus crédible si tu n'avais pas encore mon sperme sur toi.

Dallas sortit en trombe de la pièce en claquant la porte derrière lui, tandis que Will s'essuyait la bouche avec frénésie.

Bordel. Il avait effectivement manqué une goutte.

Will s'affala sur la chaise. Tout ce qu'il avait fait avec Dallas était mal et n'aurait pas dû se produire, et il espérait que le jeune homme passerait vite à autre chose. Il en avait marre d'être énervé, marre d'être submergé de travail, marre de marcher sur des œufs. Pourtant, il devrait le faire dès le lundi.

Dallas se rendit le plus vite possible aux toilettes et s'enferma dans des w.c.. Heureusement, comme il était encore tôt, les autres personnes ne venaient ici que pour satisfaire des besoins pressants. Entendre d'autres gens avoir des rapports sexuels aurait pu le tuer. Les larmes lui brûlaient les yeux. Il prit quelques feuilles de papier toilette.

Pourquoi continuait-il à s'infliger ça ? Ce n'était pas que Will. Toute sa vie n'était qu'une succession de batailles difficiles. Cependant, Will semblait toujours en valoir la peine. Peut-être. Ou peut-être que Dallas était juste trop têtu pour son propre bien. Se tuer au travail au point d'avoir fini à l'hôpital en était un bon exemple.

Il se redressa. Il ne savait pas encore pourquoi Will était devenu un tel bourreau de travail obsessionnel, lui qui n'avait jamais semblé l'être, mais il avait vraiment besoin de lui. Il avait besoin d'un connard aussi têtu que Dallas, sinon, il foncerait sur la même pente dangereuse que lui. Et si Will faiblissait, c'était toute l'entreprise de Stefan qui souffrirait. Dallas ne voulait pas que cela se produise. Si Will et lui parvenaient à transformer leur puissante attirance en un semblant de relation, ce serait merveilleux, mais Dallas avait failli oublier qu'il avait un autre objectif.

Il tira la chasse, sortit des w.c. et s'examina dans le miroir. Mis à part ses lèvres un peu gonflées et ses yeux légèrement rouges, rien chez lui ne révélait ce qui venait de se produire. Will avait d'ailleurs dû se raser juste avant la soirée, puisqu'il n'avait même pas laissé de rougeurs dues à sa barbe.

Dallas se trémoussa et ressentit une douleur dans son orifice, qui résonna jusqu'à sa fesse. Will l'avait agrippé assez fort. L'idée d'avoir des bleus pendant le sexe était un concept nouveau pour lui. Hugh n'avait jamais ressenti un désir aussi désespéré, passionné, ne s'était jamais abandonné totalement au désir. Dallas prenait conscience de tout ce qu'il avait raté avant Will. C'était Hugh qui insistait régulièrement pour que Dallas porte des préservatifs afin de ne pas faire de désordre et jamais il n'avait avalé son sperme. L'approche primitive et terre-à-terre du sexe de Will était si excitante que Dallas pouvait bien lui pardonner d'avoir quelques bleus.

Un sourire satisfait aux lèvres, il quitta les toilettes. Il devait encore fixer un rendez-vous avec Jaime, parce qu'au moins, il respectait ses engagements. Et si un petit côté diabolique chez lui se disait qu'une petite dose de jalousie ne ferait pas de mal à Will, qui pourrait lui en vouloir ?

La foule avait doublé dans la boîte depuis son arrivée ; la vente aux enchères avait été aussi populaire que Beck l'avait promis.

Il se fraya un chemin parmi les hommes, se rendant au bar, où il espérait apercevoir Jamie ou quelqu'un qu'il connaissait, ou au moins s'acheter une bouteille d'eau.

Appuyé nonchalamment contre le bar, Jaime buvait une boisson gazeuse rouge. D'après Dallas, si Jamie avait été le dragueur que Will lui avait dépeint, il serait déjà parti avec quelqu'un, vu comme les regards intéressés dans sa direction ne manquaient pas. Cependant, dès qu'il vit Dallas, il sourit et s'approcha de lui.

— Veux-tu boire quelque chose ?

Dallas l'entendait à peine par-dessus la musique, qui était bien plus forte, maintenant que les enchères étaient terminées. Le bureau dans lequel Will l'avait emmené devait être particulièrement bien insonorisé, parce que le volume de la musique le prenait de court, à présent.

— De l'eau, s'il te plaît.

Jaime attira l'attention du barman, et la minute suivante, il tendit à Dallas une bouteille d'eau froide. Il en but la moitié d'une traite ; le sexe, ça donnait soif.

— Qu'est-ce que tu bois ?

Il ne pensait pas que la boîte de nuit l'endroit propice pour faire connaissance, mais la question paraissait plutôt simple.

— Un soda à la cerise.

C'était inattendu. Il s'apprêtait à enchaîner sur une nouvelle question, quand Jaime se pencha près de son oreille.

— Que dirais-tu d'un dîner tardif ? Il y a un super petit *diner* au coin de la rue.

Il n'y avait rien de lubrique ni d'inquiétant dans la proposition de Jaime et l'idée de manger fit gronder l'estomac de Dallas. Il avait été trop nerveux pour dîner plus tôt dans la soirée et il avait, en outre, fait un peu plus d'exercice que prévu. De plus, ce serait bien de pouvoir mettre certaines choses au clair avec Jaime. Il ne se passerait rien entre eux. Même s'il le savait sans doute, étant donné la façon dont Raven avait orchestré les enchères de Jaime, mieux valait le dire franchement.

— Bien sûr. Je te suis là-bas.

Parce qu'il était hors de question qu'il aille quelque part sans sa voiture. Il manquait peut-être d'expérience, mais il n'était pas stupide. Il regarda derrière lui, sans toutefois apercevoir Will. Cela n'avait pas d'importance. Il aurait maintes occasions au travail de titiller la jalousie de Will, si c'était son meilleur plan de bataille. Bien décidé à ne plus penser à son patron avant le lundi, il suivit Jaime hors de la boîte.

Il envoya un SMS à Beck, par sécurité, et reçut… un tas d'émoticônes et de mots mal orthographiés, semblant indiquer que Beck avait bu et que Dallas devait prendre du bon temps. Il ferait de son mieux.

VIII

Dallas s'assura d'arriver tôt au travail le lundi matin. Entrer et s'installer avant l'arrivée de Will était moins stressant.

Il s'était déjà connecté et avait commencé à parcourir les messages reçus pendant le week-end, quand Kyle entra.

— Bonjour, Kyle.

— Tu es bien joyeux, ce matin. Tu as pris ton pied, ce week-end ?

Sans attendre de réponse, le stagiaire se rendit à son bureau. Ce qui était une bonne chose, puisque Dallas savait qu'il rougissait de manière révélatrice. Son dîner avec Jaime avait tourné court, puisque celui-ci avait été appelé par son travail, et il avait à présent fixé un double rendez-vous pour le week-end suivant avec Raven et Caleb. Cela ne l'avait pas empêché pour autant de décortiquer toute la journée du dimanche son incartade avec Will. Il avait essayé de s'épuiser dans la piscine de Stefan et Paul, mais tout ce qu'il avait gagné, c'était une sieste dans l'après-midi et plusieurs réveils nocturnes à cogiter, planifier et évaluer.

Il espérait avoir choisi la bonne façon de faire.

Quelques minutes plus tard, Will arriva. Il se figea dans l'embrasure, puis grogna une salutation.

Dallas croisa le regard de Kyle, qui fit la grimace. C'était légèrement mieux que la semaine précédente, cependant, Dallas en avait marre de cette allure d'escargot. Will était à deux doigts du burnout et tout ce travail à moitié terminé n'était qu'une bombe à retardement prête à détruire tout le site de Stefan. D'accord, Dallas n'avait pas les accès suffisants pour en être certain, mais il soupçonnait quand même Will de ne pas avoir trouvé le temps de réparer certaines failles de sécurité. Ni d'arranger de nombreux autres problèmes potentiels.

Une fois qu'ils furent tous plongés dans leur travail, Dallas se leva et s'approcha du bureau de Will. Il veilla à agir hors du champ de vision de Kyle pour masquer ses actions, pour le cas où le stagiaire se montrerait curieux.

— Will, j'ai besoin de plus de droits d'accès, pour pouvoir mettre ces serveurs en ligne.

Sa déclaration était peut-être totalement banale, mais sa caresse était loin d'être innocente. Il caressa le dos de Will comme le ferait un amant, pas un collègue de travail. L'informaticien se raidit et se redressa, comme pour essayer de s'écarter discrètement de la main de Dallas.

Celui-ci se pencha par-dessus son épaule, ses lèvres effleurant son oreille, tandis qu'il indiquait quelque chose sur l'écran de Will.

— Ce répertoire, là. Tu penses pouvoir m'y donner accès ?

Will ne put masquer son tremblement, cependant, il s'exprima d'une voix furieuse.

— Je vais y penser.

Comme Dallas ne voulait pas forcer sa chance, il retourna à son bureau en veillant à ne pas avoir l'air content de lui. Tout comme lui, il était clair que Will ne voulait pas que leur étreinte du samedi soit la dernière qu'ils partageraient.

Le reste de la matinée se déroula de la même manière. Chaque fois qu'il avait une question, il ne la posa pas depuis son bureau, mais s'approcha de celui de Will pour caresser ce dernier d'une manière ou d'une autre. À l'heure du déjeuner, son patron avait l'air un peu hagard, mais rien de bien différent de ce que ce bourreau de travail dégageait en temps normal, depuis que Dallas avait commencé à travailler ici.

Il avait tellement déstabilisé Will que celui-ci avait cédé et lui avait donné un peu plus d'accès au système qu'auparavant.

Mais dès l'instant où Kyle partit déjeuner, Will se leva brusquement et s'approcha de Dallas. Il tenta d'avoir l'air menaçant, mais son allure de surfeur et sa tenue décontractée ne suscitaient pas vraiment la terreur.

— Qu'est-ce que tu fais, putain ? Je t'ai dit que ça ne pouvait pas se reproduire.

Dallas se leva, ce qui força Will à reculer. Le fait qu'il dépassât son patron de quelques centimètres changea la dynamique de l'interaction.

— Et pourquoi pas ? Nous le voulons tous les deux.

— Non, pas tous les deux.

— Menteur.

Will rougit sous l'effet de la colère, mais son érection étirait déjà l'avant de son short.

— On ne peut pas faire ça.

Cette fois-ci, son ton suppliant surprit Dallas.

— Pourquoi pas ? répéta-t-il, d'un ton moins agressif.

— Je suis ton patron. Je suis plus vieux que toi. Ce serait profiter de toi, et pas de la bonne manière.

Dallas secoua la tête.

— Je sais que ce n'est pas une situation habituelle. Et je pense être le mieux placé pour dire si quelqu'un profite de moi ou non.

— Dallas, j'essaie de faire ce qu'il faut, là.

Chez *Savron Dynamics*, faire ce qu'il fallait signifiait n'avoir aucun contact. Il y avait bien trop d'autres facteurs en jeu. Mais ici et maintenant ? Faire ce qu'il fallait, c'était suivre ce que leur dictait leur cœur, Dallas en était certain. Restait à convaincre Will.

Il s'approcha de ce dernier qui, en un geste presque involontaire, aligna son corps au sien. Puis il grogna et recula.

— Nous sommes au travail. Je ne peux pas faire ça.

— Alors, reprenons chez toi après le boulot.

Le désir flamba dans les yeux de Will, mais pendant une éternité, seul le bourdonnement incessant des machines brisa le silence.

— Nous ne pouvons pas… Nous ne pouvons pas…

La déception qui menaçait de submerger Dallas était une mare visqueuse noire comme l'encre face à un nouveau rejet. Combien de fois pouvait-il faire des propositions avant de se transformer en harceleur ?

Will inspira profondément.

— Nous ne pouvons pas laisser quiconque au travail découvrir ce que nous faisons. Au travail, il ne doit y avoir que le travail.

Son soulagement fut presque aussi paralysant que l'avait été sa déception. Dallas ne souhaitait pas se cacher, mais ce n'était pas comme avec Hugh, et il se doutait qu'à terme, Will supporterait ces cachotteries aussi peu que lui. Mais cette escarmouche devrait attendre. Il était temps à présent de savourer sa victoire.

— D'accord. Personne ne le saura au travail.

Il se rapprocha pour attraper la tête de Will et le maintenir immobile pour pouvoir l'embrasser. Étonnamment, Will ne se raidit qu'une fraction de seconde avant de se soumettre au baiser avec bien plus d'enthousiasme que Dallas ne l'avait espéré.

Le baiser se fit plus frénétique et Will se serra contre lui, ce qui prouva une nouvelle fois qu'ils étaient aussi excités l'un que l'autre. Cependant, Dallas devait garder les idées claires. Il avait fait une promesse et ne voulait pas que Will ait le sentiment d'être traité avec sournoiserie. Enfin, avec *encore plus* de sournoiserie.

À contrecœur, il s'écarta. Will mit quelques instants à retrouver sa lucidité.

Avant que ce dernier ne puisse le réprimander, Dallas intervint :

— C'était la dernière fois. Juste pour marquer le coup.

Il adressa un sourire suffisant à Will, espérant masquer son inquiétude à l'idée que celui-ci s'énerve et change d'avis quant à ce qui se passerait après le travail.

Mais Will se lécha les lèvres.

— Exact. La dernière fois.

Y avait-il une pointe de regret ? Dallas l'espérait, en tout cas. Non pas qu'il s'attende à ce que Will et lui baisent comme des lapins pendant que Stefan les payait à travailler – c'était la description du poste des mannequins, ça, pas des leurs –, mais cela lui donna l'espoir qu'ils puissent bâtir quelque chose de réel. Quelque chose qui pourrait supporter les regards insistants de leur entourage.

— Je… Je vais aller déjeuner.

Will se tourna et quitta la pièce.

Dallas ne s'attendait pas vraiment à être invité à l'accompagner, mais cela aurait été agréable. Il haussa les épaules et se rassit. Il avait d'autres projets, consistant à empêcher Will de se tuer à la tâche, et c'était plus facile de s'y mettre quand celui-ci n'était pas assis tout sexy derrière son bureau, constituant une distraction perpétuelle dans sa vision périphérique.

WILL ÉTAIT allongé, la respiration haletante, à côté d'un Dallas tout aussi haletant et en sueur que lui, blotti contre son flanc. Il lui caressait paresseusement l'épaule en ayant du mal à croire qu'ils l'avaient refait. Et dans son lit, rien de moins.

Comme Dallas s'était comporté de façon tout à fait convenable tout l'après-midi, Will avait cru avoir imaginé le baiser et la promesse de se retrouver chez lui. Il avait été tenté d'utiliser certaines astuces sournoises de Dallas, juste pour tâter le terrain, mais il s'était dégonflé. Il ne faisait peut-être pas confiance au jeune homme, mais il admirait sa persévérance, entre autres choses.

Puis il y avait eu ce moment gênant après le départ de Kyle, où ils avaient échangé leurs numéros et où Will lui avait envoyé son adresse par texto.

En route pour chez lui, il avait réalisé qu'il ignorait si Dallas s'attendait à ce qu'ils mangent ensemble ou même si le jeune homme allait se pointer. Ne voulant pas avoir l'air bête, il avait commandé des pizzas en arrivant chez lui, assez pour deux, au cas où. Il avait aussi pris une douche rapide, toujours au cas où.

Après avoir mangé et mis la pizza supplémentaire au frigo, Will avait fait les cent pas, rongé par l'incertitude et le désir. Enfin, après une heure passée à regarder la télévision – il n'aurait pas su dire quel programme, en revanche, même si sa vie en avait dépendu –, Dallas s'était présenté à sa porte. Vêtu d'un jean et d'un tee-shirt, rien que ça. Il ignorait qu'il possédait des vêtements de la sorte.

Le sexe avait été explosif. Tout aussi phénoménal que les deux autres fois, même s'ils ne risquaient pas de se faire surprendre et qu'ils l'avaient fait dans un lit. Son désir pour Dallas ne faiblissait pas et la réciproque était vraie.

Il partit dans une somnolence post-orgasmique. Peut-être qu'ils pourraient remettre le couvert, lorsqu'il aurait repris un peu de force. Mais à peine avait-il eu cette pensée que Dallas s'écarta de son étreinte et rassembla ses vêtements.

— Où est-ce que tu vas ?

Le jeune homme lui sourit.

— Tu ne suggères quand même pas que nous passions la nuit ensemble ? Je n'ai pas de costume pour demain et cela pourrait soulever des questions.

Seigneur. Will s'était effectivement attendu à ce qu'ils passent la nuit ensemble, même s'il n'y avait pas de bonne raison pour le justifier. Ceci ne pouvait être que du sexe. Du sexe dont personne au travail ne devait entendre parler. Pas alors qu'il savait que ce n'était que temporaire. Il ne pouvait cependant nier comme il était agréable d'avoir Dallas contre lui et n'avait pas voulu renoncer à cette sensation.

Dallas s'habilla devant lui et Will admira son ventre plat et doux. Il avait posé sa bouche et ses mains sur tout le corps du jeune homme, notamment sur la ligne de poils menant de son nombril à son sexe. Dallas était magnifique de la tête au pied, presque sans défaut, et encore une fois, Will songea qu'il aurait pu être mannequin.

Puis il fronça les sourcils.

— Je croyais que tu venais de te faire opérer.

Putain. Il avait menti à Stefan pour s'attirer sa sympathie. C'était peut-être pour ça que Stefan ne voulait pas le virer. Will se redressa dans le lit.

— Oui.

— Il n'y a pas la moindre cicatrice sur ton corps. Je l'aurais vue.

Sa colère enfla, brûlante et fétide. Il détestait être en colère, apeuré, méfiant, ou toutes ces choses qu'il était depuis deux ans, mais il ne savait plus comment être autrement.

Dallas plissa les yeux.

— Depuis quand ne t'es-tu pas fait opérer ? Le Moyen Âge ? Il existe un truc appelé cœlioscopie ou laparoscopie, en chirurgie. Il suffit de cinq petits trous. Et les cicatrices sont bien présentes, si tu t'approches. Mais je suis jeune et je cicatrise vite.

Avait-il volontairement insisté sur le mot « jeune » ? C'était comme une claque en plein visage, même si Will la méritait. Il présumait tellement que Dallas ne pouvait être qu'un menteur, alors que finalement, il n'était qu'ambitieux. Peut-être froidement ambitieux, mais jamais il n'avait menti en face de Will. Pourtant, celui-ci semblait incapable de dépasser son sentiment de trahison. Il voulait faire confiance à Dallas, mais il n'osait pas. Parce qu'il avait vu sa vie confortable s'écrouler, la dernière fois. Il n'allait plus se laisser surprendre.

— Désolé. Je suis désolé.

Il n'avait pas l'air rongé par le remords, même à ses propres oreilles.

Dallas s'approcha, son tee-shirt à la main, et lui indiqua cinq petites lignes roses, à peine visibles.

— Tu me crois, maintenant ?

Avant que Will puisse répondre, le jeune homme avait quitté la pièce. Les draps s'entortillèrent autour des jambes de Will quand il tenta de le suivre, mais la porte d'entrée claqua avant qu'il réussisse à se dégager.

Eh bien, il savait que ce ne serait que temporaire. S'il avait fermé sa grande gueule, en revanche, cela aurait pu durer plus d'un jour.

Un regret amer lui brûla le nez et fit picoter ses yeux. Il devrait se foutre du départ de Dallas ou du fait que celui-ci ait été blessé. Bon sang, il ne savait même pas ce qui lui était arrivé pour qu'il ait besoin de se faire opérer et ne lui avait jamais demandé comment il se sentait, ce qui faisait de lui une petite merde.

Il tourna sur lui-même et enfonça le nez dans l'oreiller pour inhaler l'odeur de noix de coco et de citron que Dallas avait laissée derrière lui. Le jeune homme serait-il resté, s'il le lui avait demandé ? Serait-il resté si Will ne l'avait pas accusé de mensonge ?

SE RENDRE au travail le lendemain d'une soirée passée à coucher avec un employé fut étrange. Il se sentait plus reposé et détendu que jamais, mais il passa la journée à se demander si Dallas allait faire ou dire quelque chose qui indiquerait à tout le monde, ou au moins à Kyle, qu'ils s'étaient envoyés en l'air. Trois fois au cours des quatre derniers jours. Il n'avait pas connu autant de sexe depuis Noël. Noël de l'année précédente. Non par manque d'opportunité, mais par manque d'énergie. La nuit précédente, cependant, il avait dormi du sommeil du juste, complètement repus.

Dallas s'était comporté de manière tout à fait professionnelle toute la journée. Il s'était montré un peu froid, aussi. Will était même allé jusqu'à lui donner accès à davantage de parties du système, juste pour voir si cela allait le dérider un peu. Il en avait reçu un remerciement tout à fait formel, rien n'indiquant que Dallas se souvenait qu'ils s'étaient retrouvés nus et transpirants ensemble, rien n'indiquant qu'il voulait renouveler l'expérience.

Will était à présent de retour chez lui et ne savait pas à quoi s'en tenir. C'était idiot de sa part de s'en soucier et il ne pouvait évidemment pas poser la question à Dallas au travail. C'était lui qui avait édicté les règles et s'il devait les briser, il n'allait pas le faire devant Kyle.

Will sortit son téléphone, mais ne savait pas quoi envoyer. Que devait-il dire ? « Viens dîner » ? « Un nouveau round, ça te dit ? Parce que je suis un vieux cochon qui n'en a pas eu assez » ?

Avoir deux nuits de sexe consécutives semblait cupide, maintenant qu'il y réfléchissait. Ils ne s'étaient fait aucune promesse et Dallas n'était pas à sa disposition dès qu'il se sentait affamé. Or il n'aurait pas dû se sentir affamé, après les derniers jours qu'il avait passés, mais bizarrement, c'était pire qu'avant. Comme si son célibat l'avait obligé à une certaine amnésie lui faisant oublier combien s'envoyer en l'air était génial. Ou alors, c'était juste Dallas qui rendait le sexe spectaculaire.

Quand il entendit un coup brusque sur la porte, il chercha à attraper son téléphone et faillit le laisser tomber. Il le mit dans sa poche et ouvrit la porte sans regarder le judas.

Dallas apparut devant lui, dans toute sa gloire en costume. Will cligna des yeux à plusieurs reprises en se demandant s'il était en train d'halluciner.

142

— Est-ce que tu vas m'inviter à entrer ?

Dallas lui adressa le sourire suffisant qui lui avait manqué toute la journée et qui réchauffa Will de l'intérieur, comme un rayon de soleil après un orage.

— Viens.

Il allait lui demander s'il avait mangé, mais Dallas ne lui en laissa pas le temps, il l'embrassa comme s'ils avaient été séparés pendant des jours ou des semaines et non juste une heure.

Puis Will oublia toute idée de nourriture, trop absorbé par sa tâche consistant à débarrasser son amant de son costume guindé et de sa chemise collet monté.

UNE NOUVELLE fois, alors que Dallas gisait sans force à ses côtés, Will s'émerveilla. Le sexe avait encore été génial. Il ne voulait pas faire fuir Dallas à nouveau avec des paroles imprudentes, mais il ne voulait pas non plus que le silence s'éternise et devienne gênant.

— Je suis désolé pour… ce que j'ai dit hier concernant ton opération.

Jusqu'ici, tout allait bien. Dallas hocha la tête.

— Je… euh… J'aurais dû te demander. Que s'est-il passé ? Est-ce que c'était l'appendicite ?

Oh-oh. Dallas se raidit légèrement contre lui.

— Pourquoi ?

La légère trace de venin dans la voix de Dallas lui indiqua qu'il avait merdé la veille, encore plus qu'il ne l'avait cru.

Will les fit bouger jusqu'à ce qu'ils se retrouvent allongés sur le flanc, face à face.

— Je sais que je me suis très mal exprimé. Mais ne crois pas que je n'aie pas remarqué que tu es plus mince qu'avant. Je suis inquiet, c'est tout.

Will lui caressa une pommette, toujours bien plus saillante qu'autrefois, même si d'une manière moins choquante que le premier jour de Dallas à *Idyll Fling*. En outre, il avait fait un boulot merdique pour montrer son inquiétude. Il avait été bien trop énervé pour se comporter en être humain raisonnable et prévenant. Ses parents lui auraient sonné les cloches, s'ils l'avaient su.

Dallas se mordilla la lèvre.

— Un ulcère. Un ulcère perforé.

Will haussa les sourcils.

— N'es-tu pas un peu jeune pour avoir subi ce genre de stress ?

Dallas leva les yeux au ciel.

— Seigneur. Pour un informaticien, on dirait que tu n'as jamais entendu parler d'Internet. La plupart des ulcères ne sont pas causés par le stress, tu sais, mais par une bactérie. Le souci, c'est que j'ai ignoré le problème et fait des trucs qui l'ont empiré. J'avais des migraines. Des migraines de tension. J'ai fini par prendre trop d'anti-inflammatoires et je buvais bien trop de cafés aussi. Et j'ai camouflé le problème en avalant des antiacides.

Will ravala son exclamation. Il savait qu'il ne s'était pas trompé en pensant que Dallas buvait du café, le premier jour. C'était donc son opération qui expliquait toutes ces tisanes. Dallas ne devait sans doute plus avoir le droit de boire du café. Mais il vérifierait plus tard, car il ne voulait pas que le jeune homme fasse une sorte de rechute.

— Et donc, qu'est-ce qui t'a finalement décidé à te faire opérer ?

— Hum… Quand je me suis écroulé au travail à cause d'une anémie sévère.

Horrifié, Will s'exclama :

— Tu t'es vraiment évanoui au travail ?

Dallas baissa le regard sur sa propre main, qui caressait le bras de Will.

— Ouais. J'ai été assez stupide pour ne pas me soigner avant que mon état empire à ce point-là.

Il secoua la tête.

— Mais je vais bien, maintenant. Tu n'as pas à t'inquiéter.

Il se redressa et fit un petit sourire timide à Will.

— Je dois aller à la salle de bain.

Will retomba sur le dos. Arriverait-il à convaincre Dallas de retourner au lit ? Son ventre gargouilla. Quand le jeune homme ressortirait, Will lui proposerait de commander à manger. Quelque chose sans trop de graisse. Il avait bien remarqué que, outre la tisane, Dallas ne mangeait pas beaucoup de cochonneries ou de nourriture épicée. Il existait sans doute d'autres restrictions alimentaires depuis son opération.

Le jeune homme revint, mais au lieu de retourner au lit ou de s'habiller, il se dirigea vers l'étagère, près de la commode. Puis il attrapa un cadre.

— Tiens. C'est toi en kilt. Mais ce n'est pas le même que celui de la vente aux enchères. Où est-il ?

Will dut se concentrer sur les paroles de Dallas, car il était bien trop fasciné par son dos élancé et ses fesses rebondies.

— Celui-ci ? Oh, c'était lors d'une de mes dernières foires de la Renaissance, avant mon départ de Floride. J'ai quelques kilts différents pour ces foires.

Dallas eut un rire triste.

— Je me souviens t'avoir entendu parler de ces foires. J'avais juste pensé à des collants, tu vois. Et donc, tu y vas assez souvent pour avoir besoin de plusieurs kilts ?

Will fit de son mieux pour ne pas lui lancer un regard assassin. Ce n'était pas *entièrement* de la faute de Dallas si sa vie avait changé de manière aussi radicale et s'énerver à ce sujet n'allait pas l'aider à convaincre le jeune homme de retourner au lit.

— J'y travaillais. Je passais des auditions, allais à des répétitions puis, je jouais un vrai rôle pendant les week-ends où elle était montée. Quand j'étais plus jeune, j'en faisais beaucoup, plus ou moins éloignées de la maison, mais quand j'ai eu un copain et ce boulot chez *Savron Dynamics*, je n'ai plus eu beaucoup de temps.

Plus que maintenant quand même, cela dit.

— C'est vrai ? Alors tu en as rejoint une ici ?

Comme Dallas avait reposé la photo et qu'il effleurait du doigt les livres usés de la collection de Will, il ne vit pas ce dernier faire la grimace.

— Euh, non. Je n'ai pas eu le temps et j'ai déjà manqué les auditions pour cette année. Mais peut-être…

Il s'interrompit. Il n'allait pas proposer à Dallas d'aller assister à celle qui était la plus près d'ici et qu'il avait pensé rejoindre dès son emménagement dans le coin. Le sexe lui avait ramolli le cerveau, visiblement. C'était impensable que Dallas et lui soient encore en train de faire *ça* dans un mois. Bon sang, peut-être qu'ils ne se parleraient même plus d'ici là.

— Peut-être que quoi ? répéta le jeune homme en se tournant vers lui, l'avant encore plus distrayant que l'arrière de son corps.

— Euh.

Son estomac gronda à ce moment-là.

— Peut-être que tu aimerais rester dîner ? Je peux commander.

Une expression indéchiffrable apparut sur le visage de Dallas, qui secoua la tête.

— Non, je ne peux pas. Je dois y aller.

Avant que Will puisse trouver un argument cohérent pour s'y opposer, Dallas avait déjà enfilé le minimum de costume pour être décemment couvert, rassemblé ses affaires puis était parti avec un petit sourire triste.

Encore une fois, Will n'avait aucune idée de ce qui s'était passé et sur le plan rationnel, le départ de Dallas était la chose la plus intelligente à faire, mais cela ne changeait rien au fait que quelque chose semblait... clocher, dans cette histoire. Et il ne comprenait pas pourquoi.

IX

DALLAS SORTIT de voiture, heureux d'avoir revêtu une autre tenue pour sortir que le jean et le tee-shirt que Jaime lui avait conseillés. Apparemment, ils retrouvaient Raven et Caleb dans un restaurant décontracté, mais à en juger les différentes personnes qu'il voyait rejoindre le centre-ville d'Orlando en ce samedi soir, il ne se serait pas senti assez bien habillé en jean.

Il n'avait encore eu ni le temps ni l'énergie d'explorer sa nouvelle ville et ne s'était même jamais rendu en Floride auparavant, cependant, il avait été surpris de constater que le centre-ville d'Orlando était loin du parc d'attractions. Il n'y avait que la simple étendue de la ville et il avait été un peu stupéfait de découvrir combien il fallait conduire longtemps pour se rendre quelque part. C'était l'avantage de vivre avec son frère. Cela lui laisserait du temps pour découvrir quel serait le meilleur endroit pour trouver un appartement. Se connaissant, s'il l'avait fait à l'aveuglette, il aurait fini dans un appartement à une heure de route d'*Idyll Fling*. Il aurait présumé que le studio se trouvait près du centre-ville et il se serait lamentablement planté.

La nervosité, et l'extrême humidité le firent transpirer. Mieux valait qu'il aille dans ce bar à vin et découvre pourquoi Jaime voulait le rencontrer avant le dîner, histoire d'arrêter de se tracasser à ce sujet. Ils n'avaient pas vraiment eu l'occasion de parler lors du dîner qu'ils avaient pris après la vente aux enchères. Jaime avait été appelé pour se rendre plus tôt à son travail, alors il avait fait emballer la moitié de son dîner, payé l'addition et était parti. Mais le fait qu'il veuille le rencontrer avant le dîner indiquait qu'il y avait quelque chose en suspens depuis ce soir-là, tout comme les appels qu'il avait manqués ces derniers jours parce qu'il se trouvait nu dans le lit de Will.

Dès qu'il entra dans le local, Jaime lui fit signe. Il devait bien faire dix degrés de moins qu'à l'extérieur, peut-être même plus. S'il avait porté ses lunettes – ce qu'il ne faisait jamais en public –, elles se seraient embuées violemment. Au moins, cela aiderait à calmer sa transpiration.

Jaime ne pensait pas qu'il s'agissait d'un vrai rencard, si ? Ce serait flatteur, d'autant que Jaime était très séduisant, mais Dallas ne savait qu'une seule chose sur les rendez-vous et c'était qu'il ne voulait en avoir qu'avec Will.

Il s'assit en face de Jaime à une petite table noire. Celui-ci avait un énorme verre cloche posé devant lui, contenant un fond de vin rouge. À une époque, Hugh avait essayé « d'éduquer son palais », pensant qu'il réussirait là où le père de Dallas avait échoué. Mais le jeune homme ne s'était jamais intéressé aux propriétaires de vignobles snobs avec lesquels son père passait du temps et n'avait jamais pris goût au vin, quel qu'il soit. Ou à la bière, d'ailleurs.

Il appréciait, de temps en temps, un bon scotch single malt, mais c'était sans doute parce qu'aucun de ses amis, quand ils s'autorisaient à boire alors qu'ils étaient mineurs, n'avait eu accès à autre chose que les meilleures cuvées. Un garçon venait toujours avec un scotch de dix-huit ans d'âge en soirée, et la brûlure et la chaleur apportée par la boisson avaient toujours attiré Dallas plus que n'importe quel autre breuvage. Il aimait aussi les boissons aux fruits exotiques, de temps en temps.

Mais cela n'avait pas d'importance pour le moment. L'alcool n'était pas au programme, même si cela n'était pas éternel.

— Tu es superbe, le salua Jamie en souriant largement, avant de faire signe à une serveuse. Que veux-tu boire ?

— Euh…

Il jeta un coup d'œil désespéré à la serveuse. De l'eau, cela semblait étrange, mais qu'avaient-ils dans un bar à vin ?

— Auriez-vous quelque chose sans alcool ?

Heureusement, il ne devait pas être le seul à poser cette question, parce qu'elle se contenta de lui sourire.

— Nous avons des softs classiques, si vous le souhaitez, mais aussi un assortiment de jus de fruits pétillants.

Oh. Ce serait bien, ça.

— Qu'est-ce que vous avez ?

— Pêche, pomme, mûre, poire et raisin.

— À la pomme, s'il vous plaît.

Il découvrirait très vite si c'était trop acide pour lui, mais si cela ne l'était pas, il devrait réfléchir sérieusement où en acheter.

Une fois la serveuse partie, Jaime fronça les sourcils.

— Je suis désolé. Je n'avais pas compris que tu ne buvais pas du tout. Nous aurions pu nous retrouver ailleurs.

Dallas se tortilla, mais durant leur brève conversation au dîner, il avait découvert que Jaime était secouriste. Cela ne le gênait donc pas de parler de son aversion pour certains aliments ou certaines boissons, puisqu'il n'aurait pas besoin d'ajouter des explications supplémentaires.

— Ce n'est rien. Je viens juste de me faire opérer… d'un ulcère perforé.

Jaime écarquilla les yeux.

— Oh, merde, c'est naze, ça. Je n'aurais pas dû t'emmener au *diner* l'autre jour. Il n'y a que des trucs pleins de graisse là-bas.

— J'ai trouvé quelque chose, non ? Et le restaurant de ce soir, ça va ?

Jaime leva les yeux au ciel.

— Oh, ouais. Tu vas très bien t'entendre avec Raven. Il ne boit pas beaucoup et est obsédé par la nourriture saine. Tu peux être sûr à 90 % qu'il va trouver un restaurant bon pour toi.

Même si Jaime avait l'air exaspéré, il était clair qu'il prenait soin de lui-même.

— Raven ne boit pas, alors ?

Non pas qu'une brève rencontre permette de juger une personne, mais Dallas aurait supposé que Raven était un fêtard.

— Pas beaucoup, non.

Jaime sirota son vin et ferma les yeux pour le savourer.

— Il n'en parle pas beaucoup, mais ce n'est pas un secret non plus. Vu que tu travailles à *Idyll Fling*, je suis surpris que tu n'en aies pas déjà entendu parler. Raven avait une moto. Il s'est fait percuter par un chauffard ivre et sa guérison… a duré longtemps. Il est perturbé – et il a raison – quand les gens boivent alors qu'ils doivent conduire ensuite.

Dallas plissa les yeux. Étant secouriste, il était logique que Jaime sache qu'il ne fallait pas boire avant de conduire, mais…

— Et pourquoi es-tu ici, à te cacher pour boire du vin ?

Jaime rit, un rire profond qui creusa de petites rides aux coins de ses yeux. Il ferait le bonheur de quelqu'un, un jour.

— Je ne me cache pas, pas vraiment. Mais je ne conduis pas non plus ce soir. Je dormirai sur le canapé de Raven, qui est accessible à pied depuis ici, à moins que je…

Dallas ne le connaissait pas depuis longtemps, mais son vis-à-vis dégageait la confiance en lui, un sens inné de sa propre valeur. Rien que cette aura le rendait attirant, en plus du packaging latino sexy. Pour la première fois, cette confiance en lui sembla disparaître.

149

La suite devait être la raison de ce rendez-vous avant le dîner.

— Bon, je présume, d'après plusieurs petits indices, que ça ne va pas se transformer en vrai rencard, n'est-ce pas ?

Dallas soupira de soulagement.

— Euh, non. Non pas que je ne le voudrais pas, mais…

Jaime retrouva toute sa confiance en lui.

— Je ne suis pas bouleversé. Tu es séduisant et crois-moi, Raven va faire son possible pour nous caser ensemble, mais je pense plutôt qu'après le dîner, je vais aller en boîte pour trouver quelqu'un à lever. Raven espère toujours que je trouverai un homme pour une vraie histoire et il a sans doute raison en estimant que tu es ce genre d'homme aussi.

Une note étrange dans le ton de Jaime poussa Dallas à se demander si l'homme ne se mentait pas à lui-même en prétendant ne rien vouloir à long terme.

— Attends, Raven veut vraiment nous caser ensemble ?

Jaime haussa les épaules.

— Il va essayer. Il est atteint d'une forme aigüe d'« avoir un copain, c'est génial, tout le monde devrait en avoir un aussi ».

Dallas éclata de rire. Il en avait rencontré quelques-uns, atteints du même mal, mais aucun ne savait qu'il était gay, donc ils tentaient tous de le caser avec des filles. Inutile de dire que la plupart de ses anciens amis devaient le prendre pour un dragueur invétéré, tout comme Jaime.

— Enfin bref, je voulais juste être sûr que nous soyons sur la même longueur d'onde, histoire de présenter un front uni contre toute tentative sérieuse d'entremise.

— Ça marche pour moi.

Ils étaient clairement sur la même longueur d'onde, même s'il n'en aurait pas voulu à Raven de faire un peu d'entremise avec Will. Dallas ne semblait pas y arriver tout seul.

Soudain, Jaime posa les coudes sur la table, son menton sur ses poings et fixa intensément Dallas du regard, devenant tout à coup beaucoup plus maniéré.

— Bien, dis-moi pourquoi tu avais besoin que je te sauve des grands méchants hommes au *Club Gallo* la semaine dernière.

Il battit des cils, d'une manière qui aurait fait des envieuses chez les drag queens, faisant rire Dallas de nouveau.

— Honnêtement, je ne suis sorti qu'avec quelques hommes.

Trois, mais pas besoin d'entrer dans les détails.

— Et comme tu l'as déjà compris, l'idée d'avoir des coups d'un soir me met mal à l'aise. Je savais que le sexe n'était pas compris dans la vente aux enchères, mais j'étais inquiet à l'idée que certains s'y attendent quand même.

— Alors comme ça, les coups sans engagement te mettent mal à l'aise, pourtant, tu as décidé de faire ton baptême en travaillant dans un studio de films pornos ?

La serveuse arriva avec son jus de fruits pétillant, servi dans une élégante flûte à champagne. Dallas en sirota une gorgée, soulagé de l'interruption qui lui permit de réfléchir à ce qu'il pouvait répondre à Jaime. Beck et les autres mannequins étaient amusants et Dallas leur était reconnaissant de l'avoir invité pour différentes fêtes, mais il s'était senti immédiatement plus à l'aise avec Jaime, et même s'il pensait que les mannequins pouvaient devenir des amis, c'était avec le jeune homme qu'il voulait s'ouvrir. Peut-être qu'il pouvait devenir l'un de ces « meilleurs amis » spéciaux que Dallas n'avait jamais eus.

— Comment… euh… Connais-tu bien quelqu'un, au studio ?

Jaime arrêta avec le côté maniéré et s'adossa à sa chaise.

— Pas vraiment, non. Enfin, *Idyll Fling* fait des vidéos géniales et, je dois bien l'admettre, ça m'a fait un peu bizarre d'avoir vu des vidéos de Raven avant qu'il sorte avec mon cousin. Je sais que Raven se ficherait que je couche avec l'un des mannequins, mais beaucoup ont fait des films avec lui. Il s'avère donc que j'ai besoin d'un peu plus de distance pour être à l'aise avec tout ça. En plus, je suis trop vieux pour courir après des bébés stars du porno.

— Tu n'es pas vieux.

Il devait avoir l'âge de Will, or Dallas ne trouvait pas ce dernier trop vieux pour quoi que ce soit.

— Arg. Arrête d'être adorable ou je vais changer d'avis sur mon envie de t'attirer dans mon piège de l'amouuuuur. Mais pourquoi voulais-tu savoir si je connaissais bien les gens, au studio ?

Dallas avait seulement eu l'intention de raconter à Jaime brièvement que si Raven lui avait demandé de « l'acheter », c'était seulement pour pouvoir protéger le frère de son ami. Mais le barrage se rompit tout à coup, et après avoir laissé échapper quelques bribes d'informations, ce fut tout un déluge qui se déversa malgré lui de ses lèvres, il se mit à parler de son travail horrible chez *Savron Dynamics* après qu'on l'eut laissé seul pour maintenir l'unité de tout le service et l'effet que cela avait eu sur sa santé et sa relation. Il raconta même à Jaime qu'il avait couché avec Will. Celui-ci lui posa plusieurs questions pointues et pertinentes tout en évitant tout le côté lubrique et Dallas se dit qu'il n'avait pas dû être trop détestable ou ennuyeux.

À la fin, Jaime cligna juste des yeux à plusieurs reprises.

— Eh bien, gamin, pour commencer, tu es bien mieux sans ce Hugh. Je n'ai peut-être jamais eu de relation longue durée avant, mais si Caleb était sorti avec un connard pareil, je lui aurais parlé du pays. J'aurais aussi lâché toute la famille sur lui.

L'étendue et la férocité de la famille de Jaime avaient été parmi les rares choses que Dallas avait apprises lors de leur bref passage au *diner*, si bien qu'il connaissait la portée de ce commentaire.

— Je sais. Enfin, je sais maintenant qu'il n'a jamais vraiment tenu à moi. Je ne referai plus cette erreur.

— Et donc ? Je viens juste d'apprendre qu'il se passe quelque chose avec Will. Nous sortons parfois ensemble tous les quatre et je n'avais jamais encore reçu de regard assassin comme celui qu'il m'a adressé à la vente aux enchères.

Dallas pencha la tête.

— Tous les quatre ?

— Oh, c'est vrai. Tu sais que Raven et Will sont meilleurs potes, n'est-ce pas ? C'est pour ça que Raven a choisi de s'associer avec lui à *Tartan Candy*. Enfin, Will est un type bien, mais, quelle que soit la détermination de Raven à nous faire trouver l'amour de notre vie, reprit-il sur un ton empreint de dérision, ça n'arrivera pas. Pas avec Will et moi. Mais j'ai vu combien il était énervé contre moi. Je suis sûr qu'il ne voulait pas que je t'achète. Ou que j'aie un rendez-vous avec toi. Ou que je fasse quoi que ce soit avec toi.

Dallas aurait voulu haïr Raven et Caleb pour avoir simplement pensé que Will puisse être heureux avec un autre homme que lui. Le fait que ce soit un sentiment irrationnel, puisqu'ils ne savaient pas du tout qui il était, ne changeait rien à l'histoire. Mais en même temps, l'espoir s'éleva doucement et clairement de son cœur à l'idée que Jaime puisse avoir raison. Après tout, il avait vu quelques indices de la jalousie de Will, lui aussi.

Il choisit de se concentrer sur le positif.

— Tu penses qu'il pourrait être jaloux ?

— Oh, trésor. Il lutte contre, mais je pense qu'il l'a mauvaise. La bataille sera quand même rude pour toi, parce que ça fait trop longtemps

152

qu'il s'est retranché dans son petit monde étriqué, mon cœur. Mais si tu le veux, ne renonce pas.

Jaime connaissait sans doute Will mieux que Dallas, même si tous les deux n'avaient jamais voulu être un couple. Soudain, une pensée gênante lui vint à l'esprit.

— Euh… Vous deux, vous n'avez jamais… euh…

Il avait fait l'erreur de poser cette question pendant que Jaime buvait du vin. Le rire soudain de celui-ci le fit tousser et cracher quelques minutes.

— *Dios*, non ! Non pas que je n'aurais pas aimé tâter un peu le terrain, mais Will ne semble pas plus intéressé par le sexe sans engagement que toi. En plus, je pense qu'il me prend pour une incorrigible salope.

Ce fut au tour de Dallas de recracher sa boisson.

— Je suis sûr que non.

Will travaillait dans un studio de films pornos, après tout. Ce serait hypocrite de juger quelqu'un sous prétexte qu'il aurait eu trop de partenaires sexuels.

Jaime haussa les épaules.

— Eh bien, il ne l'a jamais dit comme ça, mais je pense quand même que c'est un bon résumé.

Leurs deux téléphones sonnèrent en même temps, et lorsque Dallas releva la tête, Jaime avait sur le visage la même expression qu'un gamin pris en faute.

— Je suppose que nous sommes en retard pour le dîner.

— Ouais, j'imagine.

Dallas tourna son téléphone vers Jaime pour qu'il puisse voir le SMS de Raven. Ils se levèrent et Jaime posa quelques billets sur la table, rejetant d'un geste de la main les efforts de Dallas pour payer sa part.

— Tu viens juste de me dire que tu recommençais tout à zéro. Alors ce soir, c'est pour moi.

Il ne savait pas trop quoi en penser, surtout dans la mesure où ce n'était pas un rencard.

— Mais j'ai un boulot, maintenant. Et Stefan paie vraiment bien pour ce que je fais.

— Garde ton argent, petit. Je n'ai pas souvent l'occasion d'inviter un petit jeune à dîner.

Jaime le serra brièvement contre lui de manière totalement platonique et Dallas se laissa faire. Ni ses parents ni ses amis n'étaient adeptes de câlins, et cela avait manqué à Dallas toute sa vie. C'était l'une des choses les plus

153

difficiles à accepter pour lui, quand il avait commencé à sortir avec Hugh. Il avait cru qu'avoir un copain signifiait recevoir un tas de démonstrations d'affection, même s'ils ne sortaient jamais ensemble en public, mais Hugh n'avait pas été plus démonstratif que ses autres connaissances. Dallas pourrait donc s'habituer sans peine aux câlins de Jaime.

Pendant le dîner, Dallas entretint la conversation avec ses trois aînés comme s'il les avait connus toute sa vie. Ce fut sans prétention, sans prendre de grands airs ni faire de jugements mesquins. Raven et Caleb ne firent pas de grandes démonstrations d'affection en public, mais ils s'embrassèrent brièvement, se tinrent la main, eurent de gentilles attentions pour l'autre qui prouvèrent que non seulement ils sortaient ensemble, mais, en plus, qu'ils étaient amoureux.

Si Dallas n'avait pas vu de brefs moments d'envie sur le visage de Jaime, il aurait pu croire que Will avait raison en le cataloguant dans les dragueurs, bien qu'il ait pris soin de Dallas et se soit héroïquement retenu d'essayer de le mettre dans son lit. Cependant, à la fin de la soirée, Dallas était convaincu que Jaime voulait ce qu'avait son cousin. Pas Raven précisément, mais leur relation, et mentalement, il acclama Raven pour ses tentatives de trouver quelqu'un à Jaime. Tôt ou tard, il aurait le déclic avec un homme.

C'était sans doute le meilleur samedi soir de sa vie. S'il pouvait avoir, en prime, la garantie que Will et lui finiraient ensemble, alors la soirée aurait été parfaite.

WILL SE glissa furtivement dans l'entreprise le lundi matin, tout aussi déprimé qu'énervé. Après cinq soirs à avoir Dallas nu dans son lit, tout le week-end s'était écoulé sans nouvelles du jeune homme et sans le voir apparaître non plus. Dallas n'était jamais resté dîner ou pour la nuit, et quand le vendredi soir était arrivé, Will avait commencé à se sentir un peu… utilisé. Ce qu'ils partageaient au lit ne lui semblait pas être juste temporaire, pourtant, quand Dallas sortait du lit et partait alors même que le sperme refroidissait tout juste sur les draps, cela ne convenait pas à Will. Cependant, il ne savait pas quoi faire à ce sujet. Toute conversation ressemblerait bien trop à une discussion de type « Où nous mène cette relation, au juste ? ». Ce serait idiot même d'aborder le sujet. Puisque leur « relation » ne menait nulle part, il devait juste prendre sur lui et faire avec.

Mais peut-être était-il gourmand. Ou complaisant. Parce qu'il s'était attendu à voir Dallas le samedi. Ou le dimanche, au moins. Il avait fait ses différentes courses à toute allure pour passer le maximum de temps chez lui, mais rien. Pas de texto, pas d'e-mail, pas d'appel, pas de visite.

Plus gênant encore, il avait envoyé un SMS sans importance à Raven, juste pour vérifier que son portable fonctionnait bien. Il avait même programmé le déroulé de la journée. Dallas n'était jamais resté assez longtemps le soir pour que Will apprenne trop de détails personnels sur lui, mais il avait quand même laissé échapper un jour qu'il jouait lui aussi à *Dragon's Ruin*. Bien sûr, du sexe aurait été génial, mais Will avait espéré pouvoir convaincre Dallas de jouer à *Dragon's Ruin* avec lui. Tous les deux dans la même pièce, leurs ordinateurs en réseau tandis qu'ils joueraient ensemble au même jeu était sans doute l'une des choses les plus geek que Will voulait faire et il avait été impatient de s'y mettre.

Du sexe, des jeux vidéo et de la nourriture. Il était peut-être trop vieux pour désirer toutes ces choses, mais il les voulait quand même, bon sang. Il n'avait également jamais été aussi déterminé à convaincre un homme de manger avec lui, et que Dallas l'évite lui donnait encore plus envie de le faire. S'énerver contre Dallas parce qu'il gardait ses distances exactement comme Will avait dit le vouloir était pathétique, voire stupide.

Alors que les heures passaient et qu'une déception injustifiée s'emparait de lui, il avait même envisagé d'envoyer un message à Dallas, juste pour s'assurer qu'il allait bien. Puis il s'était souvenu qu'ils n'avaient pas ce genre de relation et qu'il n'avait aucun droit de lui demander où il se trouvait. Pour ce qu'il en savait, Dallas en avait peut-être fini avec lui, après ces cinq soirées magnifiques dans son lit.

Il ouvrit lentement la porte de la salle des serveurs, s'attendant presque à ce que la chaise de Dallas soit vide, mais il se trompait. Dallas, vêtu de l'un de ses fichus costumes sexy et de ses exaspérantes cravates à motifs, était penché sur son clavier, concentré sur quelque chose.

Cet homme était beau. Trop beau pour être vrai. Cela n'empêcha pas pour autant Will de s'appuyer contre la porte, juste pour s'abreuver du spectacle. Dallas ne semblait pas avoir été malade ; à vrai dire, il redevenait même de plus en plus comme l'ancien lui. Ce qui voulait dire qu'il avait volontairement évité Will tout le week-end.

D'accord, celui-ci aurait pu envoyer des messages ou appeler, mais la seule manière de se justifier vaguement à lui-même qu'il couchait avec

Dallas, c'était de ne jamais rien entreprendre. Même là, il savait que son éthique était sur le point de se rompre.

Dallas releva la tête et sourit.

— Bonjour, Will.

L'intéressé fit la grimace en réponse et s'approcha à pas lourds de son bureau. Comment allait-il pouvoir travailler avec cette incertitude pesant sur lui, à savoir si Dallas en avait ou non fini avec lui ? Il ne pouvait en tout cas pas lui poser la question, pas avec Kyle assis juste là. Ni même briser cette putain de règle établie par lui-même exigeant de ne pas mélanger affaires personnelles et travail.

L'heure suivante fut totalement improductive parce qu'il ne cessa de ruminer sur la signification du sourire de Dallas et de se demander où le jeune homme avait été tout le week-end. Dans l'intervalle, il chercha une raison pour faire sortir Kyle de la pièce, mais rien ne se présenta, avant que le courrier arrive. Parmi ces enveloppes infernales se trouvait une facture destinée à terme à Joanie.

Il fallait qu'il sache. Il fallait qu'il pose la question. Ne pas savoir le rongeait.

Puisque ses dossiers étaient à jour, grâce à Dallas, Will put entrer l'information nécessaire dans sa propre banque de données avant d'appeler Kyle.

— Emmène ça à Joanie, tu veux ?

Il n'avait pas pu s'empêcher d'être sec, mais bon, Kyle ne le connaissait que comme ça.

— Pas de problème.

Si Will avait bien cerné Kyle, celui-ci allait faire un tour dans le studio pour voir s'il y avait un tournage quelque part – il n'y en avait pas – puis il s'arrêterait dans la grande salle de pause pour se faire un latte. Ce qui lui laissait au moins dix minutes seul avec Dallas.

Il fit pivoter sa chaise, ce qui suffit à attirer l'attention de celui-ci, qui l'observa, dans l'expectative.

Will en eut la bouche sèche et les mots restèrent coincés dans sa gorge. Quel mal avait-il commis dans une vie antérieure pour mériter cette récompense karmique ?

Il prit la bouteille d'eau sur son bureau et but quelques gorgées, ce qui fut aussi utile que d'essayer d'irriguer le Sahara.

— Je ne t'ai pas vu, ce week-end.

— Non, c'est vrai.

La voix de Dallas était totalement dépourvue d'inflexion et il ne put rien interpréter de ses paroles, pas plus que de ses actions.

Le silence s'éternisa, étouffant et pesant.

— Pourquoi ?

Il ne se reconnaissait plus.

S'il ne l'avait pas regardé aussi intensément, il aurait manqué l'étincelle de colère sur le visage de Dallas, avant que celui-ci reprenne son expression agréable, presque neutre, celle qu'il arborait depuis qu'ils avaient fait leur arrangement la semaine précédente.

— Les week-ends sont réservés aux familles. Aux copains. Aux rencards.

Chaque mot fut comme un coup de poignard en lui, même s'ils n'avaient pas été prononcés avec méchanceté.

— Alors, tu as eu un rencard ?

— Oui. J'en devais toujours un à Jaime depuis la vente aux enchères.

— Jaime ?

Le sang battit à ses tempes.

— Je te l'ai dit, il ne s'intéresse qu'au cul.

Il avait terriblement envie de demander à Jaime s'il avait obtenu ce qu'il voulait de Dallas.

Le jeune homme haussa les épaules.

— Je pense que tu te trompes à ce sujet.

Will le fixa, incapable de respirer, parce que l'air semblait soudain avoir totalement disparu de la pièce. Dallas ne pensait quand même pas que Jaime était du bois dont on faisait les compagnons, si ? Parce que s'il le croyait, il serait blessé quand le secouriste passerait à sa conquête suivante.

Les mains tremblantes, Will prit son portable et courut ni plus ni moins jusqu'au parking.

Le long du bâtiment se trouvaient une bande de gazon et des palmiers plantés à intervalles réguliers pour fournir un peu d'ombre. Là, au moins, il pouvait faire les cent pas comme il le voulait sans que personne ne puisse le voir.

Dès qu'il se fut calmé suffisamment pour ne plus vouloir frapper quelqu'un – Jaime, par exemple –, il chercha le numéro de Raven dans sa liste de contacts.

Est-ce que tu savais que Jaime avait eu ce rencard ridicule avec Dallas ?

Il n'avait pas prononcé le prénom de Dallas devant Raven, mais son ami devait savoir que c'était de lui que Will s'était plaint, puisque la présentation de Dallas à la vente aux enchères avait mentionné son métier et son lieu de travail.

Secoué, il fit les cent pas encore plus vite et son tee-shirt commença à lui coller à la peau, alors que la chaleur et l'humidité de la journée commençaient à se faire sentir. Tous les deux ou trois mètres, il vérifiait son téléphone, attendant avec impatience la réponse de Raven.

Bien sûr que oui, puisqu'ils ont fait un double rencard avec Caleb et moi.

Quoi ? Will serra si fort son téléphone que ses articulations blanchirent.

Comment as-tu pu laisser faire ça ? Tu sais comment est Jaime.

Dallas allait souffrir. Et Jaime était trop vieux pour lui, de toute façon. Il évita résolument de penser à la minuscule différence d'âge entre Jaime et lui-même.

Tu sembles t'intéresser beaucoup à la vie personnelle d'un employé que tu prétends pourtant détester.

Cette fois-ci, Will frappa le tronc du palmier le plus proche. Juste une fois, en revanche, parce que le tronc rugueux lui râpa la main.

Raven ne savait pas que Dallas n'était pas qu'un employé. Il ne savait pas non plus que Will avait eu plus souvent cette semaine sa queue enfoncée en Dallas, dans son cul ou dans sa bouche, qu'il n'avait eu de petit-déjeuner chaud. En d'autres termes, Raven ignorait combien il était perturbé. Il n'avait jamais pensé en parler à son meilleur ami. Celui-ci n'était jamais sorti avec personne avant Caleb. Comment pourrait-il aider Will à se sortir de la situation ridiculement compliquée dans laquelle il s'était embourbé ?

Raven semblait avoir opté pour caser Dallas et Jaime ensemble. Puisque le déclic ne s'était jamais produit entre Will et Jaime, Raven avait gaiement reporté son intérêt sur le prochain homme éligible. Mais aucun homme n'allait bien avec Dallas, de l'avis de Will. Plus dérangeant encore, c'était qu'il ne voulait pas que le jeune homme soit blessé. Normalement, il devrait se réjouir du sexe partagé et ne pas s'impliquer émotionnellement. Il devrait toujours haïr Dallas, mais ce n'était plus le cas, et il en voulait presque à ce dernier d'être tellement charmant que Will en oubliait d'être suspicieux.

Il parcourut le parking de long en large quelques fois supplémentaires, jusqu'à ce que la chaleur le pousse à retourner à l'intérieur. Il ne lui restait plus qu'à se comporter en adulte. S'il ne sortait pas de ses gonds et n'évitait pas Dallas, il pourrait peut-être servir à rappeler à ce dernier qu'il existait de meilleures options que Jaime.

DEUX SEMAINES plus tôt, le même jour, Will avait goûté au sexe de Dallas pour la première fois et il ne put s'empêcher de penser à l'endroit où il s'était tenu. Les quatorze jours qui s'étaient écoulés depuis avaient suffi à Dallas pour le briser. Will n'était qu'une épave et c'était entièrement la faute du jeune homme.

Les deux dernières semaines avaient été… principalement étranges, mais bien, dans l'ensemble. Tous les soirs de la semaine, après le travail, Dallas venait chez lui à un moment ou à un autre. Le sexe était spectaculaire. Meilleur que tout ce que Will avait connu. Cependant, il s'était attendu à ce que la réalité eût effacé toute la magie du fantasme, depuis le temps. Mais cela ne s'était pas produit. Il ne pouvait s'empêcher de penser à Dallas.

Il ne pouvait même pas mettre ça sur le dos de la tension sexuelle ou d'un désir inassouvi. Il avait eu plus de relations sexuelles avec Dallas au cours de la semaine écoulée que depuis son arrivée en Floride. Pourtant, même s'il avait eu Dallas de nombreuses fois dans son lit, le désir de le toucher rampait sous sa peau, l'irritant comme des piqûres d'insectes. Ce qui lui manquait, c'était la possibilité de toucher Dallas avec affection, et pas seulement comme prélude au sexe. Il n'avait pas l'habitude de traiter ses partenaires aussi froidement quand ils n'étaient pas au lit. De nature, il aimait câliner et toucher. Ses parents s'étaient connus pendant leur période hippie. Même après avoir compris que l'amour ne suffirait pas à mettre de la nourriture dans leurs assiettes, ils avaient cherché des boulots nécessitant beaucoup d'empathie. Sa mère était avocate auprès des patients de l'hôpital et son père psychologue spécialiste du deuil. Avec eux, Will avait grandi entouré d'amour et de câlins. En temps normal, il était un homme heureux, cool et amical. Être soupçonneux, énervé, solitaire et instable ne lui ressemblait pas du tout, mais il s'était fait prendre dans cette spirale et ne savait pas comment en sortir. Peut-être parce qu'il n'arrivait pas à croire que Dallas n'avait aucune intention cachée.

Et pourtant, quand il ne fixait pas Dallas comme un adolescent énamouré, son regard tombait toujours sur le coin du bureau où il s'était agenouillé devant le jeune homme pour le sucer. La prochaine étape serait de graver leurs initiales dans un cœur ou toute chose tout aussi stupide.

C'était Will lui-même qui avait fixé la règle selon laquelle personne ne devait l'apprendre au travail. Donc Dallas ne pouvait pas se faufiler discrètement jusqu'à lui pour le caresser, comme il l'avait fait en début de semaine précédente, et il ne lui restait plus qu'à rêvasser de ces gestes agréables. Chaque jour, il avait de plus en plus envie de lui caresser le dos ou de lui ébouriffer les cheveux, des gestes innocents comparés à ceux bien plus explicites qui le maintenaient excité toute la journée ou presque.

Savoir qu'ils *l'avaient* fait au travail n'avait pas atténué pour autant son désir d'allonger son amant sur son bureau pour lui faire un anulingus jusqu'à ce qu'il se mette à crier ou de le prendre jusqu'à ce qu'il gicle sur toute la surface du bureau que Will pouvait maintenant voir, grâce à Dallas. Avoir des relations sexuelles tous les jours n'avait pas le moins du monde atténué ce désir. Cela l'avait même empiré. Se retenir d'agir comme il le ferait avec n'importe quel autre partenaire sexuel et comme il l'aimait, et se retenir de le faire malgré lui-même, ne faisait qu'empirer son obsession.

Autre chose qui l'agaçait, c'était le refus catégorique de Dallas de manger avec lui. D'accord, il n'avait jamais invité Dallas à déjeuner avec lui. Il n'avait jamais invité Kyle non plus, alors changer ce comportement pour Dallas ne ferait que faire apparaître des spéculations et des ragots, il en était sûr. Kyle passait plus de temps avec les mannequins que dans la salle des serveurs et ces gars-là cancanaient bien plus que des petites vieilles à la messe. C'était bon enfant, en général, mais passer du temps là-bas, c'était comme un soap opera en direct.

Dallas n'avait aucune bonne raison de refuser quand Will lui proposait de commander à manger avant ou après le sexe. Pour être honnête, Will commençait à se sentir un peu utilisé. Comme s'il ne valait pas mieux qu'un sexe, présent sur cette Terre pour satisfaire les lubies sexuelles de Dallas. Will avait été clair sur le fait qu'il voulait qu'ils gardent le secret et Dallas le prenait au mot. À la lettre, même.

Will fronça les sourcils. En temps normal, il ne fallait pas aussi longtemps à Dallas pour préparer sa tisane et la salle des serveurs commençait à lui paraître un peu vide. Rien n'empêchait Will de se rendre dans la grande salle de pause pour se faire un café. Ce ne serait pas la première fois, depuis deux semaines, qu'il déciderait nonchalamment d'aller se faire un café à peu près à l'heure où Dallas se faisait sa tisane. Il était un expert maintenant de cette machine à café sophistiquée.

Le bruit se fit plus fort à mesure qu'il s'approchait et bientôt, il put distinguer plusieurs voix d'hommes. Il n'avait pas réalisé qu'il y avait un tournage aujourd'hui, bien qu'il aurait dû. Il était au courant des plannings de tournage, normalement, mais celui-ci lui avait échappé.

Voilà qui devait expliquer l'absence prolongée de Dallas. Il entra dans la cuisine dans l'intention de se faire son latte avant de déambuler dans le bâtiment pour trouver Dallas, mais il n'eut pas besoin d'aller bien loin. Il s'arrêta brusquement en voyant un groupe de mannequins, nus pour la plupart, groupés autour d'un Dallas très élégant dans son costume. Beck, qui était encore plus un dragueur invétéré que Jaime, lui avait passé un bras autour du cou pendant que le jeune homme buvait sa tasse. Comme Beck devait s'étirer un peu pour compenser la différence de taille, son putain de pénis nu, encadré par une paire de jarretelles en dentelle, effleurait le bord de la veste de costume de Dallas.

Il devrait se frayer un chemin parmi les fesses nues pour accéder à la machine à café, mais il avait perdu tout intérêt pour le café. Peu importe combien il le réussirait, il savait qu'il n'aurait qu'un goût de cendres dans sa bouche.

Sa colère monta comme la bile dans sa gorge et il dut se forcer à la ravaler. Il ne voulait pas que les mannequins déblatèrent sur Dallas et lui. C'était déjà un miracle qu'aucun d'eux n'ait rien remarqué au *Club Gallo*.

Quand Beck embrassa Dallas sur la joue, ce fut comme un coup de poignard dans le ventre. Il tourna les talons et retourna à grandes enjambées furieuses dans la salle des serveurs. Une fois à son bureau, il tapota les doigts, les yeux rivés sur son écran d'ordinateur pour essayer d'effacer l'image du blond Beck à côté de Dallas. Beck était plus proche de Dallas en âge que Will. Et séduisant.

Un nouveau week-end se profilait à l'horizon, aussi solitaire que le précédent. Un week-end passé à tourner en rond dans son appartement, en espérant que Dallas prendrait pitié de lui et viendrait. En sachant que Dallas avait des rendez-vous. Avec des hommes qu'il pensait du bois dont on faisait les compagnons. Il était le plus gros hypocrite de la planète, pourtant, il aurait voulu que Dallas l'inclue dans ce groupe très fermé.

Et il voulait aussi étrangler Beck pour avoir touché Dallas.

Avant qu'il ait réussi à reprendre le contrôle de ses émotions incohérentes, Dallas revint.

— Stefan ne te paie pas pour peloter les stars du porno.

Oh putain de merde. Will n'avait pas voulu que les choses méchantes qu'il avait dans le cœur franchissent ses lèvres et il regretta ses paroles avant même que Dallas plisse les yeux sous l'effet de la colère et de la douleur.

— Non, il me paie pour être administrateur système. Mais à cause de toi, j'ai trop de temps libre, vu que tu me traites à peine mieux qu'un simple stagiaire.

Aïe. Ce coup-là le blessa profondément. Will se leva.

— Je… Je…

Une part de lui était prête à faire dégénérer la dispute, mais une autre avait peur. L'un des chemins mènerait à un nouveau terrain en friche aride, sans sexe, sans Dallas, et peu importait combien c'était peu judicieux, Will avait son amant dans la peau et n'était pas prêt à déclencher la bombe nucléaire qui l'en ferait sortir.

Dallas marcha droit vers lui, posa brusquement sa tasse vide sur le bureau de Will et enfonça son doigt dans son torse.

— Tu te fiches royalement du temps que Kyle passe avec les garçons. C'est deux poids, deux mesures ?

Oui, c'était clairement deux poids, deux mesures. Parce qu'il n'avait aucune envie d'emballer Kyle dans une bulle pour garder les autres hommes et leurs pénis très dénudés et surdimensionnés à distance.

Il serra les dents pour s'empêcher de prononcer ces mots-là. Cependant, reconnaître qu'il y avait deux poids, deux mesures à ses propres yeux fut une révélation pour lui. S'il voulait vraiment que Dallas envisage de sortir avec lui un jour, il devait montrer plus de considération pour lui que pour un coup d'un soir trouvé sur *Grindr* ou qu'un prostitué. Le fait que Dallas ait refusé de rester chez lui pour autre chose que du sexe devait être une tentative de sa part de faire admettre ça à Will, mais celui-ci avait apparemment perdu l'esprit et avait du mal à le retrouver. Et il ferait mieux de se dépêcher à se sortir la tête du cul pour le faire.

Il inspira profondément et l'odeur de Dallas eut le même effet que d'habitude : elle éveilla son membre.

— Je suis désolé. Je n'aurais pas dû dire ça. Je crois que je n'arrive pas à comprendre… pourquoi tu passes du temps avec moi plutôt qu'avec des jeunes de ton âge.

Le visage du jeune homme perdit une partie de sa dureté.

— Merci.

Ils étaient si proches que son souffle parfumé à la tisane percuta le visage de Will.

— Mais je travaille ici depuis assez longtemps pour savoir que même si Beck est le plus proche de moi en âge, il reste plutôt immature.

Javier, en revanche, n'a que dix-neuf ans, mais est sans doute plus mature mentalement que nous deux réunis.

Will frémit. Javier avait traversé beaucoup de choses et Dallas avait raison. On apercevait une vieille âme désabusée dans le regard adolescent du gamin. Mais bon ni Beck ni ce dernier n'avaient de rapport avec ce qu'il voulait dire.

Son pouls s'accéléra et ses paumes devinrent moites. S'excuser, aussi difficile que ce fût, avait été la partie la plus facile de la conversation.

— Tu as dit l'autre jour que tu n'étais jamais allé en Floride.

Ce qui était une tragédie, de l'avis de Will. Quel parent n'emmènerait pas son enfant à Orlando pour voir Disneyworld au moins une fois, s'il pouvait se le permettre ? Les parents de Dallas auraient pu se permettre d'y séjourner deux fois par an, s'ils l'avaient voulu.

Perplexe, Dallas fronça les sourcils, mais hocha la tête.

— Est-ce que ça te dirait d'aller dans un parc d'attractions avec moi, demain ?

Cela lui valut l'un des sourires que Will qualifiait de « sourire de Dallas pas en service », un sourire chaleureux et suffisamment lumineux pour rivaliser avec le célèbre soleil de Floride.

— J'adorerais.

Puis il s'approcha de Will et lui administra le genre de baisers torrides normalement réservés aux moments où la porte de la maison de Will se refermait derrière le jeune homme.

Toute pensée envolée, Will se soumit à la bouche de Dallas et le laissa l'embraser.

Ils se perdirent dans ce baiser une éternité et commencèrent à se frotter l'un à l'autre, désespérés de toucher leur peau. Dallas recula, les pupilles dilatées, les lèvres gonflées.

— Will. Je pense que nous devrions arrêter.

Ces mots n'avaient pas de sens.

— Pourquoi ?

Dallas esquissa un petit sourire.

— Parce que nous sommes au travail. Je n'aurais pas dû t'embrasser.

— Je crois que si on sort ensemble, on peut continuer à s'embrasser. Personne ne peut ouvrir la porte. Personne ne le saura.

Il n'aima pas entendre ses propres mots, parce qu'il voulait que les gens le sachent. Ne pas se cacher était le seul moyen de revendiquer Dallas comme sien et pourtant, ne pas se cacher pourrait le faire virer. Sa flexibilité morale semblait inversement proportionnelle à la raideur de sa verge.

— Tu aimes vivre dangereusement.

Heureusement, Dallas n'avait pas l'air blessé.

— Coucher au travail.

Les pupilles du jeune homme se dilatèrent davantage et Will sut qu'il ne pourrait s'arrêter aux simples baisers. Il manœuvra son amant pour le faire asseoir sur le bureau. Puis il s'assit lui-même dans son siège et libéra rapidement le sexe de Dallas, déjà dur pour lui.

Comme son propre membre étouffait dans son pantalon, il l'en sortit tout en posant les lèvres sur le doux sommet de l'érection de Dallas. Ils gémirent de concert. Dallas inclina un peu les hanches, enfonçant son sexe un peu plus loin.

Bon sang. Cela faisait moins de vingt-quatre heures qu'il avait pilonné le jeune homme jusqu'à l'inconscience, et pourtant, il était déjà prêt à exploser juste en sentant son goût et le poids de sa hampe dans sa bouche.

Dallas prit gentiment sa tête en coupe pour guider ses mouvements.

— Tu te souviens de ce que tu m'as dit après la vente aux enchères ?

Il leva les yeux. Outre l'excitation évidente, il y avait aussi de la tendresse dans le regard de Dallas. Comme il ne sortit pas sa verge de la bouche de Will, celui-ci présuma qu'il n'était pas censé répondre.

— Si tu peux tenir, je te sucerai après.

Will geignit. Lutter contre son orgasme alors que Dallas giclerait dans sa gorge serait quasiment impossible, mais il allait essayer. Il agrippa les accoudoirs de son fauteuil le plus fort possible pour tenter de garder ses mains éloignées de son sexe exposé.

Ses gémissements accroissaient les sensations de Dallas, à en juger la pression de plus en plus forte sur sa tête. Il se laissa faire, parce qu'il voulait engloutir Dallas. Ils s'immobilisèrent quand Will put enfoncer le nez dans la toison pubienne du jeune homme et à l'aide de sa langue, il massa son sexe de son mieux.

Quelques poussées plus tard, Dallas grogna et se déchargea. Will avala frénétiquement tandis que son membre tressautait. Il était à deux doigts de jouir sans même s'être touché et peinait à repousser l'explosion.

Il recula, les muscles tremblants. Dallas lui adressa un sourire obscène avant de se glisser au sol sous le bureau de Will, entre ses jambes.

Oh Seigneur. Il n'avait jamais eu de fantasme de bureau avant l'arrivée de Dallas chez *Savron Dynamics*, cependant, l'image du jeune homme installé sous son bureau pour le sucer était rapidement devenue l'un de ses fantasmes de masturbation préférés.

Il geignit doucement, son sexe tendu vers la bouche de son amant. Du liquide pré-séminal avait laissé une trace de la base au gland et son membre était rouge foncé. Dallas en lécha le bout avant d'ouvrir la bouche et de l'attirer à l'intérieur en un puissant mouvement de succion.

Personne ne pourrait résister en voyant les lèvres parfaites de Dallas autour de sa queue, ajoutées à la chaleur humide et à la forte succion. Will balança les hanches en avant et se répandit dans la bouche de Dallas, sans bouger, le cœur battant à tout rompre.

Lorsqu'il eut retrouvé le contrôle de ses membres, il plongea la main dans les doux cheveux sombres du jeune homme et le fit se relever. Dallas fit mine de retourner à son bureau, mais Will lui passa un bras autour de la taille et le maintint contre lui jusqu'à ce qu'il se détende, à moitié assis sur ses genoux.

— Est-ce que tu viens ce soir ?

Non pas que Will se pense capable de la lever à nouveau, mais il avait pris goût à avoir Dallas dans son appartement après le travail. Celui-ci posa un baiser doux sur ses lèvres, à l'opposé du baiser qui avait déclenché tout ça.

— Il vaudrait mieux attendre demain, si ça ne te gêne pas. Pour être sûrs qu'on se repose tous les deux ce soir. Il faudra qu'on commence tôt, non ?

— Oui, nous devrions essayer d'y être à l'ouverture.

Il devrait aller vérifier sur Internet l'heure exacte, dès que Dallas lui aurait dit à quel parc il souhaitait se rendre.

Il avait un rencard avec Dallas. L'enfer était sans doute en train de geler, parce que Will n'avait jamais imaginé se trouver un jour dans cette situation.

X

Le SAMEDI soir, Dallas, vaseux, entra maladroitement dans l'appartement de Will avant que ce dernier ne l'entoure d'un bras pour le conduire doucement jusqu'au canapé.

— Je suis désolé.

Le seul fait de parler faisait éclater la douleur dans sa tête, à l'unisson de sa peau en feu.

— Ne le sois pas. J'aurais dû faire plus attention et vérifier que tu boives plus. J'ai plus l'habitude que toi de ce temps.

Ils avaient passé un moment extraordinaire. Ils s'étaient tenu la main, avaient partagé de la nourriture, plaisantés. Il y avait eu une aisance qui ne survenait d'ordinaire que lorsqu'ils avaient couché ensemble, une aisance à laquelle Dallas avait rêvé.

Puis le mal de tête était apparu. Il avait tenté de l'ignorer. De faire comme s'il n'était pas survenu pour gâcher sa journée, comme un chaperon diabolique. Après tout, il n'avait rien à voir avec les migraines de tension qui avaient causé tous ses problèmes. Cependant, la douleur, aussi horrible que celle de ses migraines habituelles, avait empiré chaque minute.

Will avait très vite compris que quelque chose n'allait pas. Il lui avait acheté une bouteille d'eau, puis ils étaient partis tout de suite, néanmoins, rien qu'arriver au parking constituait un semi-marathon. Dallas haletait et avait la nausée quand ils y étaient enfin parvenus.

Will avait allumé la climatisation à fond et l'atmosphère s'était rapidement rafraîchie, apaisant un peu Dallas. Mais s'allonger sur un canapé qui ne bougeait pas fut encore plus apaisant.

Il ferma les yeux pour échapper à sa douleur, tandis que Will faisait... quelque chose. Lorsqu'il revint quelques minutes plus tard, il voulut relever Dallas.

— Non. S'il te plaît.

Will lui caressa doucement l'épaule.

— Je sais, je sais. Mais tu dois t'hydrater davantage. Prends des antidouleurs et bois la moitié de la bouteille. Puis tu pourras te rallonger.

— Je ne peux pas prendre d'antidouleurs. Ulcère.

Il n'allait pas prendre le risque de devoir se faire réopérer et il faudrait qu'il soit à l'article de la mort pour envisager d'avaler des anti-inflammatoires.

— Je sais. C'est du paracétamol. Tu as un léger coup de chaleur et si on n'arrive pas à le maîtriser, je devrais t'emmener à l'hôpital.

Will ne savait sans doute pas combien cette menace serait efficace. Dallas avait eu son compte des hôpitaux pour l'année et n'était pas pressé de visiter une nouvelle salle d'attente des urgences.

Il se redressa et fut saisi d'un frisson. Comment pouvait-il avoir froid tout en ayant le sentiment que sa peau était en feu ? Il avala les comprimés et l'eau, puis se rallongea, sa tête posée sur l'oreiller que Will, attentionné, lui avait apporté.

Celui-ci lui posa un pack de glace emballé dans un torchon sur le front. Le soulagement le fit presque gémir. Il frissonnait toujours, mais ce froid-là était bienvenu. En outre, Will posa une couverture légère sur lui avant de s'installer à son tour sur le canapé, attirant les pieds de Dallas sur ses genoux.

Il alluma la télévision, le volume suffisamment bas pour ne pas aggraver son mal de tête. Dallas ne chercha pas à ouvrir les yeux ou à tendre l'oreille pour identifier le programme. Il somnola.

Un peu plus tard, quand le pack de glace se fut réchauffé à la température de la pièce, Will demanda :

— Comment te sens-tu ?

Dallas ouvrit les yeux, les paupières papillonnantes. La nuit était tombée pendant qu'il dormait et le faible éclairage de la petite lampe sur la table était presque apaisant. Bien mieux que le soleil lumineux ou des néons violents.

— Mieux. Merci.

Comme il avait la bouche sèche, il se redressa avec précaution. Le pire du mal de tête était passé, cependant, il sentait encore la pression dans son crâne. Il vida la bouteille et ouvrit la deuxième que Will lui avait apportée.

— Est-ce que je peux prendre une douche, à ton avis ? Je me sens crasseux.

— Bien sûr. Mais laisse la porte ouverte, pour le cas où tu te sentirais mal. Et tiens-t'en à l'eau froide.

Dallas se retint de renifler. Inutile de le dire. La dernière chose qu'il voulait, c'était de cramer sous l'eau chaude.

Will lui avait conseillé d'apporter des vêtements de rechange pour après le parc et Dallas fut heureux d'avoir suivi son conseil. Bien sûr, il avait aussi pris assez d'affaires pour rester toute la nuit, espérant que Will lui voudrait toujours qu'il le fasse. Vu comme il se sentait à l'heure actuelle, cela dit, si Will voulait qu'il rentre chez lui, il devrait le raccompagner lui-même.

Son premier réflexe fut de retirer ses lentilles. Il était si déshydraté qu'elles lui semblaient être du papier de verre dans ses yeux. Il ne s'embarrassa pas avec ses lunettes. Il n'allait pas en avoir besoin, puisqu'il n'aurait pas besoin de voir avant le lendemain matin.

Une fois propre, sec et revigoré, Dallas enfila un pantalon de jogging et un tee-shirt en coton, puis posa son sac près de la commode de Will. Il retourna dans le salon, où Will avait remplacé son eau par une bouteille fraîche.

— Je pense que ce n'était que de la déshydratation ou un coup de chaleur, parce que je n'ai pas de coup de soleil.

Au moins, il avait eu assez de bon sens pour se tartiner de crème solaire.

Will le regarda.

— On dirait que non, en effet. Mais tu sembles avoir repris du poil de la bête. Allez, viens te rallonger.

Il but un peu d'eau, puis retourna sous la couverture. Will lui tendit un nouveau pack de glace et reposa ses pieds sur ses genoux. Dallas s'allongea sur l'oreiller, la glace sur le front, et sentit ses muscles se détendre enfin.

Quand Will entreprit de lui masser le pied, il poussa un petit gémissement. Il était tellement focalisé sur sa tête qu'il ne s'était pas rendu compte combien il avait mal aux pieds. Ils avaient tellement marché. Maintenant que la douleur s'était calmée, son euphorie revint. Même sa déshydratation ne pouvait pas lui gâcher sa journée. Elle dépassait tout ce qu'il avait vécu avec Hugh. Will ne voulait peut-être pas que leur relation se sache au travail, mais en public, il n'avait pas hésité à se montrer ouvertement avec lui, comme en rencard. Rien de salace, mais Hugh ne l'avait même jamais emmené dans un restaurant. Will et lui avaient passé la journée à se regarder et à s'amuser. Et Will avait été aussi attentionné que dans les rêves de Dallas, prenant soin de lui quand il s'était senti mal.

Will lui tapota la jambe.

— Prêt à aller au lit ?

La nausée s'empara de lui.

— Will, je suis… hum… je ne suis pas sûr…

Seigneur. Il était si lessivé, avec les vestiges de son mal de tête encore perceptibles, qu'il n'était pas certain de pouvoir bander, quels que soient les talents particuliers de Will dans ce domaine.

Will lui serra le pied pour toute réponse.

— Juste pour dormir. Pour quel genre de bête me prends-tu ?

— La meilleure qui soit, mais je suis ravi que tu veuilles bien la tenir en laisse pour la nuit.

Il sourit en entendant le rire de Will.

Faire rire ce dernier avait été un véritable défi et chaque fois qu'il y parvenait, cela lui semblait précieux.

S'il s'était senti mieux, il aurait sauté de joie comme un petit chiot. Il n'avait jamais passé la nuit avec un homme. Si les petits sommes post orgasmes dans les bras de Will chaque fois qu'ils avaient couché ensemble, avant qu'il se force à se lever et à partir, constituaient le moindre indice, alors il allait mieux dormir qu'il ne l'avait fait depuis bien longtemps.

WILL SE réveilla lentement, légèrement ébloui par les rayons lumineux qui filtraient par la fenêtre. Il était seul dans le lit, mais une chaleur s'attardait sur les draps ; Dallas n'était pas allé bien loin. Savoir que celui-ci avait dormi dans ses bras amena un sourire heureux sur son visage.

Il s'étira. Ses muscles le brûlèrent légèrement à cause de la marche de la veille. Deux heures plus tôt, pile à l'heure où il se levait en temps normal pour aller au travail, il s'était éveillé et avait découvert la même érection matinale chez Dallas que chez lui. Une fellation léthargique et une douce masturbation plus tard, tous deux s'étaient rendormis. Rien à voir avec le sexe plus athlétique et féroce qu'ils avaient eu jusqu'à présent, mais incroyablement satisfaisant. Quoi qu'ils fassent, le sexe avec Dallas était génial et il commençait à se dire que cela devait provenir de l'alchimie entre eux et que ce n'était pas qu'un effet de la nouveauté ou de l'interdit.

Si Dallas passait la journée avec lui, ce que Will espérait, il savait exactement ce qu'il voulait qu'ils fassent et cela n'incluait même pas du sexe. Il ignorait cependant si Dallas n'allait pas trouver cela idiot.

Le bruit de la chasse d'eau lui rappela d'autres besoins biologiques plus pressants et il se força à quitter son lit confortable pour enfiler un pantalon de pyjama.

Dans le couloir, il s'arrêta brusquement quand un étranger nu sorti de sa salle de bain. Il cligna des yeux et il s'avéra que c'était Dallas, portant des lunettes à monture noire épaisse.

— Euh… Je ne savais pas que tu portais des lunettes.

Les joues du jeune homme prirent une adorable teinte rose et il se balança d'un pied sur l'autre.

— Je porte généralement des lentilles, mais je dois encore avoir les yeux un peu secs après hier, parce que je n'ai pas réussi à les mettre.

En regardant de plus près, il remarqua en effet que le blanc des yeux de Dallas était un peu injecté de sang. Mais bon sang, ces lunettes. Will couchait et sortait avec Clark Kent. Il avait toujours eu un faible pour l'alter ego de Superman, plus que pour le superhéros lui-même, parce que Clark Kent n'était pas parfait. Même s'il n'avait pas approuvé ce que Dallas avait fait, au fond de lui, il l'avait toujours trouvé parfait et résistant à toutes sortes de projectiles que la vie lui envoyait : l'économie, la vie privée et la vie professionnelle.

Plus il apprenait à le connaître, plus il prenait conscience que ce n'était pas entièrement vrai, mais maintenant qu'il voyait les lunettes, après qu'ils eurent passé la nuit ensemble comme des amants et non comme des coups d'un soir, Will pouvait distinguer les imperfections de Dallas et il les trouvait sacrément séduisantes.

Sa petite idée ne lui semblait plus aussi stupide qu'à son réveil.

— Après le petit-déjeuner, ça te dirait de faire la misère à quelques méchants sur *Dragon's Ruin* ?

La veille, Dallas avait été trop fatigué pour sautiller ou se trémousser, même s'il était évident qu'il en avait eu envie dès que Will lui avait demandé de rester pour la nuit. Il avait compris qu'il avait enfin fait quelque chose de bien, et d'après les petits bonds excités actuels, qui faillirent le convaincre de retourner au lit tout de suite, il venait de recommencer. Peut-être parce qu'il avait arrêté de lutter contre sa propre volonté et ses propres désirs pour essayer de les remplacer par ce qui lui semblait le mieux pour toutes les personnes impliquées. Parce qu'il était de plus en plus évident qu'ils avaient tous les deux bien plus en commun que Will n'aurait pu l'espérer, malgré leurs différences d'âge et leur milieu social d'origine.

— J'adorerais. Laisse-moi m'habiller et je viendrai t'aider pour le petit-déjeuner.

Dallas l'enlaça et se blottit contre lui, avant de l'embrasser, indifférent à l'absence de brossage de dents récent de Will ou au fait que la dernière chose que celui-ci avait eue dans la bouche, c'était son sperme. S'il n'avait aucun problème avec ça, alors Will non plus. Après tout, il avait l'opportunité d'embrasser un Clark Kent nu. Dallas mit fin au baiser.

— Bonjour, au fait.

Will rit et caressa le dos nu de Dallas, en veillant à ne pas descendre en dessous de la taille parce qu'il ne voulait pas commencer quelque chose sans être certain que son sexe pourrait suivre, surtout après tous les orgasmes qu'il avait connus ces derniers jours.

— Bonjour.

Tous les signaux indiquaient que la journée allait être sensationnelle… tout comme le week-end.

Dallas s'écarta, lui donna une tape sur les fesses puis trottina jusqu'à la chambre. Se sentant tout à coup plein d'énergie, Will se rendit à la salle de bain.

Après le petit-déjeuner, ils s'installèrent sur le canapé. S'il devait se fier à leur entente en cuisine pour préparer le petit-déjeuner, ils allaient pouvoir botter un sacré nombre de fesses à *Dragon's Ruin*. Ils s'étaient déplacés sans se gêner comme s'ils l'avaient fait toute leur vie, avec une aisance que Will n'avait jamais connue. Jesse et lui ne passaient jamais du temps ensemble en cuisine. Ils avaient toujours l'impression de se gêner, de bloquer le *chi* de Will, comme diraient ses parents. Et bien sûr, jamais Jesse n'aurait accepté de passer la journée à jouer à des jeux vidéo avec lui.

Lorsqu'il vivait avec Jesse, il passait l'essentiel de ses week-ends à des ventes aux enchères immobilières ou chez des antiquaires, parce que c'était ce que Jesse aimait faire. Après son arrivée en Floride, quand il ne traînait pas avec Raven ou travaillait pour *Tartan Candy*, il bossait sur son ordinateur, seul dans son appartement, pour essayer de tenir le coup sous la charge de travail croissante que nécessitait le site Internet d'*Idyll Fling* et son infrastructure informatique. Il avait été trop occupé pour réaliser combien il désirait en fait avoir quelqu'un dans sa vie.

Passer le week-end à faire des choses amusantes signifiait que le travail s'accumulait. Mais peut-être que Will avait été trop tyrannique, comme Dallas le lui avait fait remarquer. S'il permettait à Dallas de faire plus de choses en accord avec sa formation et son expérience, Will pourrait profiter du temps gagné pour s'amuser et non pas prendre encore plus de retard en quittant le travail en fin de journée.

Il se pencha vers Dallas, assis jambes croisées sur le canapé, et l'embrassa sur la joue. Celui-ci l'empêcha de reculer en l'embrassant passionnément sur les lèvres.

— Allons botter quelques culs, lança-t-il.

Entendre l'écho de ses pensées franchir les lèvres de Dallas le fit sourire davantage.

XI

— Bonjour, Kyle.

Will sourit en s'asseyant derrière son bureau, prêt à affronter un nouveau mercredi matin. Toutes les matinées étaient agréables dès lors qu'il se réveillait à côté de Dallas.

— Bon sang, mec, je ne sais pas quelle drogue tu prends depuis trois semaines, mais n'arrête pas, râla Kyle.

Dallas lui adressa un sourire en attrapant sa tasse pour se rendre à la salle de pause.

Trois semaines plus tôt, Dallas avait passé tout le week-end chez lui et tout avait changé ou presque. Will était plus détendu et s'était délesté d'une partie du fardeau d'*Idyll Fling* sur Dallas. Non seulement ça, mais en plus, Will avait enfin du temps pour lui, et ce qu'il voulait en faire, c'était en passer encore plus avec Dallas. Et Dallas le faisait, sans limites. Will découvrait chaque jour combien il aimait la compagnie du jeune homme en tant que personne, compagnon, partenaire.

Ils baisaient toujours comme des lapins, mais ils ne faisaient pas que ça. Ils allaient en boîte, visitaient Orlando et les alentours, allaient au cinéma, au restaurant, faisaient les courses. Ils avaient même joué suffisamment à *Dragon's Ruin* pour avoir rencontré les guildes habituelles de l'autre et avoir fait des campagnes tous ensemble.

Il n'aurait pu rêver de meilleures semaines et étonnamment, il n'avait pas fallu longtemps pour qu'il redevienne lui-même, ce que Dallas semblait apprécier, mais Kyle détester. Mais bon, Kyle ne tirait plus son coup plus souvent que Will, désormais. Peut-être qu'il s'arrêterait acheter des donuts après le déjeuner. Histoire de perturber encore plus le stagiaire.

Il prit une longue gorgée du café à emporter qu'il était allé chercher sur le chemin. Il devenait certes un expert barista au travail, mais cela ne l'empêchait pas de savourer un latte préparé par une autre personne. Surtout quand il devait veiller à ce que Dallas et lui n'arrivent pas au travail à la même heure. Celui-ci n'était pas resté toutes les nuits chez Will, mais il n'avait été absent que peu de fois.

Ils avaient réussi à garder le secret au travail, même face à Kyle, bien que ce fût moins une plusieurs fois. Maintenant qu'ils sortaient officiellement ensemble, Will avait encore plus de mal qu'avant à ne pas toucher Dallas. Pas seulement pour le sexe, même si un jour, Kyle n'avait pris qu'une heure de pause le midi et avait failli les surprendre en train de rejouer un autre fantasme au travail plus brûlant encore que tout ce que Stefan avait pu filmer, de l'avis de Will. Une autre fois, c'était Stefan lui-même qui avait failli les prendre sur le fait, en arrivant de manière impromptue dans la salle des serveurs.

Mais il cédait volontiers aux simples effleurements, câlins, baisers en dehors du travail… Quant aux jours où Kyle ne travaillait pas, ces contacts étaient plus durs à retenir que de succomber à leur attirance sexuelle.

Il restait quelques angles à arrondir, surtout un dont il comptait se charger cette semaine, à condition qu'il trouve un moyen de résoudre la seule chose devant laquelle il ne céderait pas. Il ne voulait pas que quiconque apprenne pour Dallas et lui chez *Idyll Fling*. Le seul fait que Dallas soit son employé, même si Stefan avait annoncé clairement que l'embauche de celui-ci ne dépendait pas de son bon vouloir, rendait le sujet délicat, s'il y pensait trop longuement.

Il attrapa son portable et envoya un message à Raven.

On déjeune ensemble ?

Malgré l'heure matinale, son ami répondit tout de suite. Il avait dû se lever quand Caleb était parti travailler.

Ça marche. Toujours OK pour ce soir quand même ?

Oui.

Surtout que c'était justement à cause de leurs projets pour la soirée qu'il devait parler à Raven au déjeuner.

Où et quand ?

Chez Moe à midi ?

Moe ? OK. J'y serai.

Dallas n'aimait pas la nourriture mexicaine et Raven en mangeait rarement, surtout par habitude de l'époque où son régime était très strict quand il couchait devant les caméras, mais les burritos obsédaient Will depuis qu'il habitait en Floride. Ils avaient remplacé les hamburgers dans leur rôle de nourriture réconfortante et il en avait bien plus mangé qu'il ne l'aurait dû au cours des deux dernières années. Raven le savait pertinemment. Ce midi… il allait faire quelque chose de très difficile et il aurait besoin de l'aide de *Moe*.

IL ATTENDIT qu'ils aient tous les deux récupéré leur repas et se soient assis. Le bol de légumes de Raven, réduit au strict minimum, sans riz, sans tortilla, était bien moins appétissant que l'énorme burrito gras et les frites posées devant lui, mais il était habitué depuis longtemps aux manies alimentaires de Raven, que Dallas partageait pour la plupart, bien que pour des raisons différentes. Ce jour-là, cependant, il n'avait pas très faim.

— Très bien, qu'est-ce qui se passe ? Je t'ai à peine vu depuis des semaines.

Raven l'observa.

— Mais tu as bonne mine. Tu sembles moins épuisé que la dernière fois. J'avais peur que tu t'effondres complètement et que tu te mettes à… je ne sais pas… dormir au travail pour ne pas perdre de temps sur les trajets.

Will ne pensait pas qu'il serait allé jusque-là, mais impossible d'en être sûr. Il travaillait toujours plus de quarante heures par semaine, notamment quand Dallas dormait. Mais il était clair qu'il travaillait moins et dormait mieux chaque nuit. Il n'était plus sur le point de perdre la raison.

— Non, je ne dors pas au travail.

— Attends, tu n'arrêtes pas *Tartan Candy*, si ?

Ouais, c'est ça. Travailler pour *Tartan Candy* avec Raven avait été une des seules choses le maintenant sain d'esprit. Et c'était très amusant, en prime.

— Non, pas du tout.

Raven poussa un soupir.

— OK. Parce que non seulement j'adore faire ça avec toi, mais en plus, je ne suis pas sûr de pouvoir trouver facilement quelqu'un pour le salon de l'automobile de ce week-end.

— Ne t'en fais pas. Je serai là.

Il avait trouvé que les hommes dirigeant le salon de l'automobile avaient fait preuve de beaucoup de prévenance en ajoutant quelques hommes délicieux à regarder, en plus des habituelles potiches que tout le monde s'attendait à trouver.

Mais ils déviaient du sujet dont Will voulait parler, même s'il ne savait pas trop comment l'aborder.

— Bon, tu te souviens du type que Stefan a embauché ?

Raven haussa un sourcil.

— Dallas, tu veux dire ? Celui que j'ai essayé de caser avec Jaime ?

175

Will rougit d'embarras. Bien sûr que Raven se souvenait de Dallas. Will s'était ridiculisé à propos de ce double rencard.

— Oui, lui.

Raven se pencha sur la table.

— Écoute, je suis désolé. Je n'aurais pas dû dire ce que j'ai dit. Je ne veux pas... Je ne veux plus que tu sois en colère contre moi.

Raven avait perdu tout sarcasme et une bonne partie de sa confiance en lui, ce qui lui donnait l'air plus jeune qu'il ne l'était.

Will cligna des yeux, sceptique.

— Je ne suis pas en colère contre toi.

Quant au texto auquel son ami faisait allusion, dans lequel il disait que Will s'intéressait beaucoup à Dallas, ce message avait été aussi douloureux que véridique. Il lui avait ouvert les yeux sur le fait qu'il ne méprisait pas Dallas, pas du tout.

— Je sais que tu es occupé et tout, mais je n'ai pas eu de tes nouvelles depuis, sauf quand je t'ai appelé pour organiser le dîner de ce soir.

Raven parlait d'une petite voix, mais son ton blessé était plus que perceptible. Will s'en voulut. Il s'était comporté comme un con. Il avait fait ça... Il avait disparu de la vie de ses amis depuis qu'il y avait un nouvel homme dans la sienne. Et non seulement Raven ne savait pas que les amis le faisaient parfois et s'éloignaient quelque temps pendant les premières étapes d'une relation, mais en outre, Will ne lui avait jamais dit qu'il avait un homme dans sa vie.

— Non. Oh, mon Dieu, Raven, non, je ne t'en veux pas du tout. J'ai été stupide. Dallas... En plus du reste, j'avais le béguin pour lui à l'époque où on travaillait ensemble.

Raven le pointa du doigt.

— Je le savais ! Je savais que j'avais raison.

Will le lui concéda d'un hochement de tête.

— Mais il était trop jeune et je sortais avec quelqu'un, en plus d'être le patron de son manager. Il ne s'est rien passé chez *Savron Dynamics,* mais je... nous... couchons ensemble. Depuis la veille de la vente aux enchères.

Raven écarquilla les yeux, mais fourra une énorme portion de poulet dans sa bouche, le laissant continuer.

— C'est bien. Génial, même.

Tant qu'il ne réfléchissait pas trop fort à la coïncidence qui avait fait apparaître Dallas sur le même lieu de travail que le sien. Une petite part de lui ne pouvait renoncer à l'idée que le jeune homme l'avait suivi pour une

176

raison qu'il ignorait. Connaissant les finances de ses parents, il se disait que Dallas l'avait suivi par lubie plutôt qu'avec une réelle intention néfaste, mais il ne voulait pas penser au jour où Dallas s'ennuierait et retournerait au Connecticut.

Perdre Dallas maintenant serait tout aussi dévastateur que se faire virer l'avait été. Pire, même. Il avait déjà appris qu'il pouvait repartir de zéro sur le plan professionnel. Mais sur le plan personnel ? Il avait déjà dit à ses précédentes relations qu'il les aimait, mais ce qu'il ressentait pour Dallas était bien plus intense, même s'il ne pouvait pas se contraindre à exprimer ses sentiments à voix haute.

Raven lui fit signe de poursuivre tout en mâchant.

— Tu dois me promettre de garder le secret. De ne rien dire à Stefan, je veux dire. Je ne veux pas que les gens l'apprennent au travail.

Son ami avala et haussa un sourcil.

— Un secret. Tu plaisantes. Je ne pense pas que les mannequins pornos gays émettraient le moindre jugement sur le fait que Dallas et toi sortiez ensemble.

—Argh. Tu sais comme ils aiment parler. Je ne veux vraiment pas que Stefan ou Paul l'apprennent. Ce qui veut dire ne pas en parler aux personnes qui pourraient déblatérer sur le sujet, ce qui inclut les mannequins et Kyle. Et les cameramen. Et même Joanie.

De ce qu'il avait vu, la seule différence notable qu'il avait remarquée entre *Idyll Fling* et tous les autres endroits où il avait travaillé, c'était que du point de vue des ragots, ceux-ci se répandaient encore plus vite au studio. S'il existait un moyen de revendiquer Dallas afin qu'aucun des mannequins ne le pense disponible, il l'aurait déjà fait, mais voir des hommes nus flirter avec son copain était le prix à payer pour garder le secret.

— Et pourquoi est-ce que Stefan et Paul ne doivent pas l'apprendre ?

Raven n'avait jamais travaillé dans un bureau, même s'il avait presque fini son diplôme de commerce et que Will était certain que c'était un sujet qui avait dû être abordé dans l'un des modules de son ami.

—Ce n'est pas pour rien que la plupart des entreprises ont une politique stricte en matière de relations entre subordonnés et supérieurs. C'est très facile d'abuser de son pouvoir, que ce soit pour harceler ou favoriser. Je me sens mal à ce sujet et je ne veux pas forcer Stefan à intervenir.

— Hum hum. Très bien. Donc tu vas continuer comme ça pour toujours ? Tu vas garder le secret quand vous emménagerez ensemble ? Tu vas prendre une boîte postale afin que Stefan ne découvre pas que vous avez la même adresse sur vos dossiers personnels ? Tu vas éviter de l'inviter au mariage ? Tu ne posteras jamais de photo de vous ensemble sur les réseaux sociaux ?

Le bombardement de questions lui fit tourner la tête et il prit une grosse bouchée de burrito pour se donner quelques instants de réflexion. Il n'avait jamais réfléchi aussi loin, surtout parce qu'il ne pensait pas que Dallas serait partant pour du long terme. Will allait profiter du temps qu'ils passaient ensemble tout en sachant que celui-ci était limité.

Par égard pour les sensibilités conservatrices des dirigeants de *Savron Dynamics*, il n'avait jamais posté de photo de Jesse et lui. Maintenant qu'il travaillait pour *Idyll Fling*, cela ne le dérangerait pas de poster des images, mais il ne voulait pas que tout le monde l'apprenne, quand Dallas l'aurait quitté. Il n'avait pas besoin que les autres se disent qu'il avait été bête de tomber amoureux de Dallas, alors qu'il en était déjà conscient, merci bien. Quant au reste ? Il le voulait aussi, bien sûr. Il pouvait s'imaginer faire sa demande à Dallas, cependant, il n'imaginait pas que ce dernier resterait assez longtemps dans les parages pour que ceci se produise.

— Pourrais-tu juste garder le secret pour l'instant ? Le temps que je voie où ça mène ?

— Et Dallas est d'accord avec ça ? Les secrets peuvent être… de sacrés merdiers.

Will se mordit la lèvre. Raven avait de bonnes raisons d'être aussi réfractaire aux secrets, puisque Caleb avait tenté de cacher son existence à sa famille lors de leur rencontre. Mais cette situation était différente.

— Ce n'est qu'au travail, que je veux cacher ma relation. Je veux qu'il fasse partie de ma vie. C'est pour ça que je voulais te parler. J'espérais pouvoir l'emmener au dîner de ce soir. J'ai même dit à mes parents que j'avais rencontré quelqu'un.

Même si leur relation serait sans doute finie quand ses parents viendraient le voir pour Thanksgiving. Et Will rentrerait sans aucun doute seul chez lui pour Noël. Il ne pensait pas qu'il devrait se faire de faux espoirs sur la durée de cette relation. Après tout, la dernière fois qu'il avait pensé que sa vie était belle, il avait été pris en traître.

Raven n'eut pas l'air plus apaisé pour autant.

— D'accord, Will, accepta-t-il avant de soupirer. Es-tu heureux ?

Bon sang, oui. Il l'était vraiment.

— Oui, je le suis.

— Alors je suis heureux pour toi. Et évidemment que nous voulons apprendre à le connaître.

— Et Jaime, il sera là, c'est ça ?

Raven leva les yeux au ciel.

— Je te promets que Jaime ne court pas après ton homme.

Bien.

— Mais il sera là ?

— Oui, il sera là. Tu vas pouvoir t'exhiber autant que tu le veux.

Soudain affamé, Will laissa Raven mener la suite de la conversation pendant qu'il dévorait son repas. Il eut tout à coup une bien meilleure idée concernant ces donuts.

— HÉ, KYLE, l'interpella Will en entrant dans la salle des serveurs. Tu veux faire une pause ?

Kyle lui lança un regard soupçonneux. Will sortit quelques billets de son portefeuille.

— Ça te dirait d'aller acheter deux douzaines de donuts ? Il n'y a pas de mannequins aujourd'hui, mais il y a Stefan et quelques autres personnes.

Dallas cacha son rire dans son poing en voyant l'air incrédule de Kyle. Will n'avait jamais, pas une seule fois, acheté des donuts pour toute l'équipe. En tout cas, pas depuis que le stagiaire travaillait ici. Il l'avait fait quelques fois au début, mais quand il s'était retrouvé débordé, il avait oublié ce genre de considérations. Encore une bonne raison pour être reconnaissant à Dallas d'assumer une partie de la charge de travail, ce qu'il faisait admirablement bien.

Après trois semaines à travailler et s'amuser ensemble, Will était plus que ravi de la détente que Dallas lui avait apportée.

Dès que Kyle partit, Dallas se leva et s'approcha de lui d'une manière qui ne pouvait être décrite que comme féline.

— Tu essaies juste de te foutre de lui ou bien avais-tu une bonne raison pour t'en débarrasser ?

Il agita les sourcils d'un air suggestif et attrapa la tête de Will pour pouvoir l'embrasser. C'était exactement à cause de ce type de comportement qu'ils avaient failli se faire prendre la veille, néanmoins, Will n'avait pas la force de refuser les baisers de Dallas.

Il ne reprit ses esprits que lorsque le jeune homme commença à lui défaire son short. Il lui prit les mains et recula.

Dallas, déjà raide, fronça les sourcils.

— J'avais une bonne raison de me débarrasser de Kyle. Je voulais te parler d'un truc.

Cela aurait été bien plus malin d'aborder le sujet pendant le week-end ou n'importe quel soir de la semaine, quand ils n'avaient pas à s'inquiéter que Kyle puisse entendre, mais Will avait repoussé trop longtemps sa conversation du midi avec Raven.

— Hum. Oh.

Dallas redressa nerveusement sa cravate. C'en était encore une à motifs, mais il commençait à les trouver attachantes, comme tout ce qui concernait Dallas.

Will attrapa sa chaise pour Dallas et fit signe à ce dernier de s'approcher.

— Assieds-toi.

Le jeune homme obéit, les mains jointes sur les genoux.

— Il n'y a rien de grave. Du moins, je ne pense pas.

— Dis-moi, alors. Tu me rends nerveux.

Ce n'était que justice. Will avait été nerveux toute la matinée.

— Tu sais que j'ai prévu de sortir avec Raven et Caleb ce soir, n'est-ce pas ?

Dallas esquissa une petite moue.

— Oui. Et Jaime aussi.

— Et Jaime aussi, concéda Will. Veux-tu venir avec moi ?

Il n'arriva pas à interpréter le regard que Dallas lui lança.

— En tant qu'ami ?

Comment Caleb avait-il pu faire ça ? Prétendre que Raven n'était qu'un ami ? C'était sacrément dur, parce que lui était vraiment fier d'avoir Dallas dans sa vie.

— Non. En tant que petit ami.

Will retint son souffle, s'attendant à moitié à ce que Dallas le rejette, même si le jeune homme avait fait des allusions peu subtiles sur le fait qu'il aimerait rencontrer ses amis.

Même si aucun d'eux n'avait repris le poids qu'ils avaient quand ils vivaient dans le Connecticut, le siège n'était vraiment pas assez grand pour eux deux. Ce qui n'empêcha pas Dallas pour autant de se jeter sur ses genoux.

— C'est vrai ?

— Oui, c'est vrai.

Peut-être que Dallas n'avait pas prévu de partir tout de suite. Après tout, Will ne pensait pas qu'il simulait. Personne ne pouvait passer dix heures d'affilée sur le canapé d'une autre personne à jouer à *Dragon's Ruin,* ou ne pouvait flâner en ville en compagnie avec cette même personne, s'il ne l'appréciait pas, n'est-ce pas ?

Dallas lui suçota la lèvre, les doigts plongés dans ses cheveux, et juste comme ça, le sexe de Will se redressa et se plaqua contre le dos du jeune homme.

— Kyle va bientôt revenir, lui murmura celui-ci à l'oreille, même si à en juger par ses mouvements, il n'avait pas vraiment envie d'arrêter.

— Non. On a largement le temps pour un coup rapide. Petit ami.

Chaque fois qu'ils batifolaient au bureau, ils prenaient de plus en plus de risques. Will se demandait presque s'il n'espérait pas se faire surprendre.

— Dans ce cas… Mais s'il nous surprend, je dirais que c'était ta faute. Petit ami.

Dallas l'embrassa brièvement puis quitta ses genoux pour s'asseoir sur le bureau. Will approcha sa chaise pour se placer entre ses cuisses. Sucer Dallas le faisait toujours jouir lui-même en un rien de temps et c'était le seul moyen d'être sûrs qu'ils aient terminé avant le retour de Kyle. Heureusement, il avait investi dans une bombe d'aérosol qu'il gardait dans le tiroir du bas de son bureau, parce qu'ils allaient en avoir besoin.

DALLAS SORTIT de la douche et enroula une serviette autour de ses hanches avant de frotter ses cheveux humides à l'aide d'une autre. La soirée de la veille avait été géniale. Toute la journée de la veille aussi, d'ailleurs. Will était son petit ami. Il l'avait présenté à ses amis. D'accord, il les avait déjà rencontrés, mais pas comme petit ami de Will.

Il fit une petite danse dans la salle de bain avant d'essuyer la condensation sur le miroir à l'aide de la serviette humide. Puis il attrapa ses lentilles de contact.

Quand Jaime l'avait enlacé, Will s'était montré possessif, en l'attirant plus près de lui. Lui-même aurait voulu se pavaner en tenant la main de Will fièrement. Cela aurait été encore mieux s'ils n'étaient pas restés si tard que Will s'était endormi avant qu'ils puissent coucher ensemble, mais au moins, ils avaient réussi à faire une nouvelle fellation au travail pour marquer le coup. Pendant que Kyle ressortait acheter encore plus de donuts.

181

C'était vraiment drôle. Il faudrait voir si Will voulait en faire une tradition hebdomadaire.

La seule chose qui avait tempéré son enthousiasme pendant la soirée avait été le regard éloquent que Raven lui avait lancé. Will l'ignorait, mais ils avaient mis Raven dans une position inconfortable, à devoir garder deux secrets, puisque Dallas savait que Will avait demandé à son meilleur ami de ne pas parler d'eux à Stefan.

Comparé à celui-ci, en revanche, le secret de Dallas était pire. D'accord, il n'avait pas menti, mais cacher le fait que Stefan était son frère frisait la tromperie et mentir à Will maintenant qu'ils avaient une vraie relation n'était pas très avisé, de son point de vue.

Imaginer les différentes réactions possibles de Will lui fit perdre sa concentration. Il devait vraiment avoir cette conversation le plus vite possible, afin de pouvoir se faire pardonner ensuite.

Au lieu de se coiffer proprement, il passa simplement un produit dans ses cheveux et enfila son boxer. Il inspira profondément et se rendit dans la chambre. C'était une bonne chose qu'il soit assez entêté et obstiné pour franchir les nouveaux obstacles que Will érigerait entre eux. Maintenant qu'il savait que Will tenait à lui, il ne laisserait rien détruire leur relation. Un jour prochain, son compagnon l'aimerait autant que lui l'aimait, il en était certain.

— Will ? Will, tu dors ?

Le tas de couvertures grommela un assentiment.

— Il faut que je te dise quelque chose.

Il perdit son courage et préféra tourner le dos au lit pendant qu'il enfilait son costume.

— Ce n'est rien de grave, dans le grand schéma des choses, mais je ne veux pas que tu penses que je t'ai menti. Parce que maintenant... nous sortons ensemble.

Il y eut un nouveau grognement en provenance du lit.

— C'est juste que... Stefan est mon frère. Mon demi-frère, pour être précis. Donc tu vois, je sais que tu veux lui cacher notre relation, et je ne te le reproche pas, pas vraiment, mais j'aimerais que nous réfléchissions au moment où nous lui apprendrons pour nous, et comment. Parce que je veux qu'il soit heureux pour moi et pas inquiet.

Dallas ajusta une dernière fois sa cravate. Euh. Cela s'était bien mieux passé qu'il ne s'y attendait. Il y avait eu bien moins de cris aussi. Il se tourna vers le lit, mais n'aurait su dire si Will avait bougé.

Puis il remarqua qu'il était douché, habillé et prêt à aller travailler alors que Will était encore au lit. Se préparer le matin lui prenait beaucoup plus de temps qu'à Will, mais quand même, c'était inhabituel.

— Will ?

Dallas repoussa les couvertures et Will gémit en se roulant en boule.

— Oh, Will, qu'est-ce qui ne va pas ?

Ils avaient mangé beaucoup de choses en commun la veille, donc il ne pensait pas à une intoxication alimentaire. Et par égard pour les réticences de Raven et Dallas avec l'alcool, tout le groupe s'en était tenu à des boissons non alcoolisées, donc cela ne pouvait pas être une gueule de bois.

Will grogna juste en réponse et récupéra les couvertures, sans même se donner la peine d'ouvrir les yeux.

— C'est une migraine ?

Will n'avait jamais dit qu'il en souffrait, mais peut-être qu'il n'en avait pas souvent. Puis il se mit à trembler et ses dents à claquer. Dallas toucha son front et fronça les sourcils. Il avait clairement de la fièvre, et une fièvre élevée, en plus. Il recouvrit à nouveau Will et le borda.

Au moins, il savait que Will avait du paracétamol sous la main. Il alla chercher deux bouteilles d'eau et quelques biscuits salés à la cuisine, puis s'arrêta à la salle de bain pour y prendre des médicaments. Il posa le tout sur la table de chevet et secoua doucement Will par l'épaule.

Celui-ci fit la grimace et s'écarta de lui, sans ouvrir les yeux pour autant.

— Allez, Will. Assieds-toi. Prends des médicaments et tu pourras retourner dormir.

Dallas réussit à le redresser, mais non sans peine, car chaque mouvement semblait faire souffrir Will. Il devait avoir la grippe. Il n'avait pas l'air d'avoir le nez bouché et celui-ci ne coulait pas non plus, mais entre la fatigue, les douleurs et le fait que la lumière du soleil le fasse grimacer, tout cela disait à Dallas que ce n'était pas qu'un simple coup de froid.

Dès que Will eut avalé deux comprimés, Dallas reprit la parole.

— Retourne dormir. Je vais dire à Stefan que tu es trop malade pour travailler, d'accord ?

Au lieu de retomber dans le lit et de passer la couverture par-dessus sa tête, Will cligna des yeux comme un hibou.

— Je dois aller travailler.

Il se poussa contre le matelas comme s'il essayait de sortir du lit, mais rien ne se passa.

— Non, tu ne dois pas aller travailler.

— Je ne peux pas me permettre d'être malade.

Dallas lui lança un regard noir, sans être sûr pour autant que Will pouvait le voir clairement.

— Bien sûr que tu peux. Stefan donne des jours de congé maladie. Et ça, malade, tu l'es clairement.

Will serra les dents et se leva.

— Pour l'amour du ciel, Will, retourne au lit ! Mon frère ne va pas te virer parce que tu es malade. Je suis tout à fait capable de gérer jusqu'à ce que tu ailles mieux. Je m'occuperai de tout.

— Ton frère ?

— Stefan, tu te souviens ? Je viens de te le dire. C'est mon demi-frère.

Oh bon sang, cela n'augurait rien de bon. Pas étonnant que Will n'ait pas crié. S'il n'était même pas réveillé précédemment, il n'allait pas comprendre. Il y avait de bonnes chances qu'il soit obligé de le lui dire une troisième fois, bordel.

— Je vais m'habiller.

— Will Dawson, retourne dans ce putain de lit tout de suite. Je suis la preuve vivante de ce qui peut t'arriver quand tu ne prends pas le temps de te soigner, alors va te reposer un peu.

Miraculeusement, Will obéit enfin à l'ordre de Dallas, mais ne cessa de marmonner à propos de son ordinateur et sur le fait qu'il allait s'habiller dans quelques minutes.

En désespoir de cause, Dallas récupéra sa mallette et en sortit le mini-projet sur lequel il planchait. Il avait pris le plan sur lequel Will et Stefan travaillaient et avait rédigé des fiches de postes pour les membres de l'équipe qu'ils allaient devoir engager. Il ne manquait plus que l'approbation de Will et l'accord de déblocage de fonds de Stefan, et ils pourraient déposer des offres d'emploi.

— Tiens. Ce n'est pas encore fini, on ne peut pas encore le montrer à Stefan, mais regarde ça, prends des notes et dis-moi ce que tu en penses.

Il se demanda s'il devait ou non embarquer l'ordinateur de Will et ses clés de voiture, mais Will agrippa le dossier qu'il venait de lui remettre et se rallongea en respirant profondément, comme quand il était sur le point de s'endormir. Il était plus que probable qu'il aurait à peine l'énergie de se rendre à la salle de bain, donc pas assez pour travailler.

— Je reviendrai te préparer une soupe au déjeuner.

Dallas embrassa le front chaud de Will.

— Merci. Je t'aime.

— Je t'aime aussi.

Arrivé à sa voiture, il réalisa qu'ils venaient de prononcer le mot en A pour la première fois, mais il ne savait pas si Will était assez cohérent pour avoir conscience de ce qu'il avait dit. Pour ce que Dallas en savait, peut-être qu'il ne le pensait même pas. Dallas oui, en revanche, et les mots lui étaient venus aussi naturellement que son propre prénom. Il sourit. Mais bon, pourquoi Will aurait-il prononcé cette phrase dans son délire ? Au plus profond de cette carapace inflexible, Dallas s'était frayé un chemin jusqu'au cœur de Will et il allait tout faire afin que celui-ci lui répète ses paroles quand il irait mieux.

INTERNET SAUVA la santé mentale de Dallas. Il n'avait jamais eu la grippe, à part peut-être intestinale, mais il s'était inquiété pour Will. Plusieurs fois au cours de la nuit écoulée, Will avait été tellement mal que Dallas crut devoir l'emmener à l'hôpital, mais comme Internet suggérait de prendre la température du malade, ce dernier possédait à présent un nouveau thermomètre digital chic. Chaque fois, Dallas avait réussi à lui prendre la température et à le faire boire.

Rentrer le midi pour le déjeuner la veille, puis aider Will le soir avait été épuisant, mais satisfaisant. Il ne s'était pas attendu à plonger si tôt dans ces activités intenses attendues d'un petit ami, mais comme Will avait pris soin de lui avant même qu'ils définissent leur relation, c'était le moins qu'il puisse faire pour lui. Et il était heureux de le faire.

Raven était intervenu et l'avait aidé aussi, cependant, Dallas était heureux que ce soit un vendredi. L'état de Will s'était amélioré lentement, mais s'il arrivait à se remettre assez pour pouvoir aller travailler le lundi, ce serait un miracle.

À l'instant même, Dallas n'aurait pas été contre un bon petit-déjeuner de Paul, mais il n'avait passé que très peu de temps chez son frère et son beau-frère au cours du mois écoulé. Ils se doutaient bien qu'il sortait avec quelqu'un, mais il espérait, pour la tranquillité d'esprit de Will, qu'ils n'avaient pas compris avec qui. Heureusement, ils avaient fait beaucoup de tournage « sur site » récemment, pour des histoires nécessitant des prises de vue extérieures et des piscines. Stefan avait menacé de construire une piscine au studio, mais il ignorait si le zonage le lui permettrait. Dallas pensait que non, mais ces problèmes avaient permis d'occuper suffisamment Stefan et Paul pour qu'ils ne s'immiscent pas dans sa vie privée.

Il s'installa à la table de la cuisine avec des flocons d'avoine après en avoir apporté un peu à Will, puisque ce dernier se réveillait à peine le temps de se rendre à la salle de bain et manger quelques gorgées de soupe.

Son téléphone annonça l'arrivée d'un message de Raven.

Comment il va ?

Mieux. Il n'a plus de température trop élevée, mais il est encore crevé et dort beaucoup.

Hummm. J'imagine qu'il n'est pas en état de faire le salon de l'automobile de ce week-end.

Oh merde. Dallas avait complètement oublié que Will était censé accompagner Raven à cet évènement, pour *Tartan Candy*.

Merde. Non, je ne crois pas.

Il y eut une pause plus longue, au cours de laquelle Dallas fut tenté de s'excuser, mais Will ne pouvait pas vraiment le faire.

Tu crois que tu pourrais m'aider ?

Moi ?

C'était sans doute une question stupide, mais il n'arrivait pas à croire que Raven le lui demandait.

Oui, toi. Tu es séduisant et je préfèrerais gérer ça en famille, si je peux.

Et Caleb ?

Pfff. Il est bien trop timide pour le faire. Jaime pourrait, mais il est de service tout le week-end. Et Stefan a emmené tous mes mannequins de secours à Miami pour le week-end.

Ah. Il était son dernier recours. Cela prenait tout son sens.

Je n'ai pas de kilt.

Je suis sûr que l'un des miens t'irait. Tu vas le faire ?

D'accord. Ça devrait être amusant.

Raven répondit par une poignée d'émoticônes ravies et Dallas secoua la tête. Il n'avait pas menti, cependant. Cela pourrait être amusant et lui apporterait un point de vue différent sur une activité que Will aimait bien pratiquer.

Quand il retourna dans la chambre, il trouva l'intéressé en train de taper le réveil pour faire taire un bip incessant. Mais ce n'était pas la sonnerie du réveil qui était responsable de ce bruit.

Dallas trouva rapidement le coupable, à savoir le portable de Will, posé à l'endroit exact où il l'avait laissé. Will se tourna en soupirant, tirant les couvertures sur son torse.

Son propre téléphone se mit à sonner. Puis celui de Will retentit à nouveau. Que se passait-il ?

Un examen un peu plus approfondi fit battre son cœur plus vite. Le site était en panne et Will ne lui avait pas encore donné l'accès total.

Dallas tapa du pied, étudiant ses options le plus vite possible, parce qu'à chaque minute de coupure du site, Stefan perdait de l'argent et de potentiels clients. Il espérait que le vendredi matin n'était pas une heure de pointe sur le site. Will n'avait pas encore eu le temps d'effectuer plus que des analyses de données basiques, mais ils devaient réparer le site le plus vite possible.

— Will ? Will ?

Dallas lui secoua l'épaule.

— J'ai besoin de tes identifiants de travail.

Dix minutes plus tard, Dallas était dans sa voiture, roulant à toute allure vers le studio, après avoir réussi à obtenir de Will ses identifiants professionnels. Si quelqu'un avait pu croire que Will *prétendait* être malade, le seul fait qu'il se soit rendormi après que Dallas lui eut dit que le site avait crashé convaincrait sans doute quiconque du contraire.

Voilà ce que signifiait le fait d'être un véritable partenaire et Dallas adorait pouvoir faire ça pour Will.

XII

Will ouvrit prudemment les yeux et, pour la première fois depuis une éternité, la lumière ne déclencha pas de piques de douleur dans son crâne. Il avait chaud, aussi, mais pas trop. Il se tourna et remarqua vite que rien n'indiquait que quelqu'un avait dormi à ses côtés, même si l'odeur de noix de coco et de citron s'attardait sur l'oreiller. Il se défit des draps et couvertures entortillés autour de ses jambes. Il était encore malade. Les maux de tête et la fièvre étaient peut-être partis, mais ses muscles le faisaient encore souffrir et il se sentait aussi faible qu'un chaton.

Le lit était vide, cependant il entendait quelqu'un se déplacer dans son appartement.

— Dallas ?

Comme il n'obtint aucune réponse, il réessaya, un peu plus fort.

— Dallas, c'est toi ?

Quand des pas s'approchèrent, Will se détendit contre les oreillers. Il devrait se lever bientôt, car il y avait trop de travail à faire pour traîner au lit, mais peut-être que Dallas pouvait l'aider à se mettre debout.

— Hé, tu es réveillé.

— Caleb ? Qu'est-ce que tu fais là ?

L'intéressé haussa les épaules.

— Je suis là pour être sûr que tu manges ton déjeuner. Je peux te le préparer maintenant, si tu as faim. Soupe de nouilles et de poulet maison et tarte à la goyave en dessert.

Cela semblait délicieux, mais il n'était pas sûr d'avoir faim.

— Euh, non, je peux attendre. Quelle heure est-il ?

— Onze heures, à peu près.

Onze heures. Il tenta de réfléchir, mais la dernière chose dont il se souvenait, c'était d'avoir dîné avec Dallas et ses amis.

— Attends, onze heures ? Je suis vraiment en retard au travail.

L'adrénaline l'aida à se relever. Ce qui fut une erreur. La pièce tourna autour de lui et il trébucha sur ses jambes faibles.

— Ouah, calme-toi.

Caleb s'approcha de lui et l'aida à se rasseoir sur le lit plutôt qu'à tomber tête la première.

— Où est Dallas ? Je dois aller travailler.

Au lieu de l'aider à s'habiller, cependant, Caleb le poussa à se rallonger.

— Tu ne travailles pas aujourd'hui, on est dimanche.

— Dimanche ?

Ce n'était pas possible. Will fronça le nez, pour essayer de clarifier ses souvenirs voilés par la douleur.

— On n'est pas jeudi ?

— Non. Dallas a prévenu que tu étais malade et selon toute vraisemblance, tu as dormi jeudi et vendredi toute la journée. J'étais là hier aussi et tu as dormi tout le temps aussi, ne te réveillant que pour pisser et te nourrir un peu.

— Je ne me souviens pas, répondit Will, en gémissant un peu.

— Ce n'est pas étonnant. Tu as eu beaucoup de fièvre. C'est un peu tôt dans la saison pour ça, mais je crois que tu as eu la grippe. Tu devrais peut-être envisager de te faire vacciner l'année prochaine.

Si Will n'avait pas su le nombre d'enfants et de personnes âgées que comportait la famille de Caleb, il se serait demandé comment celui-ci connaissait les dates de la saison de la grippe.

— Mais où est Dallas ?

Prendre soin de son petit ami ne faisait-il pas partie du manuel de toute relation ?

— Il est malade aussi ?

Caleb secoua la tête.

— Non. Il est au salon de l'automobile avec Raven, tout comme hier. Voilà pourquoi je suis l'infirmière désignée. Jaime aurait été un meilleur choix, mais il travaille tout le week-end.

Oh merde, le salon de l'automobile. Will tenta de se redresser de nouveau, mais sa dernière tentative avait transformé ses membres en spaghettis trop cuits. Il s'affala sur les oreillers, une toux lui raclant les poumons et lui coupant le souffle.

— Oh là là, ça n'a pas l'air agréable. Je vais aller te chercher du sirop pour la toux.

Cette fichue grippe. Honnêtement, il pensait que ce n'était qu'une maladie pour l'hiver et il ne s'attendait pas à l'attraper en Floride. C'était stupide de sa part, maintenant qu'il y pensait.

Il avait déjà attrapé froid auparavant, mais n'avait jamais été H.S. comme maintenant. Ses maux de tête étaient partis, mais il avait mal partout ailleurs, sa toux était comme des lames de rasoir dans son torse et il ne s'était jamais senti aussi épuisé.

Après que Caleb fut revenu et avoir reçu ses médicaments, Will reprit :

— Dis à Raven que je suis désolé qu'il ait eu à faire le salon tout seul.

— Oh, ne t'en fais pas pour ça. Il a enrôlé Dallas.

Caleb sourit et attrapa son portable. Puis il le lui tendit, révélant une photo de Raven, dans son habituel kilt rouge vif, avec à ses côtés Dallas, dans le kilt bleu que Raven n'aimait pas, car il ne trouvait pas de coloration assortie. De manière ironique, le kilt possédait des rayures rouges et jaunes, comme les couleurs de Superman.

Tous deux souriaient comme des idiots sur cette photo assez sexy pour mériter les couvertures de magazines.

Il ne semblait manquer à aucun d'eux. Will rendit le portable à Caleb.

— Je me sens mieux, maintenant. Tu peux retourner chez toi.

Il tenta de ne pas avoir l'air irrité, mais il échoua.

Caleb secoua la tête.

— Je vais faire réchauffer le déjeuner. Tu te sentiras mieux après avoir mangé.

Will renifla de dérision. C'était peu probable. Il observa la chambre. Son propre téléphone, qui pourrait lui dire comment se passaient les choses au travail, était posé sur sa commode, séparé du lit par quelques mètres seulement qui auraient aussi bien pu être des kilomètres. Il était incapable de l'attraper pour l'instant.

Quelqu'un avait eu la prévenance de laisser la télécommande de la télévision sur la table de chevet, mais il ne pensait pas qu'il existe une émission l'aidant à se sentir mieux.

Sous la télécommande se trouvait une liasse de feuilles qu'il ne reconnaissait pas, mais lire n'allait pas l'aider non plus.

Le temps qu'il mange avec Caleb et se fasse aider pour rejoindre la salle de bain, il se sentait encore plus fatigué et geignard, mais il voulait rester seul.

— Je vais bien, Caleb. Je peux toujours appeler si j'ai besoin de quelque chose. Mais Dallas devrait avoir bientôt terminé.

Il ignorait si Dallas avait l'intention de revenir ici ensuite, mais Caleb n'avait pas besoin de le savoir.

— Tu as raison, j'imagine.

— Tu peux me passer mon portable ?

Caleb le fit avec un sourire agréable, même si la demande de Will n'avait pas vraiment été polie.

— Tu penses que ça ira ? Veux-tu que je te prépare du thé avant de partir ?

Le thé ne ferait que lui rappeler que Dallas faisait un évènement *Tartan Candy* à sa place.

— Non, merci.

Caleb se prépara à partir.

— Attends. Est-ce que tu peux me passer mon ordinateur aussi ?

— Bien sûr.

Quelques minutes plus tard, son téléphone et son ordinateur sur le lit près de lui, Will attendit que Caleb s'en aille. Il avait les paupières lourdes, mais il y avait beaucoup de travail à faire.

Il y avait tellement d'alertes et d'avertissements dans ses e-mails qu'une nouvelle dose d'adrénaline lui donna l'énergie nécessaire pour se concentrer.

Le site avait crashé le vendredi. Pourquoi est-ce que personne ne l'avait tiré du lit ? Et plus important, comment avait-il recommencé à fonctionner tout seul ?

Il creusa un peu et trouva les empreintes virtuelles de Dallas partout. Dallas avait eu l'accès total à tout et s'était apparemment connecté avec l'identifiant de Will.

— Quel enfoiré ! Il a juste attendu que je ne sois pas dans mon assiette pour me voler mon mot de passe.

Offensé, Will inspira une nouvelle fois, ce qui provoqua une nouvelle quinte de toux, qui l'épuisa et le fit haleter.

Il se força à se détendre, autant que possible, en tout cas, en sachant que Dallas avait commencé à le poignarder dans le dos comme il s'y attendait.

Certains souvenirs désordonnés se rassemblèrent dans l'ordre, le faisant grogner. Il avait donné lui-même ce mot de passe à Dallas, volontairement. Il fronça les sourcils. Il s'était passé autre chose avant ça. L'effort pour se souvenir déclencha une pulsation dans sa tête, lui faisant craindre le retour des maux de tête, mais c'était important.

Des papiers. Dallas lui avait donné des papiers. Il récupéra les feuilles posées sur la table de chevet, faisant valser la télécommande.

À mesure qu'il les parcourut, sa colère et sa peine crurent. Des descriptions de poste. Beaucoup. Pour l'équipe que Dallas prévoyait apparemment de monter. Après tout, il avait évité haut la main un désastre avec le site et Will n'avait manqué à personne. Bon sang, même son meilleur ami s'était passé de lui pour l'évènement où ils étaient censés travailler ensemble parce qu'ils étaient partenaires, bordel.

S'il avait cru que cela pouvait l'aider, il aurait dénoncé Dallas à Stefan ou dit à celui-ci qu'il avait de sérieux doutes sur la viabilité du jeune homme à long terme. Mais cela ne mènerait à rien, parce que Dallas était l'enfant prodige. Stefan lui avait déjà fait comprendre, de manière désinvolte, qu'il le préférait à lui.

Il poussa soudain un petit cri de surprise et se redressa pour attraper son téléphone. Certaines personnes pourraient confirmer si ce nouveau souvenir qui venait de jaillir dans sa tête était la vérité ou un horrible rêve. Mais il n'était pas certain de vouloir leur parler maintenant, même par texto.

Parcourant ses contacts, il s'arrêta quand il atteignit Jaime.

Tu es là ?

Il n'allait pas attendre longtemps. Si Jaime ne répondait pas, il prendrait sur lui et essaierait avec quelqu'un d'autre.

Tu es en vie ! Comment te sens-tu ?

Trahi. Furieux. Comme si quelqu'un lui avait volé son chien, son livre préféré et le soleil dans le ciel. Mais il n'allait pas le dire à Jaime. C'était déjà assez dur de savoir que celui-ci allait sans doute bientôt faire des galipettes avec Dallas.

Bien. Mais ma mémoire est un peu floue. Je crois avoir entendu Dallas dire que Stefan était son frère. C'est vrai ?

Il tapota son téléphone, nerveux, en se demandant combien de temps cela prenait de taper trois petites lettres.

La grippe t'a sacrément foutu en l'air. Si tu as besoin de quelque chose, n'hésite pas. On n'est pas très chargés, on peut passer te voir en ambulance.

C'est ça, comme s'il voulait *ça* justement.

Et concernant Stefan et Dallas ?

Ouais, ils sont frères. Je suis content qu'il te l'ait dit.

Un simple message confirmait non seulement que Dallas était un salaud de menteur, mais qu'en plus, il avait partagé cette information avec tout le monde sauf lui. Pas étonnant qu'il soit l'enfant prodige aux yeux de Stefan. C'était comme chez *Savron Dynamics*. Will n'était pas assez bon. Pas aussi bon que Dallas, en tout cas. En fait, c'était même pire ici, parce que le jeune homme ne le remplaçait pas juste au travail, mais dans toute sa putain de vie.

Un nouveau message arriva.

Est-ce que tu veux en parler ? Tu peux m'appeler, si besoin.

Il jeta le portable sur l'oreiller à ses côtés. En parler n'y changerait rien. Une larme coula sur sa joue. Il commençait à croire que c'était réel. Suffisamment pour tomber amoureux de ce connard hypocrite. Et maintenant, ce n'était plus qu'une question de temps avant que Dallas lui enlève tout.

Il ne lui restait qu'une seule chose à faire. Il ouvrit sa boîte mail et commença à taper.

DALLAS AVAIT les mains tremblantes, quand il inséra la clé dans la serrure de Will. Il aurait sans doute dû demander à celui-ci avant d'en faire une copie, mais il avait été si malade que cela avait semblé logique à Dallas d'avoir sa propre clé. En fait, toute sa vie avait été logique, jusqu'à il y a une heure. Et maintenant, Will ne répondait ni à ses appels ni à ses messages.

Il entra en trombe dans la chambre, où Will regardait une rediffusion du *Bachelor,* une émission qu'il détestait. C'était une des rares choses sur lesquelles ils n'étaient pas d'accord, car c'était pour Dallas un plaisir coupable.

— Qu'est-ce que tu as fait ? Et pourquoi tu regardes ça ? Tu détestes cette émission.

Will lui répondit d'une moue boudeuse et d'une expression obstinée, avant d'éteindre la télévision.

— Et alors ? Je regarde ce que je veux.

Il avait le visage pâle et les yeux injectés de sang, mais il paraissait tout à fait lucide et non plus fiévreux au point de délirer. En d'autres termes, son comportement n'avait rien à voir avec la grippe.

— Très bien. Je m'en fiche. Mais Stefan m'a appelé. Pourquoi est-ce que tu as fait ça ?

— Stefan t'a appelé ? Ton frère, tu veux dire ? Il n'était pas censé lire cet e-mail avant demain.

Dallas prit quelques inspirations tremblantes. Il avait été tellement soulagé qu'ils ne se disputent pas quand il avait révélé à Will la vérité sur Stefan qu'il avait en quelque sorte oublié que son amant ne comprenait sans doute pas ce qu'il lui disait. Mais même s'il s'était aveuglé par cet argument, cela n'expliquait pas l'e-mail que Will avait envoyé à Stefan.

— Je suis désolé, Will. Vraiment. Sur le moment, ça m'a paru mieux. Je ne voulais pas que les gens me traitent comme le frère du patron. Je voulais qu'ils m'acceptent comme j'étais. Mais ce n'est pas la peine de démissionner pour ça. Nous pouvons arranger ça, je le sais.

Une seule petite… tromperie n'était quand même pas assez horrible pour que Will ne supporte même plus de travailler avec lui, si ?

Celui-ci esquissa un sourire méprisant.

— Oh, vraiment ? Tu n'aimes pas le népotisme ? Alors, pourquoi avoir fait ce stage avec papa ? Je suis sûr que c'est papa qui t'a trouvé ce job pépère chez *Savron Dynamics* ensuite. Je ne sais même pas pourquoi tu le voulais, puisque tu n'as même pas besoin de travailler, si ? À cause de toi, j'ai perdu mon travail, j'ai dû me réinstaller avec mes parents et j'ai rompu avec mon copain. Mais ça ne te suffisait pas. Il a fallu que tu me suives ici et que tu recommences. Mais cette fois, c'est pire encore parce que… parce que… Ce sont mes amis. Mon entreprise. Et toi. Tu m'as fait t'apprécier, putain. Pourquoi ne m'ouvrirais-tu pas une veine pour me prendre tout ce qu'il me reste ?

Les mots se déversaient de lui, mordants et venimeux, rongeant le calme que Dallas ressentait, transformant son inquiétude et sa peur en colère bouillonnante.

— Espèce de connard mélodramatique.

Will écarquilla les yeux et eut un mouvement de recul, autant qu'il lui était possible d'en avoir un en étant assis dans un lit, en tout cas. Il paraissait choqué, comme s'il s'attendait à ce que Dallas accepte sans broncher ses conneries paranoïaques.

— Bien sûr, mon père m'a payé mes études à l'université. Mais j'ai dû me battre sans arrêt pour passer le diplôme que je voulais. Que j'ai réussi haut la main, merci bien, et sans verser de pot-de-vin à quiconque. J'ai fait mon stage dans l'entreprise de mon père, oui, mais j'ai détesté. J'ai trouvé ensuite ce boulot chez *Savron Dynamics tout seul*. Je me suis fait embaucher grâce à mes putains de mérites parce que, malgré ce que tu penses, je suis bon dans mon travail. Et quand mon père l'a découvert, il m'a coupé les vivres. Alors même si tu crois que je rentrais chez moi pour prendre des bains de champagnes tandis que des vierges faisaient des cabrioles autour de moi, sache que j'ai dû utiliser mon très modeste salaire de débutant pour trouver un endroit où vivre et m'acheter une voiture. Oui, j'ai eu l'avantage de commencer sans prêt étudiant, mais ce n'est pas pour autant que je vivais dans un palace. Et, oui, j'ai eu une augmentation après que le service se soit fait virer. Mais pour info, je ne gagnais que la moitié de ce que toi, tu touchais. Et il n'est alors resté plus que moi, tout seul pour faire le travail, à part une équipe en Inde. Si tu crois que c'était du gâteau, tu te trompes royalement. Si tu crois que ça m'a laissé quelques économies, tu te trompes encore plus royalement.

Dallas inspira profondément. Révéler toute la vérité était censé être cathartique, non ? Pourtant, il était plus énervé qu'il ne l'avait jamais été. Parce que les deux années écoulées avaient été injustes.

— Les six premiers mois chez *Savron Dynamics* ont été géniaux. Je travaillais avec des gens super. Je fantasmais sur le directeur, c'est-à-dire, toi. Je faisais le travail que j'aimais. Tu sais ce qui s'est passé ensuite ? Quand tout le monde s'est fait virer, j'ai été tout seul pour gérer en temps réel toutes les urgences au travail et j'étais sans arrêt de service la nuit pour guider l'équipe en Inde afin qu'ils fassent tout le travail.

— Sans doute que…

Dallas fendit l'air avec sa main.

— Non. J'en ai ma claque. Tu as dit ce que tu avais à dire. C'est mon tour, maintenant. Le stress m'a donné des migraines, que j'ai combattues avec des anti-inflammatoires. Eux m'ont irrité l'estomac, donc j'ai pris des antiacides. Quand les Indiens appelaient au milieu de la nuit ou que les maux de tête m'empêchaient de dormir, je buvais du café pour rester éveillé au travail. Des litres. Quand ça ne suffisait pas, j'ajoutais des cachets de caféine aux antiacides et aux anti-inflammatoires, creusant littéralement un putain de trou dans mon propre estomac pour essayer de maintenir le bateau à flot. J'ai essayé de prendre des journées de congé maladie, mais les gens n'arrêtaient pas de m'appeler chez moi. Tout le temps.

Will ouvrit la bouche et la referma comme un poisson. Si Dallas avait été chez lui, il aurait balancé des affaires partout. Il n'avait jamais été aussi énervé.

— Tu te souviens de Hugh ? Eh bien, à cause de mon travail, il ne pouvait plus tirer son coup quand il le voulait. Nous ne nous voyions plus aussi souvent, et quand nous nous retrouvions, j'étais trop crevé pour baiser. Quand j'ai refusé de démissionner et de me faire installer dans un appartement, mon cul à sa disposition au gré de ses désirs, il m'a largué, mais non sans m'avoir dit d'abord qu'il ne m'avait fréquenté que parce qu'il était énervé contre mon père. Ma première relation n'avait été qu'une revanche.

— Oh merde, Dallas, c'est horrible.

Un rire amer lui échappa. La compassion de Will arrivait un peu trop tard.

— Et à peu près à l'époque où je me faisais plaquer, ils ont commencé à critiquer mes performances, au travail. Mon manque d'éthique professionnelle. Ma négligence. Quand je me suis effondré au boulot… Ils m'ont viré le lendemain. Après avoir été viré, je ne pouvais plus bénéficier de l'assurance maladie, qui avait l'air si bonne. Toutes mes économies sont passées dans les factures d'hôpital. Et tu sais, la semaine avant de déménager ici ? La semaine avant de me faire expulser de mon appartement ? J'ai passé cette semaine-là dans le noir parce qu'ils m'avaient coupé l'électricité, puisque je ne l'avais pas payée. Et lorsque j'ai rassemblé mes affaires et que je suis allé chez mes parents, qui avaient accepté de me laisser rester chez eux tant que je promettais de travailler dans l'une des entreprises de mon père après ma guérison, j'ai fini par lâcher que j'étais gay.

» Mon père avait foutu Stefan à la porte pour la même raison, mais je pensais que je bénéficierais d'un traitement de faveur, puisque Stefan n'était que son beau-fils, pas son vrai fils. J'avais tort, et comme dix ans plus tôt, ma mère a laissé mon père faire ce qu'il voulait, sans émettre la moindre objection. J'ai roulé jusqu'en Floride avec deux cents dollars en poche en tout et pour tout, pour l'essence et la nourriture. Je dormais dans ma voiture sur les aires d'autoroute, sans savoir si Stefan me laisserait entrer.

— Je suis désolé. Ma réaction était disproportionnée.

— Eh bien maintenant, tu vois pourquoi je n'ai pas trop de compassion pour ta vie si mauvaise depuis *Savron Dynamics*.

Il eut du mal à prononcer ces mots. Son estomac se retournait tellement qu'il crut qu'il allait vomir, et pourtant, il devait toujours retourner chez Stefan.

Will tendit la main vers lui, le regard suppliant. Mais Dallas ne supportait même plus de le regarder. Il prit son sac et ramassa les affaires qu'il avait laissées chez Will.

— Dallas, attends, tu n'es pas obligé de faire ça.

— Ah non ?

Les larmes lui nouaient la gorge. Une fois tout le venin parti, il ne pouvait s'accrocher qu'à sa volonté.

— C'est assez évident que quand tu m'as dit que tu m'aimais, tu étais en train de délirer. Et quand moi, je t'ai répondu, je pensais chaque mot, mais je ne peux pas… Je ne peux pas rester ici en sachant que tu me prends pour un homme aussi horrible.

Il n'était pas sûr d'avoir retrouvé tous ses vêtements, mais cela n'avait pas d'importance. Il devait s'en aller tout de suite avant de fondre en larmes devant Will. Il avait été stupide de croire qu'il pourrait affronter n'importe quel obstacle que Will dresserait sur son chemin. Parce que celui-ci, il ne pouvait pas le franchir.

— Au revoir, Will.

Dallas fuit l'homme dont il était bêtement tombé amoureux. Comment avait-il pu se tromper encore ? Il avait cru que ses parents l'aimaient. Il avait cru que Hugh tenait à lui. Il avait cru que Will l'aimait. Mais il avait eu tort. Personne ne tenait à lui, à part son frère.

WILL RÉUSSIT à peine à atteindre la salle de bain avant de rendre le peu de nourriture qu'il avait avalée. Il vomit jusqu'à n'avoir plus rien à cracher, puis encore un peu. Il tira la chasse, puis s'affala contre le mur.

Quand Dallas avait claqué la porte de son appartement, cela lui avait semblé terriblement définitif.

Les larmes coulèrent en silence, de grandes rivières brûlantes dévalant ses joues exsangues, qui se transformèrent très vite en sanglots déchirants.

Comment avait-il pu penser le pire de Dallas ? À vrai dire, il ne le pensait pas vraiment. Il ne le pensait plus, en tout cas. Il n'aurait jamais pu tomber amoureux du jeune homme s'il pensait vraiment qu'il était responsable de tout ce qui s'était passé. Or, il aimait Dallas. C'était la seule chose dont il était sûr.

Au milieu de tout cela, il ne se souvenait même pas d'avoir dit à Dallas qu'il l'aimait ni que celui-ci le lui avait dit aussi. Et il venait de griller toutes les chances de réentendre ces mots un jour.

Il prit un peu de papier toilette pour s'essuyer le nez et les yeux, mais il n'arrivait pas à interrompre le déluge. Enfin, après que ses yeux gonflés se furent refermés, et avec la peau irritée sous le nez, il s'affala au sol. Le froid du carrelage fut agréable sur sa peau inondée de larmes et il y resta un long moment à haleter. Quelques larmes coulèrent encore, éclaboussant les carreaux sous son visage.

— Will, ça va ?

Il tenta d'ouvrir les yeux, mais il n'aperçut qu'une masse de cheveux noirs.

— Dallas ?

L'espoir se raviva, repoussant le linceul qui s'était déposé sur son cœur.

— Non, mec, c'est Jaime. Tu es tombé ?

Les ténèbres revinrent. Bien sûr que cela ne pouvait pas être Dallas. Jaime le tapota partout, en commençant par sa tête, sans doute à la recherche d'os brisés. Mais pour les cœurs brisés, les secouristes ne pouvaient rien faire.

— Non. Qu'est-ce que tu fais là ?

Ne pouvait-il pas le laisser se complaire dans son malheur en paix jusqu'à se désintégrer sur le carrelage ?

— Tu as fichu la trouille de sa vie à Raven, mec. Quand Dallas est parti en trombe du salon de l'automobile après avoir reçu un appel, Raven a flippé. Il m'a appelé et m'a supplié de venir ici, par peur que tu aies fait une rechute.

Il ne répondit rien.

— Viens, on va te remettre au lit, pour que je puisse t'examiner.

Jaime le releva. Will ne lui fut d'aucune aide, puisqu'il essaya plutôt de retourner s'affaler au sol, mais Jaime et une femme qu'il ne connaissait pas parvinrent à le remettre au lit.

Le cousin de Caleb lui prit sa tension et examina tout un tas d'autres trucs médicaux obscurs, puis les deux urgentistes s'entretinrent à voix basse tandis que Will se blottissait contre l'oreiller de Dallas, qu'il renifla à la recherche des effluves de noix de coco et de citron. Puis la femme s'en alla et Jaime sortit différents objets d'un énorme sac.

— Raven m'a appelé juste à la fin de mon service, mais je ne pense pas que tu aies besoin de te rendre à l'hôpital. Je viens de demander à ma partenaire de ramener l'ambulance, alors tu ferais mieux de ne pas me donner tort.

— J'ai merdé, Jaime.

Sa voix était faible et étranglée et parler lui donnait l'impression d'avaler des morceaux de métal.

Jaime lui fit quitter sa position fœtale pour le redresser.

— On va d'abord t'hydrater un peu, puis tu me diras tout ça.

L'odeur d'alcool lui brûla le nez quand Jaime s'agenouilla sur le lit. Il nettoya le bras de Will avec puis lui planta une aiguille dans la veine. Quelques secondes plus tard, Will avait sa propre intraveineuse à domicile, accrochée au lit. Jaime remballa ses affaires et rapprocha le fauteuil de lecture de Will du lit.

Il lui serra gentiment l'épaule.

— Qu'est-ce qui s'est passé ? Raven était dans tous ses états, il m'a dit que Dallas avait fui le salon comme s'il avait les chiens de l'enfer aux trousses.

— J'ai démissionné.

— Euh. Démissionné de quoi ? D'*Idyll Fling* ? Je ne comprends pas.

Will se racla la gorge.

— Je suis un imbécile. Et maintenant, tout le monde me hait.

— Où est Dallas, au fait ?

Un sanglot le prit par surprise et le fit hoqueter.

— Parti.

— D'ac-cord, répondit-il en étirant le mot. Laisse-moi te donner un peu d'eau, puis tu pourras me dire ce qui s'est passé.

Will n'avait absolument pas l'intention d'obéir, pourtant, quand Jaime revint, les vannes s'ouvrirent, aussi bien celles de sa bouche que celles de ses larmes. À ce rythme-là, il allait finir comme un raisin géant.

Après ça, Jaime resta silencieux quelques minutes.

— Qu'est-ce que tu vas faire ?

— Je ne sais pas. Rien ? Qu'est-ce que je peux faire pour arranger ça ?

Jaime soupira.

— La première chose à faire, c'est de ne pas t'inquiéter de perdre l'amitié de Raven. C'est ton meilleur ami et il ne va pas t'échanger pour un modèle plus récent. Sors-toi cette idée de la tête. S'il ne s'inquiétait pas pour toi, il ne m'aurait pas appelé.

— Il ne m'a pas appelé, moi.

Il parlait de Raven, mais c'était valable pour Dallas aussi.

Jaime leva les yeux au ciel.

— Non, mais il m'a envoyé un milliard de textos jusqu'à ce que j'aie une minute à moi pour lui dire que tu allais bien et que je restais avec toi. Il voulait venir aussi, mais je lui ai dit que ce n'était pas une bonne idée, parce que tu allais sans doute t'endormir bientôt.

— Pourquoi ? Qu'est-ce que tu m'as donné ?

— Tu es un homme soupçonneux, hum ?

Non. Il ne l'était pas. Il ne voulait pas l'être. Il remarqua aussi que Jaime n'avait pas dit qu'il n'avait pas à s'inquiéter de perdre Dallas. Tous deux savaient que cette nouvelle relation était morte et enterrée, sans espoir de ressusciter un jour.

— Mais je ne t'ai rien donné. Pas besoin. Tu es clairement épuisé, entre la grippe et ta crise émotionnelle. Je suis même épaté que tu sois encore éveillé.

Ces mots eurent l'effet d'une formule magique et Will sentit ses paupières s'alourdir.

— Dors un peu. Les choses te paraîtront moins difficiles demain matin.

Will n'y croyait pas, mais il était trop fatigué pour argumenter.

XIII

ENCORE UN peu endormi, Will s'étira et chercha Dallas. Comme il ne rencontra que le vide, les évènements de la veille lui revinrent brusquement en mémoire. Ses yeux le brûlèrent, mais il lutta contre les larmes. Ils étaient toujours gonflés et collants de sa dernière crise de larmes et il ne supportait plus de pleurer.

L'heure sur le réveil l'informa qu'il était largement en retard au travail, mais bon, il n'avait plus de boulot, si ? Donc il ne pouvait rien faire pour se changer les idées non plus. Il se leva pour utiliser la salle de bain, puis retourna au lit. Ce matin, il se sentait légèrement moins comme un homme frappé à coup de battes de baseball, néanmoins ses yeux semblaient avoir toute leur place sur une affiche dénonçant les violences conjugales.

Il attrapa son portable à contrecœur. Raven lui avait écrit, tout comme Jaime et Caleb, mais Dallas avait été notablement silencieux, ignorant les quelques messages qu'il lui avait envoyés pendant la nuit quand il s'était rendu aux toilettes.

Serrant les dents, il tenta de l'appeler, mais tomba directement sur la boîte vocale. Au cas où, il envoya un nouveau SMS l'implorant de lui parler.

Comme il était masochiste, il alluma la télévision pendant qu'il attendait et chercha un épisode enregistré du *Bachelor*, et se tortura en se souvenant combien Dallas aimait regarder cette émission et dire à tous les candidats et prétendants ce qu'ils devaient faire, comme s'ils pouvaient l'entendre. Le jeune homme était un romantique et c'était l'une des choses que Will aimait chez lui.

Il ignorait quand Jaime était parti, bien qu'il se souvienne vaguement que le secouriste l'avait secoué pour le réveiller afin de lui dire au revoir. Will était seul et allait le rester.

Son estomac gronda, mais il n'avait pas envie de bouger.

Au milieu de l'épisode, son téléphone toujours silencieux à ses côtés, il abandonna son combat contre les pleurs et regarda la fin de l'émission avec les yeux voilés de larmes.

Juste à l'instant où ils allaient annoncer qui allait être éliminé, quelqu'un frappa à sa porte.

Enfoirés. Il devrait se trouver une maison dans un quartier résidentiel clos ou au moins un immeuble avec un interphone, auxquels les gens devraient sonner avant de pouvoir se pointer devant sa porte.

Will monta le son, mais les coups continuèrent. Désireux d'éviter toute nouvelle visite des ambulanciers, il sortit du lit et marcha d'un pas lourd jusqu'à la porte.

— J'arrive.

Son cri ne fut guère plus qu'un coassement et un vain effort. Il ouvrit la porte.

— Oui ?

— Est-ce que je peux entrer ?

Sous le choc, il s'écarta pour laisser passer Stefan. Stefan, qui portait un plateau en carton contenant deux tasses à café et un énorme sac en papier.

— Je ne savais pas trop si tu avais faim, alors j'ai apporté quelques trucs.

Will le précéda jusqu'à la cuisine et s'assit à table, incapable de lui demander ce qu'il faisait là. Stefan se déplaça dans la pièce pour trouver des assiettes et des serviettes.

Il étala ce qu'il avait apporté, soit un assortiment de pâtisseries et de sandwichs petit-déjeuner, et plaça une tasse à café devant Will avant de s'asseoir à son tour pour boire une grande gorgée de son propre breuvage.

Will joua avec le couvercle de la tasse, pas encore prêt à boire, tout en fixant Stefan du regard. Maintenant qu'il était au courant, il pouvait voir la ressemblance familiale, que les cheveux blonds et les taches de rousseur de Stefan avaient initialement masquée.

Ce dernier soupira.

— Dallas m'a dit ce qui s'était passé, mais seulement après que j'aie reçu ton e-mail… étonnant.

— La plupart des patrons ne répondent pas à une lettre de démission par une visite à domicile.

Il ne savait pas du tout pourquoi le sien était là.

— Je ne suis pas comme la plupart des patrons. Et mon activité est plutôt singulière aussi. Je sais que Dallas… enfin, nous deux… aurions dû être honnêtes quant à notre lien de parenté. Ce n'était pas juste pour toi, mais je comprends pourquoi Dallas voulait le cacher. Tu sais que *Savron Dynamics* était la seule entreprise qui ne semblait pas avoir d'intentions cachées en acceptant la candidature du fils de Walter Greene ? C'est pour ça qu'il est allé travailler là-bas.

Il n'était pas heureux de l'apprendre. Si Dallas avait travaillé ailleurs, il n'aurait peut-être pas repoussé ses limites au point de s'écrouler, mais d'un autre côté, Will ne l'aurait pas rencontré. Il n'aurait pas connu le mois le plus idyllique de sa vie.

Mais il ne savait pas non plus ce que Stefan voulait qu'il réponde.

— Il m'a aussi expliqué pourquoi tu pensais devoir garder le secret. Mais si j'avais pensé que tu abusais de lui, je serais intervenu bien plus tôt.

Le sang battit à ses oreilles.

— Tu savais pour nous ?

— Oh oui, confirma Stefan, désabusé. Vous n'étiez pas aussi discrets que vous le pensiez. Et je ne suis pas aussi stupide que vous sembliez le croire.

La chaleur s'intensifia dans ses joues. Ils avaient beaucoup couché ensemble au studio.

— Hum… Y a-t-il des caméras de sécurité dont j'ignore l'existence ?

Stefan se mit à glousser si fort qu'il dut reposer son café et qu'il lui fallut quelques instants pour se reprendre.

— Euh. Non. Je n'ai pas besoin de me lancer dans le cinéma amateur. Mais quand il a commencé à ne plus beaucoup rentrer à la maison, ce n'était pas bien difficile de comprendre qu'il voyait quelqu'un. Lorsque l'un des mannequins a parlé d'un préservatif usagé dans les toilettes près de la petite salle de pause, j'ai commencé à ouvrir l'œil et je n'ai pas mis longtemps à confirmer mes soupçons.

— Mais je suis son manager.

Du moins, il l'était, jusqu'à la veille.

— Et je suis son frère. Il faut bien admettre que la situation est inhabituelle à tous points de vue. Mais comme je te l'ai dit, je ne pense pas que tu cherches à abuser de lui. Tu devrais savoir, depuis le temps, que Dallas n'est pas du genre à courber l'échine et à se laisser dicter sa conduite.

Will plissa le nez. Il avait eu affaire de nombreuses fois à l'attitude de défi de Dallas, mais le jeune homme s'était aussi accroché à un boulot qui l'avait usé jusqu'à la moelle et était resté avec un homme dans le placard, coincé dans une relation avec un sérieux déséquilibre des pouvoirs. Mais bon, c'était sans doute dû à l'entêtement de Dallas à travailler plus que les heures prévues, plutôt qu'une tendance à se laisser maltraiter en courbant l'échine.

— Oui, je sais à quoi tu penses. Mais *Savron Dynamics* était son premier job et Hugh son premier copain. Je crois qu'on se laisse parfois aveugler par la nouveauté, non ? Et il n'avait aucun vrai ami ou véritable famille pour l'aider.

C'était vrai. Le premier copain de Will avait été un connard, que ses parents avaient détesté avec force. Avoir la possibilité de coucher régulièrement pour la première fois de sa vie avait surpassé pendant un long moment les inconvénients. Cependant, une certaine lueur dans les yeux de Stefan lui disait que cette histoire n'apparaîtrait pas sur le compteur Geiger des griefs du grand frère. L'argent ne résolvait pas tout, Will le savait, même s'il l'avait oublié pendant longtemps.

— Tu n'as pas à... je ne sais pas... m'expliquer son comportement. Je sais que j'ai été con et qu'il n'avait pas d'intentions infâmes. Je sais qu'il n'aurait pas pu faire virer tout le service. Pas seulement parce que c'est un homme bon, mais aussi parce que c'était autant illogique que hors du champ de son autorité.

Will avait entendu parler d'une faille de sécurité majeure chez *Savron Dynamics* juste avant que Dallas arrive. Il en avait ressenti une joie particulière, mais c'était encore plus gratifiant de savoir que c'était à cause d'un mauvais management au-dessus de lui, d'abord en allégeant tellement le service qu'il n'était plus que l'ombre de lui-même, puis en virant brusquement l'homme qui maintenait le bateau à flot.

Il prit un sandwich petit-déjeuner et le grignota avec hésitation. Il avait faim, mais il ne voulait pas prendre le risque de subir une nouvelle catastrophe émotionnelle et gastrique.

Ils mangèrent quelques minutes dans un silence amical, bien qu'il sente que Stefan n'avait pas tout dit.

— J'ai encore une chose à te dire. Je sais que Dallas ne voudrait pas que je t'en parle.

Will redressa les épaules. Il savait déjà que Dallas n'avait pas eu le sentiment de pouvoir lui faire confiance pour lui dire la vérité sur de nombreux sujets. Un de plus, ce serait de la cruauté, non ?

— Ai-je vraiment besoin de le savoir ? Dallas a été très clair sur le sujet, il ne veut plus rien avoir à faire avec moi.

Sa voix se brisa et il renifla en essayant de ne pas s'écrouler... encore.

— Oui, je pense qu'il faut que tu le saches. Autant tout déballer. Tu vois, ce n'est pas par hasard que je t'ai contacté. Pour le boulot, je veux dire. Dallas m'a appelé et m'a demandé de te faire passer un entretien, parce qu'il savait que je cherchais quelqu'un et qu'il t'appréciait beaucoup, même à l'époque. Il se sentait terriblement mal à cause de ce qui s'était passé, mais il n'avait aucun moyen de l'empêcher. Il a été aussi surpris que toi par les licenciements, mon pote. Et il n'était absolument pas ravi d'une promotion qu'il aurait dû fêter, dans d'autres circonstances.

L'estomac de Will se souleva d'une manière tout sauf agréable. Non seulement Dallas avait été l'opposé de la Némésis démoniaque qu'il s'était représentée, l'opposé de l'homme qu'il avait accusé de tout, mais en plus, il était à lui seul responsable de la formidable opportunité professionnelle que Will avait saisie à deux mains… et il avait laissé ses craintes l'empêcher de travailler au mieux de ses capacités. En fait, il avait autant déçu Stefan qu'il s'était déçu lui-même.

Il reposa son sandwich à moitié consommé sur l'assiette et repoussa celle-ci. Il était le seul à blâmer pour son malheur, cette fois-ci.

Stefan sortit son portable et joua avec.

— Écoute, je ne sais pas si les choses peuvent s'arranger avec Dallas. J'essaie de rester autant que possible à l'écart. Si elles ne peuvent pas s'arranger, j'aimerais que vous trouviez une sorte de trêve professionnelle, parce que je pense que je serais stupide de me séparer de l'un de vous deux. Et j'ai aussi envie de croire que la grippe a foutu ton cerveau en l'air pendant quelques jours.

Il tourna son téléphone vers Will pour lui montrer son e-mail de démission.

— Alors, Will, disons que cet e-mail s'est perdu quelque part dans le cyberespace.

L'e-mail disparut d'un clic sur l'écran.

— Je te laisse une semaine de congé maladie pour voir où tu en es. Si tu penses encore vouloir démissionner, nous en parlerons. En attendant, si tu veux parler d'autre chose, appelle-moi. Comme je te l'ai dit, je fais de mon mieux pour rester le plus neutre possible.

Stefan se leva, enleva quelques miettes de son tee-shirt et s'éclipsa.

Son patron lui avait dit beaucoup de choses. La seule qu'il n'avait pas mentionnée, néanmoins, c'était s'il croyait en la possibilité que Will et Dallas arrangent les choses. Cependant, la seule venue de Stefan était encourageante et Will choisit de croire que les choses n'étaient pas endommagées de manière irréparable. S'il disposait d'une semaine pour se reprendre, il allait s'en servir pour trouver un moyen de faire revenir Dallas.

Un embryon d'idée apparut dans son cerveau, mais il allait avoir besoin de bonne volonté et de beaucoup de monde pour réussir.

Dallas observa le restaurant par la fenêtre de la voiture. Il ne savait pas comment il allait réussir à avaler quoi que ce soit, pas avec l'estomac aussi noué.

— Est-ce que je fais ce qu'il faut ?

Stefan lui tapota l'épaule.

— Tu le sauras bien assez tôt. Pour ce que ça vaut, je pense que Will a fait une erreur de jugement, comme toi, quand tu es resté dans un boulot qui te tuait à petit feu.

Dallas serra les lèvres. Il ne pouvait pas dire qu'il avait toujours fait les bons choix et le stress l'avait tellement bloqué qu'il ne lui était même pas venu à l'idée de chercher un nouveau travail. Malgré tout, la comparaison était un peu exagérée. Cependant, il devait quand même parler avec Will. Celui-ci n'avait pas arrêté de lui envoyer des messages depuis que Dallas était parti, à part deux jours de silence radio.

La panique qu'il avait alors ressentie, à ne pas savoir qui appeler, à se demander s'il devrait aller chez Will et voir comment se portait ce dernier lui avait fait comprendre qu'il tenait toujours à lui. Obstiné, il n'avait pas écrit à Will, mais avait contacté Raven, pour être sûr. Après tout, Will était encore malade, quand leur relation avait implosé. Lorsque Will avait enfin envoyé un nouveau message pour le supplier de lui laisser une chance de lui parler, Dallas avait compris qu'il serait obligé d'accepter, même si c'était pour pouvoir tourner la page.

Son nez le picota à l'idée de renoncer à Will. Il avait pensé que celui-ci serait à ses côtés pour toujours et il ne savait pas quoi faire si ce n'était pas le cas. Le soleil avait peut-être brillé la semaine précédente, pourtant, il s'était senti seul et maussade.

— Souviens-toi qu'en cas de besoin, tu peux m'appeler et je viendrai te chercher.

Will voulait l'emmener quelque part après le dîner et avait promis de le ramener plus tard. Plutôt que de prendre un taxi ou de chercher un covoiturage, Dallas avait demandé à son frère de l'emmener. Il ne voulait pas admettre qu'une petite part de lui espérait que la soirée se termine chez Will, parce que ce serait stupide, n'est-ce pas ?

— Merci, Stef.

Il sortit lentement de voiture. Ils avaient passé une très bonne soirée dans ce même restaurant, à peine un mois plus tôt, quand Will l'avait présenté à ses amis comme son compagnon. En outre, il y avait tellement de plats sains sur le menu que Dallas avait eu l'embarras du choix.

Si le dîner tournait mal, il ne pourrait plus retourner dans ce restaurant. Il redressa sa cravate à motifs. Il avait renoncé au costume et portait à la place une chemise habillée et son pantalon moulant de sortie. Il espérait que cette tenue à la fois habillée et décontractée conviendrait aux projets de Will.

Dans le restaurant, son regard se posa immédiatement sur Will et sa masse de cheveux blonds aussi séduisante que toujours. Celui-ci lui fit signe avec un sourire morose.

Son propre sourire lui sembla guindé et étrange, comme s'il n'arrivait pas à se décider entre sourire et faire la grimace. Si seulement il avait une idée de ce qui allait se passer.

Il s'assit sur la chaise libre en essayant de ne pas fixer le petit cadeau posé sur la table. La boîte était trop grosse pour être un bijou et il ne savait pas s'il était excité de voir ce cadeau ou perturbé. Hugh avait toujours pensé que du chocolat ou des bouteilles d'alcool cher apaiseraient leurs petites querelles.

— Salut.

Will avait la voix un peu rauque, mais Dallas s'en fichait. Cela lui avait manqué de ne pas l'entendre, la semaine précédente.

— Salut.

Le serveur apparut et posa devant eux deux verres qui semblaient contenir du champagne, avant de disparaître.

— Je ne bois pas.

Will lui sourit doucement.

— Je m'en souviens. C'est un jus de fruits pétillant. Après ton… euh… rendez-vous avec Jaime, tu m'as dit que tu avais beaucoup aimé.

Ils n'avaient jamais eu l'occasion d'en acheter pour chez Will. En outre, Dallas n'en avait parlé qu'une fois.

Bon sang, il commençait déjà à céder, mais il ne pouvait pas se le permettre. Un jus de fruits pétillant, cela n'avait pas la même classe que ce que Hugh lui offrait, mais c'était bien plus prévenant que ce dernier ne

207

l'avait été. Cependant, cela ressemblait encore à une tentative de l'acheter, même s'il espérait que ce n'était pas intentionnel.

Il en prit néanmoins une gorgée tout en observant Will. Pendant le mois qu'ils avaient passé ensemble, les cernes s'étaient estompés sous ses yeux, mais en une semaine, elles avaient commencé à réapparaître. Il semblait aussi plus pâle que d'habitude, mais son regard était clair.

— Tu te sens mieux ?

Will confirma d'un hochement de tête.

— Je n'ai pas fait grand-chose cette semaine à part dormir et penser à toi.

Son estomac fit des bonds. Oh bon sang, ils allaient aller droit au but, hein ? Lui aussi n'avait fait que penser à Will, mais il ne le lui dit pas.

— J'ai beaucoup de choses à dire, certaines… assez peu romantiques.

Voilà qui promettait.

Will n'avait pas fini, cependant.

— J'espère que tu m'écouteras jusqu'au bout, cela dit, parce que je dois les dire et parce que je t'aime et que je veux que tu reviennes. Plus que tout.

Voilà qui était bien plus prometteur. Entendre cette déclaration qu'il avait attendue si longtemps réchauffa une partie de son cœur, gelée depuis une semaine. Merde. Son nez recommença à le picoter. Il prit une nouvelle gorgée de sa boisson et tenta de se calmer. Il serra les lèvres pour retenir les mots qui voulaient en sortir. Il aimait Will, lui aussi, mais l'amour n'était pas toujours suffisant et Will avait merdé dans les grandes largeurs. Alors, il se contenta de hocher la tête.

— J'ai merdé dans les grandes largeurs.

Ce n'était pas nouveau que Will fasse écho à ses pensées. Ils étaient synchrones presque depuis le début, mais il réussit à ne pas sourire. Il ne voulait pas donner de faux espoirs à Will tant qu'il n'aurait pas dit tout ce qu'il avait à dire.

— Même en laissant de côté le fait que tu étais un nouvel embauché tout en bas de la hiérarchie et que tu n'avais pas l'autorité nécessaire pour virer tout le monde, je sais que tu es un homme bien et très intelligent. C'est pour ces raisons que je sais que tu n'es pas responsable de ce que *Savron Dynamics* a fait à notre service. Je t'ai reproché tellement de choses à toi, la seule personne dans tout ce merdier à n'avoir rien à se reprocher. Je suis désolé de l'avoir fait.

Bon sang. C'était nul que ces conneries professionnelles, qui leur collaient à la peau depuis le Connecticut, aient entaché leur relation.

— Merci.

— Quand j'étais au plus mal, je t'en voulais d'avoir foutu en l'air ma relation avec Jesse alors qu'en réalité, tu as juste mis en lumière les failles déjà présentes et qui se creusaient à chaque instant. Parce que si j'avais ressenti pour lui ce que je ressens pour toi, aucun autre homme n'aurait pu attirer mon regard comme ça, or je suis épris de toi depuis le premier jour. J'aurais dû comprendre que c'était le destin qui me donnait un coup de pied aux fesses pour m'obliger à te regarder de plus près.

Dallas cilla. Il ignorait qu'il avait joué un rôle dans la rupture de Will et Jesse, mais Will l'avait exprimé de telle façon qu'il ne savait pas s'il avait envie de vomir ou de pleurer. Ou de balancer son verre au visage de Will avant de s'en aller face à son caractère irrationnel. La troisième option étant peu envisageable, il inspira plusieurs fois profondément pour se calmer.

— Je sais que je devenais un connard parano et peu sûr de lui, et c'est pour ça que je me suis montré territorial au travail. Bêtement. Parce que j'étais en train d'échouer à faire le travail pour lequel ton frère m'avait embauché et que je ne voulais pas me sortir la tête du cul assez longtemps pour le faire comme il faut. Mais ça fait longtemps que je sais que tu n'es pas responsable. Je crois que j'étais juste sous le choc d'avoir découvert que Stefan était ton frère et que tu avais pris ma place avec talent à la fois lors d'une crise au travail que lors d'un salon pour *Tartan Candy*. J'avais le sentiment que tu pourrais prendre ma place dans tous les domaines et être meilleur que moi. Ce qui est stupide. Tu es tout ce dont j'ai toujours rêvé et je n'aurais jamais cru qu'il me serait possible de trouver un homme avec lequel j'aurais tant de points communs et dont la vie s'imbriquerait parfaitement dans la mienne.

Will détourna le regard pour s'essuyer furtivement la joue d'une main. Incapable de le supporter plus longtemps, Dallas tendit le bras et posa une main sur celle de Will. Celui-ci tourna brusquement la tête vers lui, les yeux brillant d'espoir.

— Tu m'as blessé, Will. Beaucoup. Je n'aurais jamais imaginé que tu me verrais comme le méchant de cette histoire, alors je ne m'attendais pas à ton… animosité. Mais je l'ai surmontée. Du moins, je le croyais. Je croyais que les choses se passaient bien, puis j'ai eu l'impression de m'être fait duper.

209

Ou plus exactement, d'avoir pris un coup de cimeterre en plein cœur, arme de prédilection de Will dans *Dragon's Ruin*. Auquel il n'avait pas réussi à jouer la semaine passée, tant le jeu lui rappelait de douloureux souvenirs.

— Je sais. Je m'excuserai jusqu'à la nuit des temps, parce que j'ai été incroyablement stupide. Je n'ai jamais voulu te blesser. Je ne veux plus jamais le faire.

Dallas secoua la tête.

— Je ne veux pas que tu t'excuses. Si… si les choses tournent bien, je ne veux pas que ça reste en suspens entre nous.

— Et si elles ne tournent pas bien ?

Dallas haussa les épaules avec un sang-froid qu'il était loin de ressentir.

— Alors nous apprendrons de nos erreurs pour nos futures relations.

Will tressaillit comme si Dallas l'avait frappé.

— Je n'en veux pas d'autres.

— Moi non plus. Et je dois m'excuser, moi aussi.

— Quoi ? Pourquoi ?

— Parce que je t'ai un peu dupé en quelque sorte et… j'aurais peut-être dû le prendre en considération. Si je l'avais fait, nous aurions pu en parler – ou nous disputer – à ce sujet, au lieu que ça explose comme ça l'a fait.

Will secoua la tête.

— Non. Non, ça n'aurait pas explosé si je ne m'étais pas comporté comme un con quand Stefan t'a embauché. Si j'avais réalisé plus tôt que mes conclusions étaient illogiques, l'effet aurait été différent.

Dallas lui pressa la main. Il n'était pas tout à fait sûr que ce soit vrai, mais il s'était senti mal d'avoir perdu son calme alors que Will était encore bien malade. Une partie de ce que Will avait dit pouvait même être mis sur le compte de la grippe. Les choses nous semblaient toujours pires quand on était malade.

— Mais en parlant de cette… dispute. Quelque chose me tracasse un peu. Pourquoi as-tu édulcoré tout ce que tu m'as dit ? Enfin, avant la dispute, justement, où tu as tout déballé d'un coup.

C'était bien ce que Dallas avait fait, n'est-ce pas ?

— Je ne voulais pas que tu me prennes pour un loser pathétique. La vérité ne me dépeint pas sous un bon jour.

— C'est faux. Elle prouve combien tu es fort. Mais j'aurais été plus heureux si tu avais pu me faire assez confiance pour me dire la vérité.

— Tu as raison. J'aurais dû. Nous devrons faire en sorte de nous parler davantage, acquiesça Dallas.

Will eut un sourire tremblant.

— Est-ce que ça veut dire que tu vas me donner une seconde chance ? C'est vrai ?

Dallas frissonna. Il faillit se pincer pour en être sûr, parce qu'il avait renoncé à l'espoir que Will parvienne à le convaincre que les choses puissent être différentes entre eux. S'il n'avait pas aimé autant Will, il n'aurait même pas voulu le retrouver à mi-chemin.

— Oui. Oh, oui, s'il te plaît.

Sans se soucier des spectateurs éventuels, Will se pencha pour l'embrasser, d'une manière bien plus brève que Dallas ne l'aurait voulu, mais ce qu'il aurait voulu n'était pas approprié en public.

— Tu ne le regretteras pas. Je te le promets. Je t'aime.

C'était un million de fois meilleur que la première fois que Will le lui avait dit.

— Je t'aime aussi. Je ne veux pas que tu regrettes non plus.

Il se mordilla la lèvre. Parce qu'ils étaient deux, dans cette relation, ce que Hugh oubliait trop souvent, et Dallas était résolu à faire les choses bien.

— Je ne veux pas que tu démissionnes. Je trouverai un nouveau travail si tu ne penses pas que nous puissions travailler ensemble en étant mon manager. Ça ne gênera pas Stefan que je reste le temps de trouver autre chose.

Leurs petites étreintes furtives dans la salle des serveurs lui manqueraient, mais il ferait ce qu'il fallait. Il aurait déjà commencé à envoyer des CV ailleurs, si cela n'avait pas signifié laisser son frère en plan, parce qu'il y avait bien trop de souvenirs de Will et lui à *Idyll Fling*, rôdant comme s'ils étaient vivants, prêts à lui sauter quand il se sentirait le plus vulnérable, pour qu'il veuille rester travailler au studio.

— Oh, Seigneur non. Je sais que je n'en ai pas donné l'impression, mais j'aime travailler avec toi. Et euh…

Will rougit et Dallas répondit d'un immense sourire. Il savait exactement ce que ce « euh » voulait dire.

— Mais j'ai une idée à ce sujet, aussi.

L'estomac de Dallas, libéré de son chagrin et de son inquiétude, gronda bruyamment, faisant sourire Will.

211

— Nous devrions peut-être passer commande d'abord.

Will fit signe au serveur. Maintenant que Dallas y songeait, ce type s'était comporté de manière tout sauf typique, pour un serveur. En règle générale, le personnel de service venait toujours poser des questions insensées aux moments les plus inappropriés, comme s'ils œuvraient au nom de la loi de Murphy des situations gênantes. Will avait dû lui parler avant son arrivée, prouvant une nouvelle fois qu'il était attentionné et que Dallas prenait la bonne décision.

Ils commandèrent rapidement, puis le serveur disparut comme un fantôme. Il mériterait un sacré pourboire.

Will trifouilla quelque chose sous la table. Il en sortit une liasse de papiers.

— J'ai regardé le projet que tu as esquissé. Avec les descriptions de postes.

Dallas cligna des yeux, incrédule. Will ne plaisantait pas, quand il disait qu'une partie du repas allait être tout sauf romantique. Des descriptions de postes lors de leur dîner de réconciliation.

— Le truc, c'est que tout le projet fonctionnera bien mieux s'il y a deux équipes avec chacune son propre manager.

Devant lui se trouvait une page similaire au projet qu'il avait laissé à Will une semaine plus tôt, quand le site d'*Idyll Fling* avait planté, et pourtant différente. Will et lui étaient notés à la tête de chaque équipe.

— Que… Je veux dire… Comment…

Will lui sourit.

— J'ai déjà parlé à Stefan. Il est d'accord pour faire de nous des égaux et embaucher le personnel dont nous avons besoin. Moi qui me sentais mal à l'aise à l'idée d'être ton manager, ça résout le problème, si ça te convient.

— Tu es sûr ?

Cela ressemblait au paradis, imprimé sur papier. Et comme un vrai bureau pour l'équipe informatique était déjà en projet, ils pourraient toujours se servir de la salle des serveurs pour un petit coup rapide. C'était amusant : peu avant, les descriptions de postes lui avaient semblé tout sauf romantiques, et maintenant, elles le faisaient sauter de joie.

Il renifla.

— Tout à fait sûr. Je sais que tu es doué dans ton travail et très intelligent. C'est le mieux pour tout le monde.

Dallas rougit sous le compliment. Will avait toujours été radin sur les éloges, mais il avait le sentiment que cela allait changer.

— Alors oui, faisons ça.

Maintenant que cette partie-là était réglée, la curiosité de Dallas prit le dessus, menaçant de le ronger.

— Qu'est-ce qu'il y a dans la boîte ?

Will écarquilla les yeux.

— Oh, oui. Je ne pensais pas te le donner à moins que nous nous remettions ensemble, mais je suis ravi d'avoir oublié.

Dallas haussa un sourcil. S'il n'avait pas été évident qu'il ne s'agissait pas d'un bijou, il aurait pensé à une bague de fiançailles. Il ouvrit néanmoins l'emballage. À l'intérieur se trouvait un nouveau boxer avec de discrets motifs. Il eut un grand sourire.

— Est-ce que tu m'as acheté ça pour pouvoir le déchirer ? Je sais combien tu détestes mes trucs à motifs.

— C'est une super idée, mais je commence à aimer tes motifs. Non, c'est pour demain.

Un petit sourire timide incurva les lèvres de Will, qui donna à Dallas envie de faire tout ce qui ferait plaisir à ce dernier.

— J'espérais que nous pourrions aller à la foire de la Renaissance, demain. En kilt.

Dallas inspira brusquement.

— Tu ne vas pas avoir l'impression que… j'empiète sur ton terrain ?

Il avait adoré l'évènement *Tartan Candy*, alors cette foire ne pouvait être qu'amusante. Comme être dans *Dragon's Ruin* à taille réelle. Sans les dragons et la magie, malheureusement.

— Je ne me vois le faire avec personne d'autre.

— Attends, attends. Ne sommes-nous pas censés être nus, sous les kilts ?

Dallas se disait de plus en plus que cette histoire de nudité n'était qu'une astuce pour avoir un accès plus pratique.

Will leva les yeux au ciel.

— C'est un évènement familial, mais cela n'empêche pas pour autant certains idiots de faire une vérification sous le kilt. Je préfèrerais éviter que nous finissions avec un casier judiciaire mentionnant un outrage à la pudeur. J'accepte l'anachronisme du sous-vêtement.

— Ça a l'air cool. Mais nous devrions plutôt y aller la semaine prochaine, non ? Parce que tu sors tout juste de ta grippe.

Et parce qu'il espérait qu'ils allaient s'épuiser au lit avec Will, un peu plus tard.

— Euh... Ce serait mieux, oui.

Will pencha la tête.

— Attends, comment sais-tu qu'elle sera encore là le week-end prochain ?

— Oh. J'ai peut-être fait quelques recherches sur le net, cette semaine.

Il avait cherché désespérément à garder le moindre lien avec Will, même s'il en avait été bouleversé aussi.

Will lui serra la main, ne la lâchant que lorsque leurs plats arrivèrent.

Après un délicieux repas, ils se rendirent au parking, marchant aussi près l'un de l'autre que possible. L'odeur du savon de Will le faisait durcir et il était impatient de passer à la réconciliation sur l'oreiller.

— On va chez toi ? demanda-t-il d'un ton volontairement suggestif.

Will sembla en avoir quelques difficultés à déglutir et ses pupilles se dilatèrent. Dallas se lécha les lèvres. Cela faisait bien trop longtemps.

— J'aimerais bien, mais j'ai une surprise pour toi.

— Mais... notre réconciliation sur l'oreiller !

Ne pas en avoir était effectivement une surprise, mais pas une bonne.

— Ça ne peut pas attendre ?

— Tu n'imagines pas à quel point j'aimerais que oui, répondit Will, le regard rivé sur ses lèvres. Mais promis, nous aurons notre réconciliation sur l'oreiller avec beaucoup de sexe ensuite.

Will le regarda quelques secondes supplémentaires avant de se secouer pour sortir de sa transe et de déverrouiller sa voiture.

— Oh, une dernière chose. J'adorerais que tu emménages avec moi. Nous vivions de toute façon déjà ensemble avant que je... euh... me comporte comme un imbécile et j'adorais t'avoir avec moi. Je sais que c'est rapide. Mais j'ai tellement rêvé de toi avant même qu'on sorte ensemble que j'ai l'impression que ça n'a que trop tardé.

Dallas faillit s'étouffer sur place. Oubliez l'endroit où ils allaient, car *ça*, c'était une sacrée surprise. Cependant, il savait que Will était sérieux. Dallas lui-même en avait rêvé quelquefois au cours des années et maintenant que Will était à lui, il avait envie de tout faire avec lui.

— Si j'emménage avec toi, tout le monde saura que nous sommes ensemble, tu en as conscience, hein ?

Will sourit comme s'il savourait une plaisanterie connue de lui seul.

— Oui, je sais.

Dallas était prêt à emménager avec Will depuis des semaines, mais tant qu'il ne serait pas certain que celui-ci était réellement prêt lui aussi, il ne voulait pas se précipiter.

— Est-ce que je peux y réfléchir ?

— Bien sûr que oui.

PEU APRÈS, ils se garèrent sur le parking presque désert du *Club Gallo*. Il était beaucoup trop tôt pour aller en boîte.

— Tu es sûr que tu préfères aller danser plutôt que de rentrer à la maison ?

Will ne répondit rien, se contentant de se garer et de sortir de la voiture. Mais bon, ils pourraient toujours revivre la soirée de la vente aux enchères. Dallas avait même failli suggérer qu'ils se glissent en douce dans la salle des serveurs d'*Idyll Fling*. Il s'était passé tellement de choses délicieuses dans cette pièce.

Un portier leur fit un signe de la tête et les fit entrer.

À l'intérieur, une immense bannière accrochée au-dessus de la piste de danse proclamait : « Will aime Dallas ».

Ce dernier resta bouche bée et prit la main de Will. Il avait dû convaincre, ou payer, le propriétaire du club pour qu'il ouvre plus tôt juste pour ça. Les personnes qui traînaient près du bar se tournèrent vers eux et quelques-unes émirent des sifflements. Rapidement, Dallas les reconnut presque tous, y compris tous les employés et mannequins d'*Idyll Fling*, ainsi que Stefan, Raven et Jaime.

Une fois que tout le monde se fut avancé pour les féliciter ou râler de manière bon enfant pour dire qu'ils auraient dû le deviner plus tôt, Will fit signe aux deux inconnus plus âgés de s'approcher.

— Maman, papa, je vous présente mon compagnon, Dallas. Dallas, je te présente Sarah et Patrick Dawson.

Dallas chancela légèrement, mais parvint à rester debout. De justesse.

— Ravi de vous rencontrer.

Il leur tendit la main, mais Sarah écarta son geste d'un signe de la main et l'enlaça.

— C'est un plaisir de faire ta connaissance, mon chéri.

Patrick l'enlaça à son tour.

— Il nous tardait de faire ta connaissance, fiston.

Dallas n'allait pas tenir le coup plus longtemps. Il attira Will sur le côté.

— Tes parents ?

Il n'avait encore jamais rencontré les parents de personne.

Will haussa les épaules.

— Je sais que tu détestais le fait que notre relation soit secrète. Je détestais ça, moi aussi. J'ai peut-être déménagé de chez eux, mais mes parents sont très importants pour moi. Je voulais qu'ils te rencontrent et je ne voulais pas attendre Thanksgiving. Je les ai suppliés de prendre un vol plus tôt et ils ont accepté. Ils voulaient te rencontrer, eux aussi.

À l'époque où Dallas parlait encore à ses parents, et même s'ils avaient beaucoup d'argent, il ne les imaginait pas faire ça pour lui, même s'il s'était trouvé une copine. Il aurait d'abord fallu qu'ils vérifient les antécédents de la demoiselle, les contraintes de sécurité et parlent du contrat prénuptial.

— Merci.

Il avait réussi à retenir ses larmes pendant tout le repas, mais le fait que Will déclare son amour pour lui devant tous leurs amis et leur famille rendait impossible de tenir plus longtemps. Il n'y avait plus de secret. Il était enfin avec un homme qui non seulement l'aimait, mais qui en plus n'avait pas honte que quiconque l'apprenne.

Will l'entoura de ses bras et essuya ses larmes avec ses lèvres.

— Je t'aime. Merci de ne pas avoir renoncé à moi.

La musique démarra, le DJ chauffa l'ambiance pour la soirée à venir, et plusieurs personnes prirent leurs verres sur la piste de danse.

— Oui, je veux emménager avec toi.

Will cria de joie et l'embrassa fougueusement.

— J'ai entendu dire qu'il y avait un bureau dans le fond, parfait pour célébrer ça. Je pense que nous pouvons nous éclipser quelques minutes. Personne ne s'en rendra compte.

À ce stade-là, Dallas se fichait que quiconque s'en rende compte. Et quand ils retourneraient chez Will... chez *eux*, ils pourraient de nouveau célébrer ça, dans un lit.

ÉPILOGUE

LE MATIN de Noël, Dallas entra dans le salon seulement éclairé par un arc-en-ciel de petites lumières sur le sapin, qui dispensaient une luminosité suffisante. Le soleil n'était pas encore levé, mais Dallas n'arrivait plus à dormir. Il était tellement impatient de vivre un Noël en famille avec celle de Will. Ils l'avaient accueilli à bras ouverts, déjà plus chaleureux et aimants que ses parents ne l'avaient jamais été.

Les parents de Will étaient assis sur le canapé, des tasses fumantes à la main, et souriaient d'un air énigmatique. Will, vêtu du pyjama à motifs que Dallas lui avait offert pour son anniversaire, se tourna vers lui, une petite boîte à la main.

Cette boîte-là était de la bonne taille pour un bijou. De la bonne taille pour une bague.

Avec un immense sourire aux lèvres, Will s'approcha de lui et posa un genou à terre en soulevant la boîte en velours.

Dallas trembla de tout son corps sous l'effet de l'anticipation joyeuse.

Voilà à quoi la vie était censée ressembler.

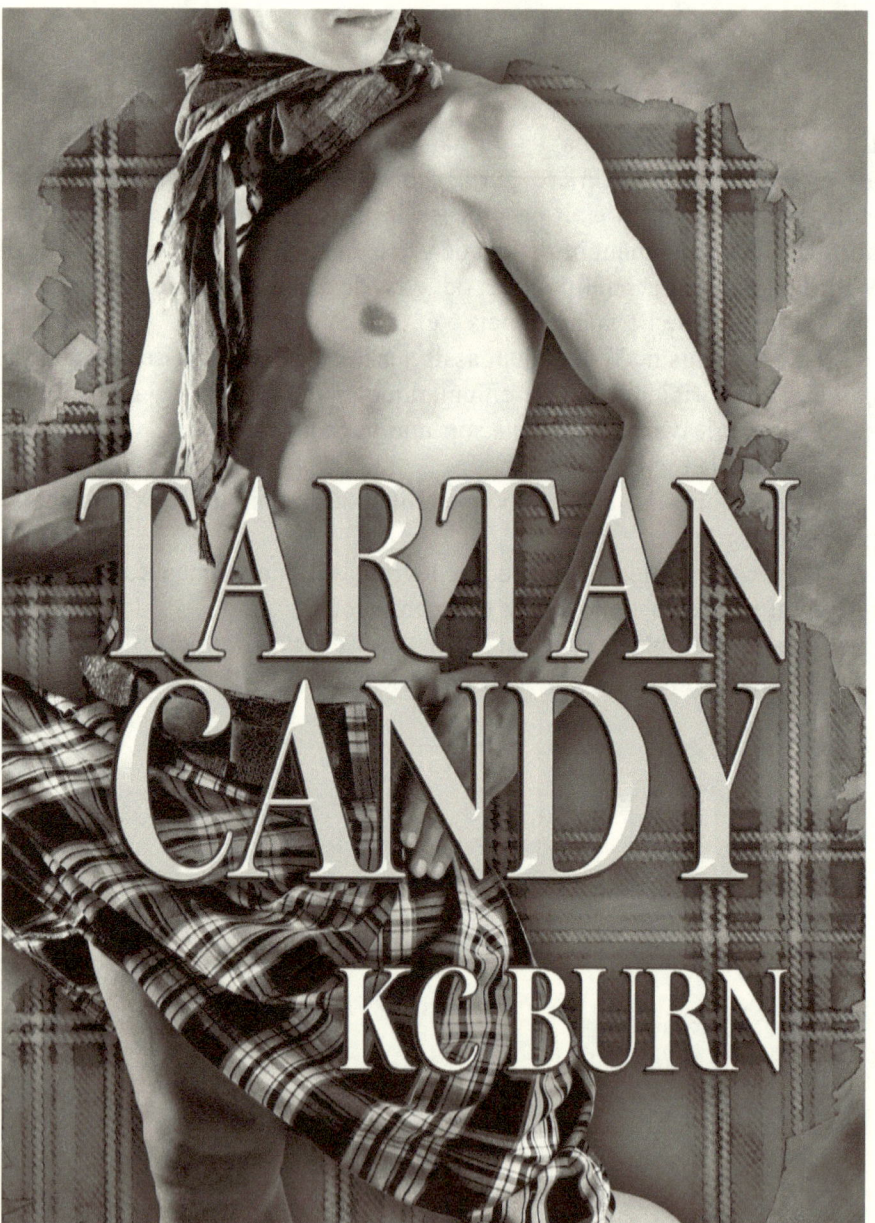

TARTAN CANDY

KC BURN

Histoires de tissus, numéro hors série

Finlay McIntyre (alias Raven) est une star de films pour adultes avec un penchant pour les kilts, jusqu'à ce qu'un accident mette fin à sa carrière et lui retire tout désir sexuel, le laissant avec une estime de soi en berne et sans travail. Il savait que sa carrière dans le porno ne durerait pas éternellement, mais il n'était pas prêt à prendre sa retraite à vingt-huit ans. Tout en essayant de donner du sens au reste de sa vie, Raven accepte d'assister à une réunion des anciens. C'est alors qu'un climatiseur cassé dans sa chambre d'hôtel va tout changer.

Caleb Sanderson, un entrepreneur avec sa propre compagnie de climatiseurs, n'a pas la moindre idée de ce qui l'attend en entrant dans la chambre d'hôtel de Raven pour réparer l'appareil. Ils sont attirés l'un par l'autre, mais Caleb, dans le placard, ne peut pas se permettre une relation homosexuelle… pas avec sa mère qui le presse de produire des petits-enfants. S'il veut garder Raven – qu'aucun placard ne pourrait retenir – il faudra qu'il dise la vérité à sa famille. Mais Raven a aussi ses propres secrets. Il refuse de révéler son passé dans le porno à Caleb, un passé qui pourrait être le dernier obstacle à toute relation.

www.dreamspinner-fr.com

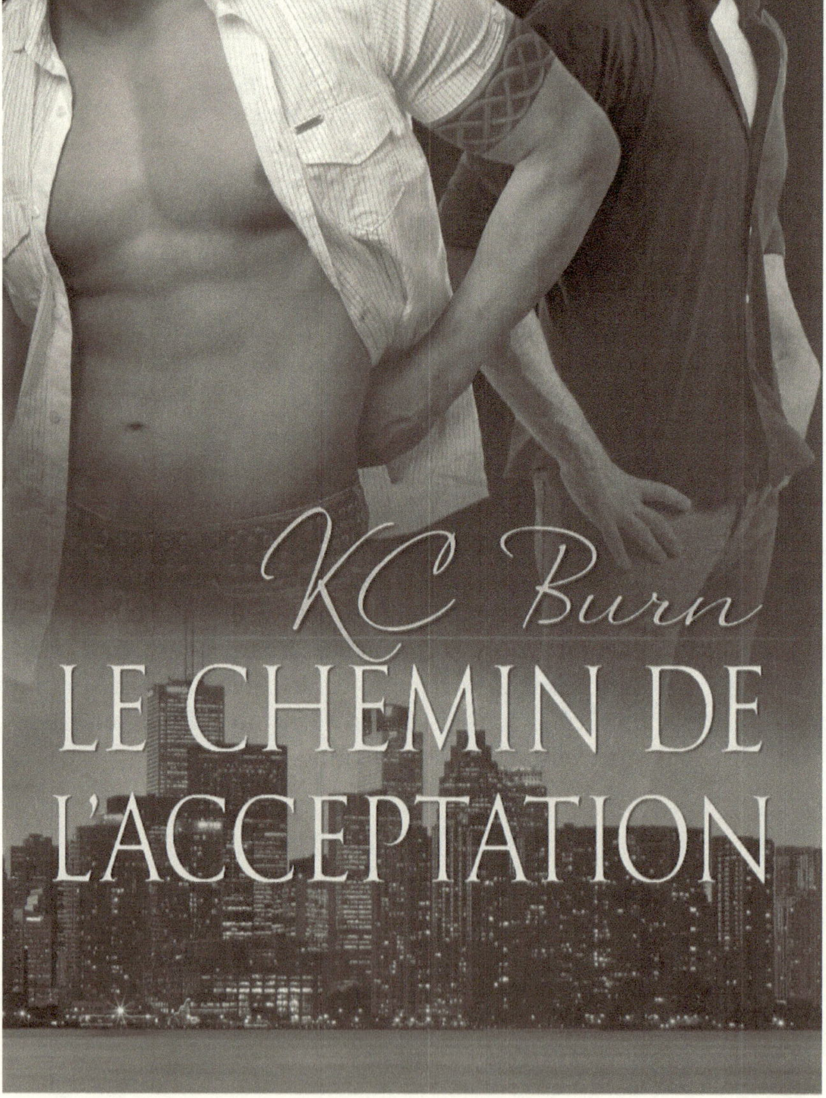
KC Burn
LE CHEMIN DE
L'ACCEPTATION

Les contes de Toronto, tome 1

L'inspecteur Kurt O'Donnell a l'habitude de déterrer les secrets des autres, mais quand il découvre que son partenaire décédé était marié à un autre homme, il est secoué. Déterminé à faire les choses comme il se doit, Kurt offre son soutien à Davy, en deuil. Aider Davy à surmonter son chagrin aide Kurt à faire face à la culpabilité dévorante de savoir que son partenaire ne lui faisait pas assez confiance pour lui dire la vérité à son sujet. Mais quelque part en chemin, Davy cesse d'être une obligation et devient un ami, l'ami le plus proche que Kurt ait jamais eu.

Son attirance grandissante pour Davy complique les choses, laissant Kurt face à la difficulté de reconsidérer sa sexualité. Puis, un échange sensuel auquel ni l'un ni l'autre ne s'attendait vient les perturber davantage. Pour être avec Davy, Kurt doit se résoudre à révéler son homosexualité, mais son travail et ses relations avec sa famille catholique le retiennent. Peut-il risquer de tout perdre pour la possibilité de vivre une relation avec un homme récemment devenu veuf ?

www.dreamspinner-fr.com

Les contes de Toronto

FAUX-SEMBLANTS

KC Burn

Les contes de Toronto, tome 2

L'inspecteur Ivan Bekker a touché le fond. Non seulement il se remet d'une mauvaise rupture avec un petit ami qui le trompait, mais il est également impliqué dans une affaire de drogue qui a mal tourné. Ivan a dû tuer un homme, et son ami a reçu une balle et se bat maintenant pour sa vie. Bien qu'Ivan soit sous le coup d'une enquête concernant son rôle dans la fusillade, son patron l'envoie en mission d'infiltration officieuse pour clore l'affaire. Le timing est critique, mais cela pourrait être leur chance de mettre à jour une fuite dans leur département.

Dérouté et sans renfort, Ivan se retrouve à jouer le rôle d'un homme récemment divorcé et devient le colocataire de Parker Wakefield. Il a du mal à croire que le doux Parker puisse être un criminel, et encore moins être lié à une opération de trafic de drogue de la mafia russe et Ivan baisse sa garde. Son affection n'est pas professionnelle, mais Parker est irrésistible.

Quand Ivan tombe sur une preuve évidente de l'implication criminelle de Parker, il doit choisir : protéger leur relation, en dépit des conséquences, ou sauver sa carrière et arrêter l'homme qu'il aime.

www.dreamspinner-fr.com

Les contes de Toronto

LA PEUR
DU REJET

KC Burn

Les contes de Toronto, tome 3

À trente-cinq ans, Rick Haviland est un orthophoniste respecté.
Alors que tous ses amis s'engagent dans des relations durables, il refuse
d'abandonner sa vie sexuelle de clubbeur sans attaches. Pour lui, les
relations sont dangereuses ; il a un secret à cacher. Quand il rencontre Ian
O'Donnell, chargé de clientèle dans un tabloïd local, Rick compte sur ses
propres règles pour le protéger d'une relation qui serait plus que passagère.

Lorsqu'Ian révèle son homosexualité, lassé par les rencontres
anonymes et de cacher des secrets à sa grande famille catholique, Rick est
là, et il est justement le genre d'homme qu'il a envie de mieux connaître.
Leur attirance est immédiate, électrique et mutuelle. Ian convainc Rick
de briser de plus en plus de ses règles et ses défenses s'effondrent. Mais
quelqu'un les surveille, quelqu'un qui aimerait voir cette nouvelle relation
échouer.

Lorsque le travail d'Ian devient une menace risquant d'exposer le
secret de Rick, leurs carrières et leurs cœurs pourraient bien être détruits.

www.dreamspinner-fr.com

Par KC Burn

LES CONTES DE TORONTO
Le chemin de l'acceptation
Faux-semblants
La peur du rejet

HISTOIRES DE TISSUS
Tartan Candy
Kilt versus cravate à motifs

Publié par Dreamspinner Press
www.dreamspinnerpress.com

www.ingramcontent.com/pod-product-compliance
Lightning Source LLC
Chambersburg PA
CBHW022135240626
47153CB00007B/2377